Der **Autor Pit Saylor** ist im Oktober 1974 in Hamburg geboren. Sein Vater ist Engländer und fährt als Nautiker zur See. Seine Mutter ist Lehrerin in einer Hamburger Schule, ebenso wie seine Frau. Beide sind glücklich verheiratet, haben zwei Kinder und leben in der Nähe von Hamburg. Er begann auf Grund eines guten Abiturs in Hamburg Physik zu studieren, brach das Studium aber nach dem vierten Semester ab und schrieb sich in der juristischen Fakultät ein. Aber auch dieses Studium entsprach nicht ganz seinen Vorstellungen und so ging er in die Praxis. Jetzt ist er in einer technischen Bibliothek tätig. Das ist genau sein Metier. Nebenbei verfasst er Kurzgeschichten und schreibt Romane. Seine Vorliebe gilt der Kriminalliteratur. Ein alter Freund aus der Nordheide entwirft die Cover für seine Bücher und ist auch sein Manager. Er unterstützt ihn bei allen technischen Details, bei der Gestaltung seiner Bücher und deren Vermarktung. So kann er sich in seiner Freizeit dem Schreiben widmen.

*www.pitsaylor.de*

*Bibliografische Information der Deutschen Nationalbibliothek: Die Deutsche Nationalbibliothek verzeichnet diese Publikation in der Deutschen Nationalbibliografie; detaillierte bibliografische Daten sind im Internet über dnb.dnb.de abrufbar.*

© 2021 Pit Saylor

Umschlaggestaltung:     Dr. Berthold W. Seemann

Herstellung und Verlag:     BoD – Books on Demand, Norderstedt

1. Auflage 2022

ISBN: 9783755748700

# Pit Saylor

# Morde an Abiturientinnen

## Kriminalroman

# SONNABEND

Margarete und Ewald sitzen am Frühstückstisch und lassen sich das Rührei mit Speck gut schmecken. Sie haben es zu ihrer Gewohnheit werden lassen, am Sonnabend zum Frühstück etwas Besonderes zu essen. Beide finden es angenehm, im Leben gewisse Regelmäßigkeiten zu pflegen. Das hat auch ihre Tochter Hanna übernommen und dieses Gleichmaß auf ihren schulischen Alltag übertragen. So schafft sie es immer, ihre Aufgaben zum geforderten Termin und mit der ihr eigenen Gewissenhaftigkeit abzugeben. Doch wo ist sie heute? Auch Vater Ewald fragt:

„Wo bleibt denn Hanna? Sie hat doch nicht etwa verschlafen?"

Das will die Mama genau wissen und ruft:

„Hanna aufstehen! Dein Rührei wird kalt!"

Es rührt sich nichts. Bello liegt unter dem Tisch und bewegt sich ebenso wenig. Da steht Ewald auf, schluckt den letzten Bissen hinunter und steigt die Treppe hinauf. Hanna hat ihr eigenes Zimmer im Dachgeschoss, denn die Eltern begnügen sich mit dem gesamten Wohnraum unten im Haus.

Zweimal klopft der Vater an die Tür und wartet einen Moment. Doch er hört absolut kein Geräusch in ihrem Zimmer. Nun versucht es der Vater noch einmal und klopft etwas lauter. Doch auch auf dieses Pochen gibt es keine Reaktion. Da drückt er den Türdrücker vorsichtig nach unten und öffnet die Zimmertür nur einen kleinen Spalt. Weil ihr Bett auf der gegenüberliegenden Seite der Tür steht, hat er es im Blickfeld. Da erkennt schon, dass es unbenutzt ist. Schnell öffnet er die Tür ganz weit, betritt Hannas Zimmer und sieht sich suchend um. Dann geht er an ihr Fenster, das aber fest verschlossen ist. Im Fensterhebel steckt der kleine Sicherheitsschlüssel. Keine Hanna weit und breit, da schreit er laut los:

„Grete, komm schnell hoch! Hanna ist nicht hier!"

Schnell springt Grete auf, reißt dabei noch ihre Kaffeetasse um und poltert die Holztreppe hinauf. Sie läuft in Hannas Zimmer und ruft:

„Hanna, wo bist du denn, verdammt noch mal!"

Die Eltern sehen sich wortlos an. Da tritt Grete an ihr Bett, schlägt die Bettdecke hoch und legt ihre flache Hand auf das Bett:

„Kalt! Sie hat heute Nacht nicht in diesem Bett gelegen, sonst würde ich es fühlen!"

Skeptisch meint Ewald:

„Aber sie war doch gestern Abend noch unten und hat mit uns Abendbrot gegessen. Dann ging sie wieder hoch in ihr Zimmer. Im Hinaufgehen rief sie lachend herunter: „Dann Tschüss!"

Dabei schauten sich die Eltern an und der Vater rief hinterher:

„Das heißt gute Nacht, oder willst du noch weg?"

Es sieht jetzt ganz so aus, als hätte sie tatsächlich die Absicht gehabt, noch das Haus zu verlassen, wollte aber überflüssige Fragen vermeiden. Grete und Ewald gingen in das Wohnzimmer und setzten sich auf das Sofa, um den Fernsehfreitag zu beginnen.

„Ich rufe sofort Emma an, vielleicht hat Hanna bei ihr geschlafen. Das machen die Mädchen manchmal, wenn sie sich viel zu erzählen haben."

„Ja, hier bei Schwanke!"

„Emma, bist du das?"

„Nein, hier ist Lieselotte Schwanke!"

„Lilo hier ist Grete. Sag mal, hat unsere Hanna heute Nacht bei Emma geschlafen?"

„Da muss ich mal kurz nachsehen, Emma war heute früh noch gar nicht unten, denn am Sonnabend pennt sie immer bis in die Puppen. -PAUSE –
Grete, hörst du? Also Emma schläft noch, aber sie liegt allein in dem großen französischen Bett."

„Lilo, bitte weck sie auf, wir müssen wissen, ob sie uns etwas sagen kann, wo Hanna ist!"

„Guten Morgen, Tante Grete! Was gibt es denn so früh?"

„Emma, Hanna ist verschwunden. War sie denn gestern Abend noch bei dir?"

„Nein, ich hatte sie gefragt, ob sie herüberkommen will, doch sie meinte, sie müsse noch für Mathe pauken, denn mit den Zahlen hat sie es nicht so!"

„Hat sie sich denn irgendwie geäußert, ob sie noch wegwollte?"

„Nein Tante Grete, nicht die Bohne, sie legte schnell auf."

Nach diesem Gespräch lässt sich Grete förmlich in den Armsessel fallen, der im Flur neben dem Telefon steht. Diesen bequemen, gepolsterten Sessel hatte Ewald vor langer Zeit neben das Telefon gestellt, weil er beizeiten feststellen konnte, dass Gretes Telefongespräche längere Zeit in Anspruch nehmen.

Vater Ewald wird nun sachlich:
„Grete, wir müssen die Polizei anrufen"!"

Grete bremst Ewald ab:
„Nein, Ewald, bitte warte noch einen Moment. Ich rufe noch bei ihrer anderen Freundin an, denn mit Marlene ist sie auch hin und wieder zusammen."

Margarete nimmt eine neue Tasse und gießt sich etwas von dem mittlerweile ausgekühlten Kaffee ein. Dann wählt sie die Nummer von Familie Walther:
„Guten Morgen, Frau Walther, hier ist Margarete Möller, die Mutter von Hanna. Ich wollte wissen, ob unsere Tochter heute Nacht bei Ihnen gewesen ist."

„Also, ich habe davon nichts mitbekommen, aber ich will einmal nachsehen, ob Marlene jetzt um neun Uhr schon wach ist."

„Hallo Frau Möller, hier ist die verschlafene Marlene, bitte entschuldigen Sie, aber am Samstag schlafe ich gern ein bisschen länger. Also, Hanna habe ich gestern nach dem Unterrichtsschluss überhaupt nicht mehr gesehen. Und hier war sie auch nicht. Sie hat auch nichts erwähnt, dass für sie da etwas anlag".

„Bitte erzähle mal, Marlene, was dir Hanna anvertraut hat, denn Eltern erfahren ja von ihren Kindern in diesem Alter eigentlich überhaupt nichts mehr. Aber weil Hanna verschwunden ist, hätte ich gern gewusst, ob sie einen Freund hat oder ob sich ein Junge um sie bemüht. Sei so lieb, ich bin so in Sorge um sie. Weißt du etwas?"

„Nein, ich weiß nichts von einem Lover, aber ich kann es mir nicht vorstellen. Hanna ist ein Streber, und sie tut alles, um gute Zensuren zu bekommen. Sie hat sich in den Kopf gesetzt, dass sie Medizin studieren will. Sie erzählte, sie werde auch nach dem Studium so viel büffeln und arbeiten, bis sie einmal Oberärztin ist. Das ist ihr ganz großes Ziel und dafür schaut sie auch an den nettesten Typen vorbei. So, mehr kann ich nicht sagen und möchte mich noch einmal aufs Ohr legen, weil ich geweckt wurde. Tschüss!"

Die Freundinnen konnten den besorgten Eltern nicht weiterhelfen. Ewald kommt zu dem Schluss, dass es keinen anderen Weg gibt, als die Polizei um Hilfe zu bitten.

Mit knappen Worten wendet er sich an Grete:
„Ich fahre nun zur Polizei!"

Grete sagt betont:
„Da komme ich aber mit!"

Ewald erwidert:

„Nein, du bleib man hier! Falls sich Hanna doch noch einfindet, muss jemand zu Hause sein. Vielleicht braucht sie dann Hilfe, weiß man's?"

Ewald startet seinen Golf und fährt ab in Richtung Gartow. Weil am Sonnabend die Straßen frei von dem Werktagsverkehr sind, kommt er schnell voran.

Er meldet sich bei dem diensthabenden Beamten und sagt, dass er eine Vermisstenanzeige aufgeben will. Das passt dem Polizisten auf der Polizeistation aber gar nicht, denn er ist die „Notbesetzung" für dringendste Fälle. Aber wegschicken kann er den Bürger auch nicht und so ringt er sich durch und bittet ihn schließlich:

„Na, dann kommen Sie mal rein und gehen Sie schon vor bis zum Tresen!"

Danach erscheint auf der anderen Seite dieser Beamte mit einem großen Blatt Papier in der Hand:

„Wann wurde die vermisste Person das letzte Mal gesehen?"

„Gestern Abend nach dem Abendbrot."

„Also, wenn Sie die vermisste Person gestern Abend gegen acht Uhr das letzte Mal gesehen haben, dann sind ja schon die erforderlichen 12 Stunden um und ich kann die Vermisstenanzeige aufnehmen."

„Ja, bitte, tun Sie das!"

„So, Name?"

„Ewald Möller"

„Nein, Sie sind doch nicht weg. Ich brauche den Namen der vermissten Person. Also wie?"

„Hanna Möller"

„Alter, aber der vermissten Person nicht Ihr Alter."

„Neunzehn"

„Wohnort"

„Gorleben, Dohlenstraße 48"

„Name des Auftraggebers. Das sind jetzt Sie".

„Ewald Möller"

In dieser Art werden nach und nach die wichtigsten Daten mühsam erfragt und zusammengetragen. Dann schaut der Beamte auf die Uhr und meint:

„Wenn sich Ihre Tochter nicht in den nächsten 12 Stunden meldet, beginnen wir mit der Suche!"

„Das kann doch nicht Ihr Ernst sein. Es besteht Gefahr für Leib und Leben, da gibt es keine 24-Stunden, das weiß ich genau. Ich bin schließlich auch Beamter."

„Gut, dann gebe ich jetzt Ihre Daten der Vermisstenanzeige weiter zum Kommissariat Lüchow. Von dort aus wird die Suche gestartet."

Vater Ewald verlässt kopfschüttelnd die Polizeistation und steigt wieder in seinen Golf, um zurück nach Hause zu fahren. Das tut er mit Ruhe und denkt dabei nach, wo denn Hanna sein könnte."

Er ist noch gar nicht lange aus der Stadt heraus, und ein Streifenwagen mit Blaulicht rast nach Gorleben. Ewald vermutet, dass die Polizisten zu ihm wollen und so gibt er

Gas, ohne auf eine Geschwindigkeitsbeschränkung zu achten, denn auch für ihn herrscht jetzt Alarm.

Ewald hatte die richtige Vermutung. Er ist noch gar nicht zu Hause, da klingelt schon einer der beiden Polizisten an seiner Haustür.

Margarete öffnet und zwei Polizisten stellen sich vor:

„Guten Morgen, das ist meine Kollegin Ewert und ich bin Kommissar Kühne. Wir haben eine Vermisstenmeldung bekommen und dazu haben wir einige Fragen an Sie."

„Ja, bitte, kommen Sie herein. Mein Mann kommt auch gleich dazu."

„Frau Möller, können Sie uns Hanna bitte kurz beschreiben."

„Ja. Hanna ist mittelgroß, hat schwarze mittellange Haare, blaue Augen und ist schlank. Sie trägt blaue Jeans, weiße Sneakers und ein graues Kapuzenshirt. Dieses Foto habe ich schon herausgesucht und das können Sie gern mitnehmen und verwenden."

„Vielen Dank, das war sehr ausführlich und aufschlussreich.
Wann haben Sie Ihre Tochter zuletzt gesehen und was passierte da?"

„Gestern Abend ging sie die Treppe hinauf und sagte freundlich Tschüss. Da erwiderte mein Mann noch: ,Das heißt eigentlich ,Gute Nacht'. Aber da verschwand Hanna in ihr Zimmer und wir gingen in unser Wohnzimmer, weil wir noch fernsehen wollten."

„Frau Möller, wann haben Sie festgestellt, dass Ihre Tochter nicht mehr zu Hause ist?"

„Heute Morgen erschien Hanna nicht wie gewohnt zum Frühstück und da fanden wir ihr leeres Zimmer vor. Ich fasste noch unter die Bettdecke und merkte, dass das Bett kalt war. Da folgerte ich, dass sie die ganze Nacht nicht im Bett gewesen ist."

„Besitzt Hanna einen Laptop oder ein Handy?"

„Aber selbstverständlich hat sie beides. Das geht doch heute bei der Jugend gar nicht mehr ohne."

„Geben Sie mir bitte diese beiden Beweisstücke."

„Oh, das Handy finde ich nicht und von dem Laptop sehe ich nur das Netzteil."

„Führt ihre Tochter ein Tagebuch? – Und dürfen wir uns in Hannas Zimmer ein bisschen umsehen? Vielleicht entdecken wir etwas Wichtiges, was Sie für belanglos halten?"

„Ja bitte schauen Sie sich nur alles an."

„Wir benötigen alle Informationen. Das kann uns helfen, Ihre Tochter schnell zu finden."

Die beiden Kriminalisten durchsuchen akribisch das gesamte Zimmer. Es ist gut, dass eine Kommissarin dabei ist, weil sich eine Frau eher in die Lebensgewohnheiten junger Mädchen hineinversetzen kann, als es einem Mann möglich ist. Sie finden viele Bücher über Medizin und auffallend unterschiedliche Lernhilfen für Mathematik und Physik. Es sieht so aus, als hätte Hanna in diesen

Fächern einen Nachholbedarf. Kommissarin Christine Ewert legt sich nun in das Bett von Hanna und tastet ringsum alles ab, besonders auch unter dem Bett. Und hier wird sie fündig. Mit einem Gummibändchen befestigt, hängt ein kleines Büchlein. Christine nimmt es hoch und wendet sich an Klaus Kühne:

„Schau an, hab ich es mir doch gedacht, dass wir so ein Tagebuch finden. Fast jeder zweite Teenager führt so eins, trotz der Digitalisierung."

„Lies doch einmal vor, von wann der letzte Eintrag ist."

Christine schlägt die letzte Seite auf und findet eine hastig geschriebene Eintragung:

„Das ist ein Geschenk des Himmels. Er muss mir helfen, mit seinem ‚aide in ear' die mündlichen Prüfungen in Mathe und Physik zu packen. Weiß der Henker, was das für ein Teil ist, aber er wird es mir sagen, heute noch, dafür ist kein Preis zu hoch. - Ich habe ein Ziel und werde es erreichen."

Beide Kriminalisten schauen sich wortlos an und interessiert fragt Christine:

„Sag mal Klaus, hast du schon einmal etwas von diesem ‚aide in ear' gehört?"

„Das ist ein typischer Fall für die KTU. Dort sind Spezies, die sich mit solchen Geräten oder Hilfsmitteln auskennen",

ist die zutreffende Antwort von Klaus. Sie nehmen dieses Buch mit und verlassen Hannas Zimmer.

Von Hannas Mutter wollen sie aber noch wissen, ob ihre Tochter ein Fahrrad besitzt und ob sie es oft benutzt. Das beantwortet Frau Möller so:

> „Ja, Hanna besitzt zwar ein eigenes Fahrrad, doch sie nimmt es sehr selten, weil sie die kurzen Wege im Ort lieber läuft, um fit zu bleiben."

> „Trotzdem möchten wir uns das gute Stück einmal anschauen, wo steht es denn?"

> „Neben dem Haus ist die Garage, da steht es drin."

Die beiden Polizisten lassen sich den Garagenschlüssel geben und gehen neben das Haus zu der Garage. Sie öffnen das Klapptor, aber erblicken nur den Golf, den Herr Möller nach seinem Polizeibesuch wieder hineingefahren hat. Doch von einem Fahrrad ist nichts zu sehen. Nun müssen sie noch einmal die Mutter befragen:

> „Frau Möller, dort steht kein Fahrrad. Wenn Hanna es aber nur benutzt, wenn es größere Strecken sind, dann würde es ja bedeuten, dass sie letzten Abend einen weiteren Weg vor sich hatte oder sehe ich das falsch?"

Mit dieser Erkenntnis verabschieden sie sich von Hannas Eltern und fahren zurück auf ihr Revier.

Dort verfassen sie schnell ein Protokoll und Christine ruft ihren Oberkommissar Rolf Fischer an:

> „Hallo Rolf, hier ist Christine. Klaus und ich waren eben bei den Eltern der vermissten 19-jährigen Hanna Möller. Wir haben eine Eintragung in einem Tagebuch gelesen, dass sie eine männliche Person treffen will, die ihr eine Hilfe für die bevorstehende Abi-Prüfung versprach. Sie

zeigt sich gemäß dem Eintrag fest entschlossen, dieses ominöse „aide in ear" - Ding zu bekommen.
Ich leite daraus eine lebensbedrohliche Situation ab, oder wie denkst du darüber?"

„Christine, ich sehe das genauso. Daher werde ich jetzt zwei weitere Streifenwagenbesatzungen mit der Suche beauftragen. Bitte fragt alle Leute, die ihr trefft, ob jemand gestern Abend diese Radfahrerin gesehen hat. Suchhunde einzusetzen, halte ich für nicht sinnvoll, da sie mit dem Fahrrad unterwegs war oder ist."

Drei Streifenwagen fahren durch den kleinen Ort und jede Person, die die Polizisten erblicken, wird gefragt. So geht es Stunde um Stunde doch leider ohne einen Erfolg.
Nun entschließen sie sich, den Umkreis ihrer Ermittlungen zu vergrößern und befragen weiter. Aber auch hier haben sie kein Glück. Doch dem Streifenwagen, in dem Christine und Klaus sitzen, kommt ein Bus entgegen. Schnell schaltet Klaus das Blaulicht ein und Christine hält die „STOPP-Kelle" zum Beifahrerfenster hinaus. Der Busfahrer reagiert prompt, fährt scharf rechts heran und stoppt sein Fahrzeug abrupt.
Christine und Klaus steigen aus und begeben sich zu dem verdutzten Fahrer, der ihnen schon entgegenkommt und fragt:
„Gibt es eine Gefahrensituation oder warum stoppen Sie mich?"

„Kommissar Kühne, es besteht keine unmittelbare Gefahr, doch wir haben eine Frage an Sie:

„Haben Sie gestern Nacht oder in den Frühstunden ein Mädchen mit einem Fahrrad gesehen?"

„Ja, habe ich. Gestern Abend, als ich den Bus in die Halle zurückbrachte, begegnete ich einem Mädchen, das es mit seinem Fahrrad scheinbar sehr eilig hatte, als sei jemand hinter ihm her. Aber ich habe danach weder ein Auto noch einen Radfahrer erblicken können."

„Danke, dann werden wir in diese Richtung fahren und weitersuchen."

Während sich der Bus wieder in Bewegung setzt, fahren sie weiter bis in das nächste Dorf. Dort beginnen sie wieder, Bewohner und Spaziergänger zu befragen. Aber leider ist ihnen auch hier kein Glück beschieden. Sie melden sich bei Rolf und bitten darum, die Suche abzubrechen. – Auch die anderen beiden Streifenwagen dürfen wieder zurückfahren und damit ihren Auftrag beenden.

# SONNTAG

Auf dem Polizeirevier in Lüchow klingelt das Telefon und Herr Möller fragt besorgt nach:

„Moin, hier ist Ewald Möller. Können Sie uns denn schon etwas mitteilen? Haben Sie eine Spur ausfindig gemacht?"

„Nein, Herr Möller. Bedauerlicherweise hat kein Polizist unserer drei Streifenwagen ein positives Ergebnis der Befragung melden können. Aber wir suchen weiter und geben noch heute eine Suchmeldung an den Rundfunk und an den Fernsehfunk weiter. Ein Bild von Hanna soll dabei helfen und wir erhoffen uns damit ein Echo zu bekommen."

Bei dem Ehepaar Möller herrschen große Aufregung und Angst. Gelegentlich rufen Freunde und Bekannte an, weil sie alle mit bangen.

Für sie geht ein trauriges Wochenende vorüber. Am nächsten Tag beginnt der Alltag wieder und bringt sie mit der Arbeit auf andere Gedanken.

# MONTAG

Im Sekretariat des Gymnasiums erscheinen die beiden Kommissare Ewert und Kühne. Sie bitten darum, schnell den Schülern der Abiturklasse ein paar Fragen zu stellen. Die Sekretärin führt sie zu dem Klassenraum, klopft kurz an und betritt darauf mit den beiden Polizisten das Klassenzimmer:

„Guten Morgen, Herr Krämer, bitte entschuldigen Sie die plötzliche Unterbrechung Ihres Unterrichtes, doch hier sind zwei Polizeibeamte, die den Schülern ein paar Fragen stellen möchten."

Damit verabschiedet sie sich von den Kommissaren und geht zurück in ihr Büro.

„Ich bin Kommissarin Ewert, und das ist mein Kollege Kühne. Wir müssen Ihnen leider mitteilen, dass Ihre Mitschülerin Hanna Möller seit Freitagabend spurlos verschwunden ist. Obwohl wir mit drei Gruppen ununterbrochen gesucht und Bewohner befragt haben, konnten wir keinen Hinweis auf den Verbleib von Hanna bekommen. Um die Suche nach ihr zu fokussieren, benötigen wir alle möglichen Details aus ihrem Leben. Wir möchten Sie daher bitten, dass kurz nacheinander jeder von Ihnen in den leeren Klassenraum nebenan kommt und uns sagt, was ihm zu Hanna einfällt. Wir sind sicher, dass Sie alle daran interessiert sind, Ihre Mitschülerin bald wieder in Ihrem Team zu haben. Wir gehen jetzt beide nach nebenan und erwarten den ersten

Schüler. Vielen Dank auch im Namen von Hannas Eltern, dass Sie uns helfen."

Christine und Klaus haben an einem Tisch Platz genommen und sind gespannt, ob sie erfolgreich sein werden.

Nach und nach und in schneller Folge kommen zuerst die Mädchen und dann die Jungen. Aber zum großen Bedauern ergibt diese Befragung keine relevanten Hinweise. Dabei rundet sich das Bild von Hanna ab und stimmt mit dem überein, was sie bereits von ihren Eltern erfahren haben. Hanna ist eine sympathische, offenherzige, hilfsbereite und strebsame Abiturientin, die ihre gesteckten Ziele unbeirrbar verfolgt.

Die beiden Polizisten fahren zurück auf ihr Revier. In dieser Woche gehen vereinzelt einige Anrufe ein, teils mit unwichtigen Mitteilungen, teils, um etwas vom Fortgang der Ermittlungen zu erfahren. Man fühlt, dass das ganze Dorf betroffen ist. Verschiedene Leute, die die Möllers nicht so richtig kennen, melden sich bei ihnen und erkundigen sich nach Hanna. Auch bieten sie Hilfe an, wie sie auch immer aussehen mag.

# EINE WOCHE SPÄTER

Auf dem Polizeikommissariat in Lüchow klingelt das Telefon. Eine aufgeregte Stimme eines Mannes meldet den Fund einer leblosen Person. Er gibt die genaue Position durch und sagt, dass er und seine Freundin an Ort und Stelle warten, bis die Polizei eintrifft.

Der Kommissar Fritz Behnke hat diese Mitteilung aufgenommen und ruft sofort Oberkommissar Fischer an:

„Hallo Rolf, eben wurde uns von zwei Zeugen ein Leichenfund am Elbufer gemeldet. Die genaue Position habe ich mir sagen lassen und notiert."

„Danke Fritz, am besten du fährst zusammen mit Oliver dorthin und nehmt alles auf. Ich verständige jetzt den Erkennungsdienst, damit die Kollegen auch zum Fundort fahren."

Zusammen mit dem Streifenwagen naht auch ein kleiner Bus des Erkennungsdienstes. Während sich die Kollegen ihre weißen Schutzanzüge anziehen, gehen Fritz und Oliver zu der Leiche. In diesem Augenblick trifft auch schon der nächste Streifenwagen mit vier Beamten ein, die sofort den Fundort weiträumig absperren.

Zwei Beamte gehen auf das Pärchen zu und fragen:

„Haben Sie angerufen?"

„Ja, das war ich. Wir sind nicht von hier und lieben es, an der Elbe spazieren zu gehen. Da erblickten wir am Ufer im Schilf Kleidungsstücke und eine leblose Frau. Deshalb habe ich sofort angerufen."

Oliver hat immer einen Fotoapparat dabei und macht die ersten Aufnahmen vom Opfer. Es ist eine weibliche Person mit kräftigen, schwarzen Haaren. Auch Fritz sieht sich die Leiche genau an, blickt dabei auf Oliver und sagt:

„Die gefundene Person entspricht der Beschreibung der jungen Frau, die wir am vorletzten Sonntag, also vor 8 Tagen vergeblich gesucht haben. Wenn ich mich recht erinnere, hieß sie Hanna.""

Beide gehen einen Schritt zur Seite, weil nun Dr. Wunther von der Gerichtsmedizin die Leiche genauer betrachtet. Er bestimmt die Körpertemperatur und stellt sofort fest, dass der Tod bereits vor mehr als 24 Stunden eingetreten sein muss. Er hält es aber für wahrscheinlich, dass sie nicht durch Ertrinken zu Tode kam, doch genauere Aussagen sind erst nach der Obduktion möglich.

Nachdem Dr. Wunther sich ein Bild verschafft hat, schaut sich Oberkommissar Fischer die Tote genau an, um mit Sicherheit festzustellen, dass es sich um die vermisste Hanna Möller handelt. Mitarbeiter der KTU ziehen den Reißverschluss des Transportsacks langsam zu, legen ihn in die Leichenwanne und verschließen sie mit dem Deckel.

Sofort drängt sich die Frage auf, wer hat diese junge Frau umgebracht?

Rolf gibt den Kommissaren Behnke und Raage den Auftrag, die traurige Aufgabe zu übernehmen, die Eltern zu verständigen. Es ist für Oliver Raage das erste Mal, dabei zu sein, wenn Eltern mitgeteilt werden muss, dass ihr einziges Kind dem Anschein nach umgebracht wurde.

Der Fundort wird noch für weitere Untersuchungen gesichert, denn die Kollegen der KTU suchen jetzt nach Spuren oder versteckten Hinweisen, die auf den Täter oder den Tathergang schließen lassen.

Fritz und Oliver stehen vor der Haustür der Familie Möller. Beide schauen sich an, dann drückt Oliver auf den Klingelknopf. Schnell öffnet jemand die Tür und Frau Möller sieht die beiden Polizisten an, ohne eine Frage zu stellen. Sie tritt zur Seite und bittet die Polizisten, in das Wohnzimmer zu kommen. Alle drei nehmen Platz und Margarete Möller fragt ziemlich gefasst:

„Wo haben Sie Hanna gefunden?"

„Spaziergänger fanden sie am Elbufer im Schilf liegen. Sie hat keine sichtbaren Verletzungen und ihre Kleidungsstücke sind unbeschädigt. Wir können noch nicht sagen, ob ein Unfall, ein plötzlicher Herzstillstand oder eine äußere Gewalteinwirkung den Tod herbeigeführt haben. Wir möchten Ihnen unser tief empfundenes Beileid ausdrücken. Sobald wir mehr wissen, werden wir Sie informieren."

Inzwischen liegt die Leiche bei Dr. Wunther auf seinem Seziertisch zur näheren Untersuchung. Wie immer verläuft eine solche Obduktion nach einer besonderen Reihenfolge mit festliegenden Kriterien. Als Erstes legt er den Zeitpunkt des Todes mit guter Wahrscheinlichkeit auf den vergangenen Sonntag fest, doch eine genauere Zeitangabe ist wegen der Lagerung im Wasser nicht möglich.

Nach langer und überaus gründlicher Obduktion kann er keine Todesursache feststellen. Zwar lässt sich mit Sicherheit sagen, dass die Frau vor ihrem Tode mehrmals Geschlechtsverkehr gehabt hat. Diesbezügliche Verletzungen sind aber nicht zu finden.

Es ist für Dr. Wunther ein höchst unbefriedigendes Obduktionsergebnis, wenn er keine Todesursache diagnostizieren kann. Dieser Fall ist erstmalig in seiner mehr als 34-jährigen Tätigkeit bei unterschiedlichsten Leichenöffnungen. Er kommt aber nicht umhin, Oberkommissar Fischer anzurufen:

> „Hier ist Dr. Wunther. Herr Oberkommissar Fischer, es ist mir eigentlich peinlich, doch das erste Mal in meiner Ausübung als Sektionsarzt kann ich bei einer Leiche keine Todesursache definieren. Kein Anzeichen einer äußeren Gewalteinwirkung, keine krankhafte Veränderung der inneren Organe und keine nachgewiesenen toxischen Einwirkungen weisen auf einen Tod hin. Ich weiß beim besten Willen nicht, was ich in das Protokoll schreiben soll."

Für einen ambitionierten Wissenschaftler – und so sieht sich Dr. Wunther – ist es unerträglich, ein ungelöstes Problem mit sich herumzutragen. Einen Mord ohne Todesursache kann es nicht geben. Er telefoniert mit mehreren seiner Fachkollegen und ehemaligen Professoren. Doch immer wieder hört er die gleiche Antwort:

> „Sehr geehrter Herr Kollege, Sie müssen da etwas übersehen haben!"

Gerade solch eine Antwort kann er gar nicht gebrauchen und sie ist auch nicht hilfreich. Wunther blättert weiter in diversen Fachzeitschriften und wird tatsächlich dabei fündig. Er stößt auf eine kleine Anzeige, auf der die nächste Tagung einer Arbeitsgruppe von Pathologen angekündigt wird, die sich mit der Ermittlung von Todesursachen an Mordopfern befasst. Ohne Frage muss er unbedingt an dieser Fachtagung teilnehmen und meldet sich umgehend dazu an. Die Zusammenkunft soll in zwei Wochen in Hannover stattfinden.

Seit dem Fund der Leiche von Hanna Möller sind auch schon zwei Monate vergangen, doch trotz intensiver Ermittlungsarbeit und breit gefächerter Suche können die Kriminalisten keinen Schimmer eines Erfolges verkünden.

# DIENSTAG

Die Bauersleute Hilde und Heinrich Koog sitzen gemütlich auf der Couch. Hilde hat wie jeden Abend ihr Strickzeug neben sich liegen und ist dabei, den soundsovielten Pullover für Heinrich zu stricken. Heinrich tut weiter gar nichts, sondern zieht genüsslich den Rauch seiner Pfeife in die Lunge.

Aber nun beginnt er doch ein Gespräch und dreht sich der fleißigen Hilde zu:

„Du weißt doch, dass ich da unten eine Koppel für die Kühe habe, die unmittelbar an die Elbe grenzt. Gelegentlich schau ich nach, ob der Zaun noch in Ordnung ist. Als ich so dastand und auf den Spülsaum schaute, entdeckte ich im Modder noch halb im Wasser eine kleine rechteckige Platte. Ich stieg also durch den Zaun und hob dieses Ding auf. Es war ein vollkommen verdreckter Laptop. Ich dachte mir, den Schrott braucht zwar keiner, aber einfach in der Elbe entsorgen, das geht auch nicht!"

„Und nu?"

„Hab ich mitgenommen."

„Und wo ist das Ding?"

„Im Kuhstall."

„Na los, bring mal her, den ollen Laptop. Aber erst spülst du ihn unter dem Wasserhahn tüchtig ab. Bring bloß keinen Elbschlamm in unsere gute Stube. Hast du verstanden, Heinrich?"

„Ja, hab ich."

Eine Viertelstunde später kommt er zurück und hält den noch tropfenden Laptop in der Hand. Nun macht er eine Handbewegung damit, als wollte er das Teil auf den Tisch legen.

Da schreit ihn Hilde an:
„Du büst wohl tüderich! Du kannst den doch nicht so auf den Couchtisch packen. Da leg gefälligst eine Zeitung unter!"

Heinrich legt das Stückchen Schrott erst einmal auf den Teppich und greift dann nach der Zeitung, um sie auf dem Tisch auszubreiten.

Hilde schielt über ihre Brille auf den Laptop, der auf dem guten Teppich einen Zwischenaufenthalt machen darf. Dann wirft sie ihrem Gatten kopfschüttelnd einen bösen Blick zu und strickt weiter.

Jetzt erst hebt er den Laptop auf und legt ihn ganz ordentlich auf die Zeitung der letzten Woche.
Beide schauen auf das Fundstück und Hilde findet es als eine willkommene Abwechslung, einmal auf etwas anderes zu sehen als auf rechte und linke Maschen. Sie legt ihre Strickarbeit zur Seite und klappt den Deckel hoch.

„Ach du meine Güte, da hat ja wohl einer mit dem Hammer auf die Tasten geschlagen. Die sind ja so was von zerdroschen, da erkennt man sogar schon das Innenleben des Computers. Also, Heinrich, den wirst du nicht einmal mehr bei eBay loswerden. Das ist nur noch unbrauchbarer Schrott."

Hilde hebt mit gespreizten Fingern den Boden an, um darunter zu sehen. An der Ecke findet sie ein kleines Etikett und darauf steht ‚Hanna Möller'.

„Heinrich, dieses Ding gehört einer Hanna Möller".

„Ja, und? Den Namen habe ich schon einmal gehört. – Ach nee! Hier auf der Zeitung steht:
‚Wer hat unsere Tochter „Hanna Möller" gesehen?"

„Sag mal, ist das nicht die Schülerin, die tot am Elbufer gefunden wurde? – Heinrich, diesen Laptop bringst du zur Polizei, die suchen immer solche Beweisstücke!"

„Ja Hilde, das mache ich, wenn du meinst. Aber erst gucken wir uns den noch mal von allen Seiten an. - Hier sind zum Beispiel auf der linken Seite zwei kleine Schlitze, schau her."

„Heinrich, du büst ein lütten Dösbattel. Das sind keine Schlitze, das ist der Slot. Da kann man eine Speicherkarte einstecken, den hat mein Laptop auch."

Hilde zeigt ihrem technisch unbegabten Mann, dass man durch einen leichten Druck auf den schmalen Rand die Speicherkarte aus dem Slot ziehen kann.

Plötzlich erwacht in beiden die Neugier. Das Strickzeug besitzt nicht mehr die Priorität eins und wandert sofort in die oberste Schublade der Kommode. An dessen Stelle holt Hilde jetzt ihren Laptop, der sich natürlich in einem pieksauberen Zustand befindet. Sie klappt ihn auf, schaltet ihn ein und schiebt die gefundene Speicherkarte in den SD Card Slot ihres PC.

Nachdem sie sich die fünf Fotos angesehen haben, die sich auf der Speicherkarte befinden, zieht Hilde die Karte wieder aus ihrem Laptop heraus und legt sie in den Schrott-PC wieder ein. Danach bekommt ihr Mann einen Auftrag:

„Heinrich, du fährst morgen früh gleich in das Kommissariat und gibst den gefundenen Laptop ab. Vielleicht gibt es einen Finderlohn, der ist dann für uns beide."

Damit war das Kapitel ‚gefundenes Beweisstück' beendet und Hilde greift wieder nach ihrem Strickzeug.

Heinrichs Pfeife hatte aber das Leben ausgehaucht.

# MITTWOCH MORGEN AUF DEM POLIZEIKOMMISSARIAT IN LÜCHOW

Es ist soeben der Zeitpunkt für den Dienstbeginn gekommen, da klopft jemand an die Tür:

„Moin. Darf ich eintreten? Ich habe hier ein mögliches Beweisstück und das möchte ich Ihnen zur Verfügung stellen."

„Guten Morgen Herr .... Verzeihung, wie ist Ihr Name?"

„Ich bin Heinrich Koog und komme aus Vietze."

„Herr Koog, was für ein Beweisstück bringen Sie uns und woher haben Sie es?"

„Also, das war so. Ich habe meine Kühe auf einer Koppel bei Vietze. Diese Koppel reicht bis genau an die Elbe ran und zur Abgrenzung des landwirtschaftlich genutzten Grundstückes habe ich einen Elektrozaun um die Koppel gezogen und ..."

„Entschuldigung Herr Koog, werden Sie bitte konkret

und erklären Sie uns, was die Kühe mit dem Beweisstück in Zusammenhang bringt?"

„Herr Oberleutnant, Verzeihung, denn ich meine Oberkommissar, das will ich Ihnen ja kurz und knapp berichten. Also nach positiver Kontrolle des Elektrozaunes werfe ich einen Blick auf die vorbeifließende Elbe und entdecke im Spülsaum, so leicht im Modder eingeschwemmt, einen rechteckigen Gegenstand. Zur näheren Erkundung bin ich durch den

Elektrozaun gekrochen und habe dieses Teil freigelegt. Im Kuhstall habe ich es danach unter fließendem Wasser von der groben Verunreinigung freigespült und sauber neben den Strohballen abgelegt.

Als ich meiner Hilde, das ist meine Ehefrau, erzählt hatte, wollte sie es auch sehen. Da habe ich es aus dem Kuhstall in die gute Stube gebracht und auch eine Tageszeitung als Unterlage auf den Tisch gelegt. Aber Hilde drehte das Teil gleich um und erblickte ein kleines Etikett mit dem Namen ‚Hanna Möller.' Wir erinnerten uns sofort an den Namen, weil wir ihn gleich zweimal vor unseren Augen hatten. Nämlich einmal auf dem Laptop und dann in einer Blitzmitteilung in der Zeitung, die ich unter den Laptop legen musste, weil das Hilde so verlangt hatte.
Und nun bin ich damit hier."

„Danke Herr Koog, dass Sie uns dieses Beweisstück übergeben. Wir werden es genauer untersuchen und uns gegebenenfalls bei Ihnen melden."

„Gibt es da auch einen Finderlohn?"

„Herr Koog, warten Sie es ab, man weiß ja nie?"

Durch die leicht geöffnete Tür hat sich Rolf die Darstellung angehört und sagt gleich zu Benno Grossmann:
„Schnapp dir den nassen Laptop und bring ihn rüber in die KTU, die sollen sehen, was er für Informationen in sich birgt."

Von den stets gut gelaunten Kollegen in der KTU wird er gleich freudig begrüßt:

„Moin Benno, bringst du uns eine kleine Waschmaschine, die tropft ja noch wie nach dem ersten Schleudergang".

„Nein, ein Bauer aus der Elbmarsch hat uns eben diesen Laptop gebracht. Er hatte ihn am Elbufer entdeckt, aus dem Modder herausgezogen und ihn im Kuhstall sauber geduscht. Nun meint Rolf, Ihr möchtet nachsehen, ob er uns noch relevante Informationen liefert. Es hängt mit dem Leichenfund ‚Hanna Möller' zusammen, denn ihr Name steht darunter. Also, Ihr wisst Bescheid. Tschüss dann."

Gleich zwei junge Mitarbeiter nehmen sich den Laptop vor und öffnen den Deckel. Da erleben sie einen Schrecken, denn ein so heftig demoliertes Gerät ist ihnen bis heute nicht unter die Augen gekommen. Mit Geschick und einer angemessenen Portion Gewalt gelingt es ihnen, die Tastaturplatte abzuheben. Aber alles, was jetzt zum Vorschein kommt, wurde mit brachialer Wucht und harten Hammerschlägen förmlich breit geklopft. Es ist offensichtlich, dass hier jeder Versuch, Daten zu regenerieren, zwecklos ist. Lediglich die linke Kante erinnert noch an Teile eines Laptops. Der SD Card Slot ist nur leicht eingedrückt, so dass es ihnen gelingt, eine 1 GB Speicherkarte herauszuziehen. Von großer Neugier getrieben, legen sie dieses einzige gerettete Teil in den Slot ihres PC ein. Nun suchen sie nach Dateien und Ordnern. Aber schnell erkennen sie, dass sich der ehemalige Besitzer keine große Mühe gegeben hatte, dieses Speichermedium zu strukturieren. Es gibt darauf keinen einzigen Ordner, sondern nur fünf JPG-Dateien. Sie öffnen mit einer Foto-Software nacheinander diese Dateien. Das erste Bild ist das Foto eines Einfamilienhauses, dann ein Bild von einem älteren Herrn, der wahrscheinlich der Vater ist. Auf dem nächsten Foto ist die Mutter als Hausfrau mit Schürze abgebildet und schließlich hat Hanna ihren Hund fotografiert. Das fünfte Foto fällt etwas aus der Reihe, denn es ist ein Screenshot und zeigt das reichlich undeutliche Brustbild mit dem Kopf einer männlichen Person. Trotz der minderwertigen Abbildung lassen sich daraus die biometrischen Daten zur Identifikation einer Person gewinnen.

„So, das hätten wir. Und jetzt kommt der schäbige Rest in einen großen Folienbeutel und ab damit in die Asservatenkammer,"
ist der Schlusssatz des Technikers, der zusammen mit einem jüngeren Kollegen die Untersuchung durchgeführt hat.

Oberkommissar Fischer ist erfreut über das Ergebnis. Das minderwertige Bild von dem Screenshot, welches die Techniker ihm gegeben haben, lässt ihn hoffen, damit ein Konterfei des Täters zu bekommen. Aber ist es tatsächlich der Täter? Warum hat Hanna diesen Screenshot überhaupt aufgenommen? Leider ist nur das Brustbild vorhanden, ohne einen Hintergrund zu erkennen. Es wäre aber von Interesse, den Bildschirm als Ganzes zu sehen. Warum geht das nicht? Wahrscheinlich reicht die Auflösung des Laptops nicht aus. Nun gut, sie haben schließlich das Gesicht.

# FREITAG IN LÜCHOW

Gleich am frühen Morgen bekommt Kommissarin Ewert den Auftrag, mit dem Bild vom Screenshot die Eltern zu besuchen und zu befragen.

Es ist Eile geboten, weil Fischer verhindern will, dass noch weitere Abiturientinnen von diesem Schicksal getroffen werden. Daher begibt sich Christine Ewert sofort auf den Weg zu den Eltern und klingelt die Mutter heraus:

> „Guten Tag Frau Möller, bitte entschuldigen Sie die Störung, aber ich habe eine dringende Frage, weil wir verhindern müssen, dass noch mehr Unheil geschieht."

> „Ja bitte, fragen Sie nur!"

Die Kommissarin holt das Bild aus ihrer Tasche, gibt es Frau Möller direkt in die Hand und fragt:

> „Haben Sie diese Person schon einmal gesehen? Ist es der Freund oder ein Bekannter von Hanna? Oder etwa ein Verwandter?"

> „Nein, diesen Mann habe ich noch nie gesehen und Hanna hatte auch keinen Freund."

Damit ist ein Versuch gescheitert, den Täter zu finden oder zumindest etwas über ihn zu erfahren. Dennoch wird dieses Bild an die Tafel „AKTUELL" gepinnt, wo auch schon ein Foto von Hanna hängt.

Oberkommissar Rolf Fischer bittet Kommissar Grossmann zu sich:

> „Benno, du bist ja bereits mit dem Fall „Hanna" gut vertraut. Außerdem ist mir bekannt, dass du dich im

privaten Bereich für digitale Technik interessierst. Ich habe im PC eine Mitteilung von unserer ‚Zentrale für fachliche Fortbildung' bekommen, die daher für dich von Bedeutung sein könnte. Es findet nämlich an dem kommenden Wochenende in Hannover ein Seminar statt mit dem Thema ‚Richtige Bewertung biometrischer Daten für die Personenfahndung.' Der Vortragende ist der IT-Ingenieur Moritz Schubert vom „Institut für Biometrie" aus Rosenheim bei München. Unsere Zentrale erläutert dazu, dass dieser Experte seine Wochenendseminare verschiedenen LKAs anbietet und diese Fortbildungen gut besucht sind. Was meinst du, wäre das nicht etwas für dich?"

„Na klar, Chef, da würde ich liebend gern teilnehmen. Weil ich noch keine Familie habe, werde ich auch von niemandem vermisst. Was muss ich tun?"

„Gut, dann melde ich dich an."

Die Woche geht vorüber, ohne dass ein Hinweis auf einen Täter im Fall ‚Hanna' gekommen ist oder sich eine neue Erkenntnis ergeben hat, wo der oder die Täter zu suchen wären. Das Bild vom Screenshot hat Rolf zwar in die Personen-Suchmaschine eingegeben, doch es konnte keine Person ermittelt werden, die zu diesem Bild passt.
Rolf gibt ehrlich zu, dass er noch keine Vorgehensweise entwickelt hat, nach der man den Täter finden könnte. Ihm bleibt nur die simple Methode, bekannte Fälle zu durchstöbern, bei denen ein ähnlicher Tathergang vorliegt. Diesen Auftrag erhält nun Christine, um eine gründliche, Deutschland weite Recherche durchzuführen.

Da sitzt sie nun an ihrem Schreibtisch, versteckt hinter einem Berg von Akten, in denen von vermissten und ermordeten Teenagern berichtet wird. Ab und zu googelt sie in der Hoffnung, mit den Stichwörtern ‚vermisst' ‚Mord', ‚Abiturientin' und ‚Vergewaltigung' einen Hinweis zu erhalten.

Als endlich der Feierabend gekommen ist, setzt sich Benno in sein Privatauto und macht sich auf den Weg zu dem gebuchten Hotel in Hannover.

Christine sieht vor ihren Augen immerfort noch die unterschiedlichsten Bilder junger Mädchen, die Opfer von fürchterlicher Gewalt wurden. Rolf gehen diverse Suchstrategien durch seinen Kopf, doch immer fehlen Anhaltspunkte, an denen eine Suchmethode festgemacht werden kann.

Sogar seiner Frau fällt auf, dass Rolf nur physisch zu Hause ist, jedoch sein Geist irrt durch ein Nirwana brutaler Mordpraktiken.

# FREITAG IN GÖTTINGEN

Kurz nach Dienstbeginn erscheint auf dem Kommissariat 4 in Göttingen ein aufgeregter Mann und bittet darum, eine Suche aufzugeben:

„Guten Morgen, unsere Tochter Alina ist verschwunden, bitte suchen Sie nach ihr!"

Der Beamte sieht dem vollkommen erregten Vater in die Augen und beruhigt ihn:

„Mein Herr, das tun wir gleich. Ich bin Kommissar Wolle und bevor wir mit der Suchaktion beginnen, benötige ich einige Angaben von Ihnen. Wie heißen Sie und wo wohnen Sie?"

„Mein Name ist Georg Schmidt, ich führe ein Autohaus und ich wohne in Barterode, Amselweg 17. Dort wohnen auch meine Frau Martha und unsere Tochter Alina. "

„Seit wann vermissen Sie Ihre Tochter?"

„Seit letzter Nacht; sie verließ das Haus kurz nach acht Uhr abends und kam nicht wieder zurück."

„Bitte beschreiben Sie das Aussehen Ihrer Tochter und wie sie bekleidet war. Haben Sie vielleicht auch ein Foto dabei?"

Nun macht Herr Schmidt alle Angaben über seine vermisste Tochter.

Kommissar Wolle sagt abschließend:

„Wir beginnen sofort mit der Suche und werden alles tun, um Ihnen Ihre Tochter bald wieder übergeben zu können."

Als der Oberkommissar auf der Dienststelle eintrifft, wird ihm sofort von Jörg Wolle berichtet, dass er soeben eine Suchanzeige aufgenommen hat. Es handelt sich um eine 18-jährige Schülerin, die seit dem gestrigen Abend von ihren Eltern nicht mehr gesehen wurde.

Dazu meint Brandt etwas unsicher:

„Ich halte es für möglich, dass hier eine Entführung vorliegt. Bitte geben Sie die Suchanzeige weiter an den Rundfunk und auch an die Fernsehanstalt."

Erich Pabst und Walter Sattler studieren an der ‚Universitätsmedizin Göttingen'. Sie haben beide erfolgreich das Physikum hinter sich gebracht und fahren heute zufrieden und gemütlich mit einem ICE der Bundesbahn nach Hause. Weil Erich ein sehr fleißiger und strebsamer Student ist, bekam er von seinen Eltern einen Fotoapparat. Bereits als Schüler hat er gern und allerhand „geknipst" und immer wieder Freude an seinen Bildern gefunden. Die Eltern gaben ihm das Geld für eine neue Kamera schon bei seinem letzten Besuch. Doch mit der Maßgabe, dass er erst dann dafür einen guten Fotoapparat kaufen darf, wenn er die Prüfung mit mindestens der Note „GUT" bestanden hat. Das ist der Fall und so erwarb er in einem Fotogeschäft in Göttingen die neue Kompaktkamera. Sein Freund Walter hat ihn begleitet.

Nun sind sie auf der Heimreise und Erich mag sich gar nicht setzen, sondern er steht am Fenster, schaut suchend nach Motiven. Da der Zug nur mit mäßiger Geschwindigkeit unterwegs ist, dürfte das Fotografieren aus dem Fenster kein Problem sein. Wenn man nach Dingen sucht, um sie im Bild festzuhalten, nimmt man die Landschaft viel intensiver auf und genießt die noch unberührten Stellen der Natur. Erich ist also ständig auf der Hut, dass ihm nichts entgeht. Auf einigen Abschnitten ihrer Heimfahrt können sie auch die Werra sehen, die freilich hier noch keine große Breite besitzt. Von Weitem erblickt Walter die kleine Brücke bei Werleshausen und sagt zu Erich:

„Pass auf, ein Foto von der Brücke über die Werra ist gewiss ein seltenes Motiv. Das darfst du auf keinen Fall versäumen. Hier kannst du erfahren, welche Belichtungszeiten man für Aufnahmen aus dem fahrenden Zug einstellen muss."

Sicherheitshalber nimmt er eine kleine Fotoserie auf, denn auch diese Aufnahmetechnik möchte er ausprobieren:

„Toll! Aber was ist das? Da schwimmt ein Surfbrett und darauf liegt eine Person in Bauchlage, eine Hand hängt im Wasser und der linke Fuß ebenfalls. Die Person scheint tot zu sein."

Ohne zu zögern, reißt Walter am roten Griff der Notbremse und schon ertönt ein lautes Quietschen und Kreischen. Der ICE kommt schnell zum Stehen. Sofort öffnen sich zahlreiche Fenster und eben so viele neugierige Köpfe schauen auf die ruhig dahinplätschernde Werra.

Der Zugführer, der sofort aus dem haltenden Zug gesprungen ist, erkennt von außen, in welchem Wagen die Notbremsung ausgelöst wurde. Erich und Walter rennen ihm entgegen und sagen:

„Da unten in der Werra liegt eine Leiche auf einem Surfbrett, in abdominaler Lage. Bitte verständigen Sie sofort die Polizei!"

„Wie liegt die Person? In abnormaler Lage? Oder was heißt das auf Deutsch?"

„Das ist lateinisch und das bedeutet ‚auf dem Bauch.'"

„Na klar, warum sagen Sie das denn nicht gleich?"


„Und woher wollen Sie wissen, dass es eine Leiche ist?"

„Weil sie auf dem Bauch liegt, die rechte Hand im Wasser hängt und das linke Bein auch. Aber beeilen Sie sich und verständigen Sie die Polizei. Die Werra bleibt nicht stehen, nur weil eine Leiche darin schwimmt!"

Der Zugführer greift zu seinem Handy, ruft die Polizei an und verabredet mit den Polizisten, am nächsten Haltepunkt auf sie zu warten.

Der ICE setzt in dieser Sekunde seine Fahrt wieder fort und allmählich werden alle Fenster geschlossen. Der Zugführer selbst kommt nun langsam zurück in sein Dienstabteil, weil er ständig Auskunft geben muss, warum der Zug plötzlich gehalten hat und es zu einer Verspätung kommt.

Der nächste Bahnhof ist erreicht, der Zug hält an.

Die beiden Zeugen müssen aussteigen und der Zugführer wartet auf die eintreffenden Beamten. Tatsächlich kommt ein Streifenwagen mit Sondersignal in das kleine Dorf zum Haltepunkt gerast, an dem ansonsten nur zweimal am Tag ein Personenzug hält. Der Zugführer berichtet kurz, was sich ereignet hat und übergibt dann das Wort an die beiden Zeugen. Beide werden aufgefordert, auszusteigen. Er ist froh und erleichtert, wieder seine Fahrt fortsetzen zu dürfen.

Die bedauernswerten Streifenpolizisten müssen jedoch überlegen, wie die Leiche aufgehalten und geborgen werden kann. Weil sie mit einer solchen irren Situation noch nie konfrontiert wurden, rufen Sie ihren Chef an:

„Ja, hier ist Ulrich Brandt, Kommissariat 4 in Göttingen. Was gibt es?"

„Chef, wir haben hier zwei Zeugen, aber keine Leiche. Die befand sich gemäß Aussagen der Zeugen bauchseitig liegend auf einem Surfbrett und schwamm die Werra hinab. Nun wissen wir nicht, wie wir sie bergen können."

Während sich der Chef inzwischen seinen Kopf zerbricht, wie man eine geschickte und schnelle Suche anpackt, werden die Studierenden aktiv.

Walter meint:

„Bei einer angenommenen mittleren Fließgeschwindigkeit von 4 km/h bewegt sich das Surfbrett mit der Leiche in einer Stunde 4 Kilometer. Jetzt müssen wir nur wissen, in welcher Entfernung sich das nächste Sperrwerk befindet. Wer weiß das?"

Schon hat Erich die Auskunft an der Leitung und fragt nach der Rufnummer der Flussmeisterei ‚Untere Werra‘. Darauf wählt er auf seinem Smartphone die besagte Nummer und erfährt, dass die nächste Sperre in Flussrichtung in Hedemünden eingebaut ist. Die Entfernung vom Standort zum Sperrwerk hat er auch gleich erfragt und erfährt, dass es 18 Flusskilometer sind.

Blitzschnell kalkuliert Walter:

„Damit ergibt sich eine Zeitdauer von 4,5 Stunden.“

Inzwischen ist die Denkpause, um die der Chef seine beiden Streifenposten gebeten hatte, vorüber und er meldet sich mit der folgenden Dienstanordnung:

„Hört zu, Kollegen, Ihr erkundigt Euch bei der entsprechenden Stelle, wo das nächste Sperrwerk in der Werra eingebaut ist, fahrt dorthin und wartet, bis die Leiche ankommt.“

Die beiden Studenten können das Gespräch mit anhören und sich sogleich hilfreich äußern:

„Herr Kommissar, wir haben bereits mit der ‚Flussmeisterei Untere Werra‘ gesprochen und erfahren, dass wir nach Hedemünden fahren müssen, weil dort das nächste Sperrwerk den Fluss regelt.“

„Danke, dass Sie sich erkundigt haben, aber was heißt ‚**wir** fahren dorthin‘? „

„Na ja, was soll denn aus uns werden. Wir möchten irgendwie nach Hause kommen. Wenn wir den Leichenfund nicht gemeldet hätten, säßen wir schon im Wohnzimmer bei unseren Eltern.“

„Gut, dann kommen Sie beide mit und können von Hedemünden mit dem Bus oder Zug weiterfahren. Für Rückfragen haben wir bereits Ihre persönlichen Daten erhalten."

„Danke, dass Sie uns mitnehmen. Ich habe ausgerechnet, dass die Leiche auf dem Surfbrett von hier bis Hedemünden etwa 4,5 Stunden braucht. Dann können Sie sie bergen", ist die Antwort von Walter.

Mit Blaulicht und Sondersignal rasen sie nach Hedemünden zum Sperrwerk in die Straße ‚An der Mühle‘. Die beiden Studenten Erich und Walter steigen aus und machen sich auf den Weg. Die Polizisten suchen indessen den Wärter, der das Sperrwerk betreut.

Auf dem Weg zum Bahnhof sagt Erich zu Walter:
„Das ist doch der Hammer. Wir schauen uns bei dir die Aufnahmen an, die du von der Leiche auf dem Surfbrett gemacht hast. Dann verfassen wir in Windeseile einen Kurzbeitrag und morgen früh sind wir in Göttingen bei der Redaktion des ‚Göttinger Anzeigers‘. Das gibt ein kleines Taschengeld und geil ist es obendrein!"

Die beiden Streifenpolizisten haben inzwischen Position bezogen, sitzen auf unbequemen Holzstühlen vor der Sperre und schauen in Gedanken versunken auf die ruhig dahinfließende Werra. Gewiss haben sie sich den Freitagabend anders vorgestellt, aber ‚Dienst ist Dienst.‘ Um 22:00 Uhr kommt die Ablösung von der örtlichen Polizeistation Hedemünden. Oberkommissar Brandt hatte diese kluge Idee gehabt als ersten Teil seiner Strategie zur Problemlösung, damit seine Leute zu ihrem Feierabend kommen. Die Kollegen vor Ort sind bereitwillig diesem Vorschlag gefolgt. Es ist schließlich ein Erlebnis, das aus dem Polizeialltag herausragt, wenn man den Auftrag bekommt, auf eine herannahende Leiche zu warten.

Für Erich und Walter kann die Nacht gar nicht schnell genug vergehen. Erich leiht sich von seinem Vater dessen Auto und bald sind sie mit dem Artikel auf dem Weg nach Göttingen zur Redaktion. Dort geht alles ganz schnell und der Journalist, der die Themen für ,Lokales' bearbeitet, ist hocherfreut über diesen Beitrag. Dafür gibt er jedem einen Fünfziger und stolz fahren die beiden akademischen Hilfsjournalisten zurück in ihr heimatliches Bad Soden - Allendorf.

Unverdrossen wechseln sich die Polizisten ab, die das Sperrwerk im Auge haben, doch nichts tut sich. Mittlerweile kennen sie schon jede Schraube und jede Eckverbindung an dem eisernen Gebilde, denn eine Abwechslung ist lediglich ein Freizeitsegler, der die Werra flussabwärts fährt und die Sperre passieren muss. Der Wärter öffnet langsam die beiden Halbtore, damit das kleine Segelboot durchschlüpfen kann. Die Polizisten achten sehr wohl darauf, dass nicht mit dem Schiff ein beladenes Surfbrett die Sperre passiert. Aber auch bis zum Samstagabend können sie keine ,Sichtung des gesuchten Objektes' melden.

Während die Familie des Oberkommissars Fischer genau um Punkt 19 Uhr das Abendessen einnimmt, hören sie das Neueste vom Tage aus dem Radio. Es gibt nur unbedeutende oder bereits bekannte Meldungen bis auf den Wetterbericht. Danach aber sagt der Nachrichtensprecher:

„Und hier noch eine Suchmeldung der Polizei Göttingen: ‚Seit gestern Abend wird die 18-jährige Schülerin Alina S. vermisst. Sie ist mittelgroß, hat lange schwarze Haare und trägt eine blaue Barbour-Jacke. Wer sachdienliche Hinweise geben kann, melde sich bitte unter der bekannten Rufnummer 110. Das waren die Nachrichten. Es ist jetzt ....“

Diese Meldung hat bei der gesamten Familie fast zu einer Schockstarre geführt. Sie essen nicht weiter. Die Blicke sind auf Rolf gerichtet. Luca, der 16-jährige Sohn, durchbricht das Schweigen:

„Papa, hängt das etwa mit eurem Fall ‚Hanna‘ zusammen?“

„Mein Junge, ich weiß es nicht, aber es könnte schon sein. Natürlich rufe ich sofort die Kollegen in Göttingen an. Vielleicht können ihnen unsere Informationen dienlich sein.“

„Rolf“, ermahnt ihn seine Frau, „nun iss erst einmal zu Ende und dann hast du genügend Zeit, deinen Kollegen in Göttingen alles zu berichten.“

Es ist zu vermuten, dass dieses Wochenende einen anderen als den geplanten Verlauf nehmen wird. Aber dem kriminalistisch äußerst interessierten Luca kann das nur recht sein, denn er beabsichtigt einmal die Laufbahn seines Vaters einzuschlagen.

Gleich, nachdem Ruth auch das Geschirr vom Nachtisch abgeräumt und sich in die Küche verzogen hat, setzt sich Rolf in einen bequemen Sessel, der nahe dem Fenster steht. Ihm gegenüber hat sich Luca niedergelassen, der jetzt hautnah miterleben möchte, was sein erfahrener Vater nun macht.

Rolf wählt nicht die Notrufnummer, sondern die dienstliche Rufnummer der Polizeizentrale Göttingen. Von dieser wird er weitergeleitet an das Polizeirevier 4:

„Kommissar Rolf Fischer vom Polizeirevier Lüchow. Ich habe soeben im Rundfunk Ihre Suchmeldung nach einer vermissten 18-Jährigen erfahren und möchte dazu etwas mitteilen. Wer bearbeitet diesen Fall?"

„Guten Tag, hier ist Kommissar Ulrich Brandt. Ich selbst habe die Information an den Rundfunk weitergeleitet. Was können Sie uns dazu mitteilen, Kollege Fischer von Lüchow? Ich muss aber ergänzen, dass uns bereits ein Leichenfund gemeldet wurde, doch ob es sich um die Vermisste handelt, muss die gerichtsmedizinische Untersuchung ergeben."

In dem nun folgenden Gespräch erfährt der Göttinger Kommissar alle Details vom Fall der vermissten Hanna und dass aus dem Vermisstenfall leider ein Mordfall geworden ist. Man müsste prüfen, ob es Übereinstimmungen beider Opfer gibt. Die ungewöhnliche Zeit des Verschwindens untermauert die Vermutung, dass sie es hier mit dem gleichen Täter oder einem Nachahmer zu tun haben könnten. Beide Kommissare kommen überein, sich gegenseitig über erzielte Resultate zu informieren.

# SONNABEND

Bereits die Frühaufsteher, die sich morgens gern vom Bäcker die Frühstücksbrötchen holen, werden überrascht von einer Eilmeldung mit Foto im Göttinger Anzeiger:

‚Leiche mit Surfbrett schwimmt auf der Werra‘.

Oberkommissar Brandt hat sich inzwischen eine Strategie überlegt, wie er auf kürzestem Weg der Leiche habhaft werden kann. Ein Mitarbeiter der KTU hat ihm die Entscheidung erleichtert, indem er sagt:

„Herr Brandt, wenn bis jetzt die Leiche nicht an der Sperre aufgekreuzt ist, dann wird sie auch nicht mehr dort erscheinen. Bei der Fließgeschwindigkeit der Werra ist reichlich Zeit vergangen, in der das Objekt hätte angekommen sein müssen. Es gibt daher nur zwei Möglichkeiten:
Entweder es hat jemand in grenzenloser Pietätlosigkeit das Surfbrett gestohlen und die Leiche in das Wasser fallen lassen oder das Brett samt der Leiche hat sich im Uferbereich festgesetzt, weil es an einem Hindernis hängen geblieben ist.“

Dieses Argument leuchtet Ulrich Brandt ein und er setzt sich sogleich mit der Feuerwehr in Verbindung und bittet die Kollegen, mit einem Schlauchboot Amtshilfe zu leisten.

Schnell, wie es die Art einer Feuerwehr ist, befindet sich ein Löschfahrzeug mit Schlauchboot auf der Straße nach Hedemünden. Dort wird es an der ‚Alten Mühle‘ zu Wasser gelassen und vier Kameraden sitzen auf. Während das rote

Schlauchboot auf der Werra stromaufwärts fährt und sich dicht unter Land hält, fährt ein Streifenwagen der Göttinger Polizei auf dem Landweg ebenfalls der Strömung entgegen und soweit es möglich ist, nahe dem Fluss.

Nach knapp einer halben Stunde erblicken die Kameraden auf dem Schlauchboot unter einer kleinen Brücke bei Gertenbach zwischen einem seitlichen Brückenpfeiler und der Böschung das Surfbrett. Der Streifenwagen kommt auf der Bundesstraße 80 zur Fundstelle. Stolz über das Erreichte ruft Brandt sofort seine Kollegen der KTU an und bittet sie zum Tatort. Jetzt läuft alles nach der üblichen Routine ab. Das Surfbrett wird gesichert und in die Asservatenkammer gebracht und die Leiche in die Gerichtsmedizin. Hier weiß die Pathologin Dr. Anita Laube schon, was sie in der kommenden Woche tun wird.

# MONTAG IN GÖTTINGEN

In der Gerichtsmedizin ist Dr. Anita Laube schon seit den frühen Morgenstunden damit beschäftigt, die Leiche zu sezieren. Sie hat zwar zwischenzeitlich erfahren, dass im Gebiet um Lüchow ebenfalls eine Leiche gefunden wurde, doch die Todesursache ist ihr bis heute nicht zu Ohren gekommen. Aber wie immer führt sie die Obduktion in einer gewissen Reihenfolge durch, weil sich dafür eine allgemein übliche Vorgehensweise herausgebildet hat. Sie stellt fest, dass keine Anzeichen für ein Organversagen zu finden sind. In der Lunge ist kein Wasser vorhanden, sodass man nicht von einer Wasserleiche sprechen kann. Es sind auch keine Spuren einer Gewalteinwirkung festzustellen, die zum Tod hätte führen können. Dennoch erkennt sie, dass mehrmals Geschlechtsverkehr stattgefunden hat. Dieser kann möglicherweise gegen ihren Willen gewesen sein, denn sie findet Verletzungen. Die Suche nach irgendwelchen toxischen Substanzen bleibt erfolglos. Auch kann sie einen Erstickungstod ausschließen, da die Sauerstoff-konzentration des Blutes noch im physiologischen Bereich liegt. Wenn Dr. Laube vom gesamten Erscheinungsbild der Toten ausgeht, dürfte die Frau eigentlich gar nicht tot sein. So steht auch Frau Dr. Laube vor der Frage nach der Todesursache. Weil sie diesen Widerspruch nicht erklären kann, interessiert es sie jetzt umso mehr, welche Todesursache ihr Berufskollege bei der Toten in der Nähe von Lüchow gefunden hat. Sie bittet Ulrich Brandt um die Rufnummer des dortigen

Kommissariats und beginnt nun mit der Ursachenforschung:

„Guten Tag, hier spricht Dr. Anita Laube vom gerichtsmedizinischen Institut Göttingen. Ich hätte gern den für Sie tätigen Gerichtsmediziner gesprochen!"

„Ja, moin moin. Hier spricht Rolf Fischer. Bevor ich Sie aber zu unserem Dr. Wunther durchstelle, möchte ich gern den Grund Ihres Anrufes wissen. Welches ist Ihr Problem?"

„Herr Fischer, es ist leider in der Tat ein Problem. Ich habe die Leiche einer 18-jährigen weiblichen Person auf dem Tisch und kann beim besten Willen und intensivster Suche keine Todesursache feststellen."

„Ja, Frau Dr. Laube, dann stelle ich Sie eben zu Dr. Wunther durch, der wird sich freuen zu erfahren, wonach Sie in Göttingen suchen."

Nun berichtet sie dem Kollegen Wunther, dass sie eine Leiche auf dem Tisch hat und keine Ursache eines Todes feststellen kann. Das hört sich Dr. Wunther ruhig an und sagt lakonisch:

„Liebe Kollegin im schönen Göttingen. Sie werden es nicht glauben, aber vor genau zwei Wochen stand ich vor der gleichen Frage. Auch bei meiner 19-jährigen weiblichen Leiche konnte ich nicht herausfinden, woran sie gestorben ist. Ich habe mich in einer Arbeitsgruppe umgehört, aber das, was ich dort berichtete, hatte noch keiner von ihnen jemals erlebt. Es macht mich zutiefst unzufrieden, weil es das eigentlich nicht geben darf. Eine Ursache des Ablebens ist mit Sicherheit gegeben, nur wir haben es noch nicht geschafft, diese zu finden. Wäre die Leiche noch im frühkindlichen Alter, wäre ich geneigt, vom plötzlichen Kindstod zu sprechen. Den können wir aber ausschließen."

„Und was haben Sie auf den Totenschein geschrieben?"

„Ja, was schon: Herzstillstand, denn da liege ich richtig. Wenn das Herz nicht mehr schlägt, tritt mit Sicherheit der Tod ein. Machen Sie es genau so, dann sind Sie zwar mit sich nicht zufrieden, aber trotzdem haben Sie keine falsche Diagnose gestellt."

„Ich danke Ihnen für das interessante Gespräch und die unbestreitbare Todeserklärung."

Weil damit die Obduktion abgeschlossen werden kann, bekommen die Kommissare Herta Zeidler und Bernd Weiß den unschönen Auftrag, gemeinsam den Eltern der Toten die Gewissheit zu offenbaren, dass ihre Tochter wahrscheinlich gewaltsam zu Tode gekommen ist.

Beide machen sich auf den Weg nach Barterode, denken aber schon daran, einen Fotoapparat und Probenröhrchen mitzunehmen.

Sie klingeln an der Haustür und Frau Schmidt öffnet. Sie sehen sich nur wortlos an. Dann beginnt die Mutter:

"Wo haben Sie meine Tochter gefunden? War etwa sie es, die auf einem Surfbrett die Werra hinuntergetrieben wurde. Ich habe es fast vermutet und mich auf das Schlimmste eingestellt."

Frau Schmidt, zuerst übermitteln wir Ihnen unser persönliches und das Beileid unserer Kollegen. Wir können Ihnen aber noch nicht sagen, wie das Leben Ihrer Alina endete. Die Gerichtsmedizin konnte keine Todesursache finden. Wenn Sie sie identifizieren, werden Sie Ihre Tochter vorfinden, als würde sie schlafen.

Doch wir können uns nicht damit abfinden, dass wir nur so spärlich etwas sagen können. Bitte helfen Sie uns, den Tatverdächtigen zu finden, um weitere Vergehen zu verhindern, denn jedes Detail kann uns helfen.

Sind Sie in der Lage, uns Ihre Tochter zu beschreiben oder sollen wir morgen wiederkommen?"

Frau Schmidt antwortet:

„Ja, ich werde es versuchen.

Alina war ein ruhiges, aber sehr zielstrebiges Mädchen. Sie war schlank, hatte mittellange schwarze Haare und legte großen Wert auf ihr Äußeres. Die Schule und das Aneignen von Wissenstand bei ihr immer an erster Stelle. Sie hatte es sich in den Kopf gesetzt, Medizin zu studieren. Selbst wenn sie nicht gleich drankommt, wollte sie arbeiten gehen und auf ihre Chance warten. Gern war sie mit den anderen Mädchen zusammen und am Wochenende fanden sie sich alle in der Disco ein. Natürlich waren auch Jungen dort, aber für eine enge Beziehung war es ihr absolut zu früh. Alinas Hilfsbereitschaft kannte sogar jeder aus unserer Nachbarschaft, denn sie hat geholfen, wo es nötig war."

„Bitte erzählen Sie uns, wie der letzte Abend verlief!"

„Wir hatten zusammen Abendbrot gegessen und gingen dann alle drei in unser Wohnzimmer, um die Vorabendsendung „Das rote Sofa" zu sehen. Das ist eine von Alinas Lieblingssendungen. Gegen acht Uhr sagte sie, sie wolle sich noch kurz mit einem Lehrer treffen, den sie im Internet kennengelernt hatte. Er wollte ihr einiges in Mathe erklären, denn das ist für sie ein „Problemfach", wie sie es nannte. Sie nahm ihr Tablet und das Handy und verschwand. Sie trällerte dabei noch irgendeine Melodie und rief:

‚Tschüss, ich bin bald wieder da'. Dieses war der letzte Moment, in dem unserer Familie noch vollständig war."

„Dürfen wir noch einen Blick in ihr Zimmer werfen?"

„Ja, natürlich die Treppe hoch und oben links."

Die beiden Kommissare haben nun ein Bild vermittelt bekommen und können sich die schwarzhaarige, adrette Abiturientin gut vorstellen. Sosehr sie auch jede Schublade durchsuchen, an keiner Stelle ist ein Hinweis auf einen Lehrer zu finden, der ihr die Mathematik näherbringen will.

Im Kommissariat wartet schon Ulrich Brandt auf nähere Informationen. Leider können die beiden „Spürnasen" mit keinen Details über Alinas Verschwinden aufwarten.

Uli legte wieder einmal eine Strategie fest:
„Wir wissen, dass es in der Nähe von Lüchow einen ähnlichen Vermisstenfall gegeben hat. Auch dabei handelt es sich um eine schwarzhaarige Abiturientin, die genau wie Alina Lernschwächen in Mathematik hatte.

Der Täter versprach ihr Hilfe mit einem speziellen Gerät.

Da sich beide Fälle ähneln, werde ich den dortigen Kollegen ansprechen, ob wir nicht eine gemeinsame SOKO einrichten sollten. Was haltet Ihr davon?"

Kommissarin Herta Zeidler ist von diesem Gedanken sofort begeistert und stimmt zu:

„Das ist eine sehr gute Idee. Man weiß nie, ob es vielleicht noch einen weiteren Vermisstenfall in ähnlicher Art geben wird. Wir werden natürlich alles tun, um das zu verhindern."

Kopf nickend gibt auch Kommissar Bernd Weiß seine Zustimmung und so entschließt sich der Oberkommissar den Kollegen in Lüchow per E-Mail einen entsprechenden Vorschlag zu unterbreiten.

# MONTAG IM POLIZEIKOMMISSARIAT LÜCHOW

Die neue Woche beginnt auch in Lüchow mit viel Elan und Tatendrang. Benno meldet sich wieder zurück und erstattet Bericht von einem sehr interessanten Seminar. Während er seinen Kollegen von den Vorträgen berichtet, fällt sein Blick zufällig auf die Pin-Wand, auf der neben Hannas Foto auch ein etwas undeutlicher Screenshot angebracht ist. Da sagt er plötzlich:

„Wie kommt denn das Bild von Moritz Schubert an eure Pin-Wand? Das ist der Ingenieur, der uns geschult hat. Was hat das denn nun wieder zu bedeuten?"

Sofort fällt ihm Rolf ins Wort:

„Was sagst du da? Das kann doch nicht sein. Der ähnelt vielleicht dem abgebildeten Tatverdächtigen, aber es ist bestimmt nicht ein und dieselbe Person."

„Na ja, ich kann es mir auch nicht vorstellen, dass dieser intelligente Techniker ein junges Mädchen umbringt."

Das ist sein abschließender Kommentar und seine Kollegen sind der gleichen Meinung. Danach wechselt Rolf das Thema:

„Liebe Kollegen, ich habe am Wochenende zufällig eine Suchmeldung im Rundfunk gehört, die sich auf eine vermisste junge Frau aus der Umgebung von Göttingen bezieht. Ich habe mich im Laufe des Tages an das zuständige Kommissariat in Göttingen gewandt, da ich näheres erfahren wollte. Dort erklärte man mir, dass sie bereits eine Frauenleiche gefunden hätten, konnten mir aber noch nicht sagen, ob es sich um die vermisste junge Frau handelt.

Vor wenigen Minuten erhielt ich von dem Oberkommissar aus Göttingen eine E-Mail. Darin wird mir mitgeteilt, dass die Obduktion leider bestätigte, dass es sich um die Vermisste handelt. Sie heißt Alina Schmidt und ist, ebenso wie unsere Hanna, eine Abiturientin, die schwarze lange Haare hat und eine Lernschwäche im Fach Mathematik hat. Es ist schon eigenartig, dass die Gerichtsmedizinerin, die die Obduktion vorgenommen hat, keine Todesursache feststellen konnte. Die Göttinger Kollegen vermuten einen Zusammenhang mit unserem Fall und schließen nicht aus, dass sich ein weiterer ähnlicher Vermisstenfall zutragen kann. Sie schlagen vor, gemeinsam mit einem Kollegen von uns eine überregionale SOKO zu bilden. Ich persönlich finde die Idee sehr gut, wenn nicht sogar zwingend."

An dieser Stelle mischt sich Fritz Behnke ein:

„Ich denke eben wieder daran, was wir über eine mögliche Tatbeteiligung des Ingenieurs vom Wochenendseminar sagten. Für diesen Fall in Göttingen hat er angeblich ein unbestrittenes Alibi, denn das kann Klaus sogar bezeugen. Aber kann er auch ein Alibi nachweisen für den Mord an Hanna? Es ist doch möglich, dass er als Täter infrage kommt und in Göttingen ist es ein Trittbrettfahrer, der ihm ähnelt."

Rolf stellt zur Klärung an Benno die Frage:

„Benno, du hast doch gewiss Unterlagen zu dem Seminar erhalten. Ist dabei auch eine Aufstellung seiner Seminare mit Ort und Zeit?"

„Ja, Rolf, die habe ich. Einen Augenblick bitte, ich schaue gleich nach. Die Unterlagen befinden sich in meinem Schreibtisch, ich bin gleich zurück."

Während Benno an seinem Arbeitsplatz nach den Seminarunterlagen sucht, geht ein leises Murmeln durch die Gruppe. Sie finden die Verdächtigungen eines Deutschland weit bekannten IT-Spezialisten als ziemlich weit hergeholt. Doch da erscheint Benno mit einer Liste in der Hand wieder in der Gesprächsrunde:

„So, hier liegt mir eine Aufstellung seiner Spezialseminare zum Thema: ‚Digitale Medien in der Kriminalistik' vor. Demnach war er von Freitag, dem 20. April, bis Sonntagabend, 22. April, in Rostock. Das schließt den Zeitraum ein, in dem Hanna vermisst wird."

„Nun gilt es, zu prüfen, wann er Freitag in Rostock angekommen ist und ob er die Möglichkeit gehabt hatte, um unbeobachtet für eine gewisse Zeit zur Tatausübung nach Gorleben verschwinden zu können. Dazu werden wir ihn befragen."

„Aber Rolf, warum willst du ihn befragen. Ist es nicht besser, die Rostocker Kollegen zu konsultieren, ob diese ihm ein umfassendes Alibi geben können?"

„Natürlich Fritz, du hast recht, denn das ist der sichere Weg. Bitte übernimm du diese Erkundigung bei den Rostockern!"

Kommissar Fritz Behnke setzt sich im Anschluss an diese Besprechung mit dem Leiter des Rostocker Kommissariats in Verbindung. Hier erfährt er, dass Moritz Schubert aus der Nähe von München angereist ist und nahezu den ganzen Freitagabend, dem 20. April in Rostock im Restaurant des Hotels mit einigen Kollegen bis gegen 23:30 zusammengesessen hatte. Um 8:30 des nächsten Tages (Sonnabend, 21. April) befand er sich im Vortragsraum, um einige Vorbereitungen zu treffen. Somit zieht Behnke folgendes Resümee:

„Der IT-Ingenieur Moritz Schubert besitzt für die in Frage kommende Tatzeit der Ermordung von Hanna Möller ein sicheres Alibi."

Wieder hakt an dieser Stelle Kommissar Fritz Behnke ein: „Nein, liebe Kollegen, da begeht ihr einen Fehler, denn es ist ein Trugschluss. Hanna wurde zwar am Freitagabend, dem 20. April das letzte Mal lebend gesehen, doch ihre Leiche wurde erst nach zwei Wochen, nämlich am 1. Mai gefunden. Wir wissen aber von der gerichtsmedizinischen Untersuchung, dass der Tod bereits vor mehr als 24 Stunden eingetreten sein muss. Für diesen gesamten Zeitraum müsste Herr Schubert ein Alibi haben, denn wir wissen eben nicht, wann sie ermordet wurde. Er könnte die Tat gut nach Abschluss des Seminars begangen haben."

Christine Ewert hat einen Einwand:

„Fritz, jetzt machst du aber einen Denkfehler. Als Hanna abends verschwunden ist, war Schubert schon in Rostock und hat für die Zeit der wahrscheinlichen Entführung ein Alibi. Nur für die beiden Wochen darauf hat er keins. Das bedeutet, dass die Entführung ein anderer für ihn hätte erledigen müssen und das ist weit hergeholt, finde ich."

Oberkommissar Fischer beendet diese Diskussion, indem er sagt:

„Da muss ich dir, Christine, recht geben, sodass wir eine Tatbeteiligung bei dem Fall ‚Hanna' ausschließen können.

Nun zum Fall ‚Alina'. Ich möchte dich, Benno, noch einmal detailliert befragen. Um welche Uhrzeit bist du am Freitag, dem 11. Mai, in Hannover eingetroffen und wann hast du den Seminarleiter Schubert das erste Mal gesehen?"

„Das kann ich genau sagen, denn ich fragte im Hotelrestaurant, ob ich um 18:00 Uhr schon mein Abendbrot bekommen kann. Da sah ich aber den Herrn Schubert schon mit drei anderen Herren an einem Fenstertisch sitzen.
Das Schlusswort wurde am Sonntag, dem 13. Mai, gegen 15:00 Uhr gesprochen. Danach packte auch Herr Schubert seine Sachen ein, wobei ich damit nicht behaupten kann, dass er auch um diese Zeit abgereist ist."

„Damit hat Herr Schubert also für die Zeit von Freitag, dem 11. Mai, 18:00 Uhr bis Sonntag, dem 13. Mai, 15:00 Uhr ein ‚wasserdichtes' Alibi.

Fritz Behnke, den dieser Fall sehr interessiert, meldet sich schon wieder zu Wort:

„An diesem Freitag erschien aber schon kurz nach Dienstbeginn Herr Schmidt auf unserem Kommissariat und meldete seine Tochter als vermisst. Da zu dieser Zeit Herr Schubert aber noch nicht im Hotel war, hat sein Alibi eine Lücke. Es beginnt erst gegen 18:00 Uhr.

Theoretisch wäre es ihm möglich gewesen, Alina zu entführen und irgendwo unterzubringen oder sie gleich zu töten.

Er kann demnach als Tatbeteiligter im Fall ‚Alina' nicht ausgeschlossen werden."

Nun fasst Fischer zusammen:

„Mit der Lücke im Alibi hast du zwar recht, aber wer soll sich in der darauffolgenden Zeit um die Leiche gekümmert haben? Ich finde die Lücke als unbedeutend. Nachdem wir das Alibi von Ing. Moritz Schubert zur Kenntnis genommen haben, kann er als Tatbeteiligter oder sogar als Täter ausgeschlossen werden. Wir wenden uns jetzt wieder der neuen, überregionalen SOKO zu.

Weil du, Christine, dich schon intensiv mit dem Fall beschäftigt hat, möchte ich dich fragen, ob du für eine gewisse Zeit nach Göttingen gehen könntest?"

Christine antwortet sofort und mit leichtem Bedauern:

„Rolf, es ehrt mich, dass du mich dafür ausgewählt hast. Aber da meine Tochter erst zwei Jahre alt ist, möchte ich sie nur ungern für eine längere Zeit meinem Mann anvertrauen und ihn vielleicht damit überlasten."

„Das verstehe ich, denn du sollst dort ja unbeschwert arbeiten können. OK, dann frage ich Benno. Wie sieht es bei dir aus, Benno?"

„Rolf, ich hätte damit kein Problem, denn ich habe weder eine Frau noch habe ich Kinder."

Oberkommissar Fischer atmet erleichtert auf und teilt den Göttinger Kollegen diese Entscheidung mit.

# DIENSTAG IN GÖTTINGEN

Im Kommissariat 4 nimmt Ulrich Brandt diese Zusage der Lüchower Kollegen erfreut zur Kenntnis und stellt sofort die neue SOKO „Abi" zusammen. Er ruft seine Mitarbeiter in den Besprechungsraum und erklärt:

„Liebe Kollegen, wir werden eine SOKO bilden, die sich mit den Morden der Abiturientinnen befasst. Ich möchte die Gruppe daher als SOKO „Abi" bezeichnen.
Von uns arbeiten darin Herta Zeidler, Bernd Weiß und Jörg Wolle. Von Lüchow kommt der Kommissar Benno Grossmann dazu. Er wird für eine bestimmte Zeit auch in Göttingen wohnen, um eine ununterbrochene Ermittlungstätigkeit zu gewährleisten."

Kommissar Jörg Wolle fängt gleich mit der ersten Idee an:

„Es wäre bestimmt hilfreich, wenn wir das Tablet bekommen könnten, das Alina gemäß Aussage ihrer Eltern am Abend mitgenommen hat."

Dazu wirft Bernd Weiß ein:

„Du glaubst doch nicht, dass ein vielleicht jugendlicher Finder ein Tablet abgibt, was er irgendwo entdeckt hat. Der freut sich über den Fund und behält es stillschweigend für sich."

Die pfiffige Herta hat dazu eine Idee:

„Ich bin der gleichen Meinung, dass wir so nicht zu dem gesuchten Fundstück kommen. Aber wie heißt es so schön? ‚Mit Speck fängt man Mäuse'. Wir müssen einen üppigen Finderlohn aussetzen, der höher ist, als der

Wert eines gebrauchten Tablets. Dann könnte es klappen!"

„Eine super Idee! Aber so viel Geld hat unsere Behörde nicht, um einen üppigen Finderlohn zur Verfügung zu stellen!"

Ergänzend dazu bringt Ulrich einen anderen Vorschlag ins Spiel:

„Die Eltern sind doch gewiss daran interessiert, herauszufinden, wie es zu diesem tragischen Mord gekommen ist. Der Vater von Alina besitzt ein Autohaus. Wir sollten ihm den Gedanken vortragen und abwarten, was er dazu meint."

Bei seinen Mitarbeitern kommt diese Idee gut an und sie begrüßen diesen Vorstoß, auch wenn Angehörige auf diese Art und Weise in die polizeilichen Ermittlungen mit einbezogen werden. Doch es ist nicht verboten und so stehen sie hinter dem Vorschlag ihres Chefs.

Dieser wird wieder konkret:

„Herta, du hattest eine tolle Idee und besitzt auch die nötigen weiblichen Eigenschaften, den Vater vom Vorzug zu überzeugen. Fahr doch heute noch zu ihm in sein Autohaus!"

Sofort bricht Herta auf und fasst dabei ihren Kollegen Weiß an die Schulter, mit den Worten:

„Bernd, du kommst doch gewiss gern mit. Oder?"

Im Autosalon „Schmidt Mobil" werden sie sofort von einem freundlichen Verkäufer begrüßt:

„Möchten die Herrschaften einen neuen Streifenwagen oder ein E-Mobil für den privaten Bedarf?"

„Nein, weder noch, aber wir hätten gern Ihren Chef gesprochen!"

Herr Schmidt kommt auf die beiden zu und begrüßt sie mit leiser Stimme:

„Haben Sie Neuigkeiten in Bezug auf meine Tochter?"

„Leider haben wir noch keine neuen Erkenntnisse und sehen auch keinen Weg, solche zu erlangen. Wenn wir das Tablet hätten, das Alina mitgenommen hat, als sie Ihr Haus verließ, könnten wir vielleicht Anhaltspunkte finden und weitere Schlussfolgerungen ziehen. Aber wir glauben nicht, dass sich ein möglicher Finder meldet und ein gefundenes Tablet der Polizei übergibt."

Das hatte Herta wirklich geschickt eingefädelt, sodass Herr Schmidt mit einem „gänzlich neuen" Vorschlag kam:

„Man sollte einen Finderlohn aussetzen, der einen Anreiz bietet, ein gebrauchtes Tablet abzugeben."

„Herr Schmidt, Sie haben da eine ganz tolle Idee, doch leider ist unser amtliches Budget stark eingeschränkt, sodass wir nur mit wenigen Euro locken könnten."

„Frau Kommissarin, machen Sie sich keine Sorgen, das übernehme ich. Starten Sie bitte einen Aufruf und setzen einen Finderlohn von 1000 EUR aus, das müsste klappen!"

„Besten Dank, Herr Schmidt, so werden wir verfahren. Auf Wiedersehen!"

Stolz fahren die beiden Kommissare wieder zurück zu ihrer Dienststelle und berichten Rolf von dem erzielten Ergebnis.

Am nächsten Tag erscheint im ‚Göttinger Anzeiger' die Suchmeldung nach einem verlorenen Tablet mit einem ausgelobten Finderlohn von 1200 EUR. Die Geschäftsleitung des Kommissariats will auch einen Beitrag leisten und steuert 200 EUR bei. Es soll nicht der Eindruck erweckt werden, dass es allein eine Privatangelegenheit ist, Beweisstücke zu finden.

# WIEDER EIN MONTAG IN GÖTTINGEN

Der Dienst im Kommissariat hat gerade begonnen, da klopft es an der Tür des Oberkommissars:

„Guten Morgen! Mein Name ist Benno Grossmann und ich komme von dem Polizeikommissariat Lüchow. Mein Chef hat mir den Auftrag erteilt, Sie bei dem neuen Vermisstenfall zu unterstützen."

„Angenehm. Ich bin Ulrich Brandt und leite dieses Kommissariat. Weil wir sehr intensiv und mit allen verfügbaren Kräften an dem neuen Fall arbeiten, werde ich Sie bei der nächsten Zusammenkunft der SOKO den anderen Kollegen vorstellen. Übrigens ist es bei uns üblich, dass wir uns mit dem Vornamen ansprechen und damit bin ich auch für dich, Benno, wie für alle anderen kurz ‚Uli'.

Wir haben einen Aufruf gestartet, dass sich Personen melden sollen, die ein Tablet gefunden haben. Der Finderlohn von 1200 EUR ist ein guter Anreiz dazu.
Ich möchte dich bitten, dass du dir die Finder und die vorgezeigten Beweisstücke gründlich ansiehst. Mir ist bekannt, dass du auf diesem Gebiet allein aus persönlicher Begeisterung an Computertechnik interessiert bist und mir daher bestens für diese Aufgabe geeignet scheinst."

Bereits am folgenden Vormittag finden sich elf Personen unterschiedlichen Alters auf dem Kommissariat 4 ein und bringen ein ‚gefundenes' Tablet mit. Sie haben im langen

Korridor Platz genommen und werden nacheinander von Kommissar Grossmann aufgerufen.

Benno nimmt sich gern dieser Aufgabe an und kann aus der Masse der Finder eine Auslese treffen, indem er wie folgt vorgeht:

„Sie haben also dieses Tablet gefunden. Wann und wo war das?"

Jetzt kommen die unterschiedlichsten Orte, denen er Glauben schenken kann. Die Zeitangaben passen auch gut in das Zeitfenster. Deshalb folgt nun bei jedem die nächste Frage:

„Sie werden verstehen, dass ich gern erfahren möchte, welche Ordner auf dem Tablet angelegt sind. Schalten Sie das Gerät bitte ein!"

Sofort wird das richtige Passwort eingegeben und das Menü erscheint. Benno meinte nur:

„Das ist nicht das gesuchte Tablet, denn Sie wissen das Passwort und das kann nicht sein!"

Benno hätte es ahnen können, dass es viele versuchen würden, schnell mit einem Tablet ein Taschengeld zu erschleichen. Doch sein einfacher Test schiebt den ungeübten Betrügern einen Riegel vor. Damit warten nur noch zwei Kandidaten darauf, ihr „Fundstück" zu präsentieren.

Nun betritt ein etwa elfjähriger Junge das Büro von Kommissar Grossmann und legt sein Tablet vor ihm auf den Tisch. Als Benno ihn bittet, das Gerät einzuschalten und zu starten, antwortete der Bursche:

„Das kann ich nicht, weil ich ja das Passwort nicht kenne. Ich habe das Tablet in einem Straßengraben gefunden und da liegt natürlich kein Passwort daneben."

„Das will ich wohl glauben, dass es im Schmutz lag. Der hängt ja immer noch daran, sogar an Stellen, wo er beim Wegwerfen in einen Graben nicht hinkommen kann."

Plötzlich steigt dem kleinen Trickser die Schamröte ins Gesicht und er will es jetzt genau wissen, wo kein Schmutz sein kann. Da erklärt Benno ihm das so:

„Schau her, hier in die Scharniere ist ein bisschen Dreck förmlich hinein geschmiert und das passiert nicht von selbst!"

Der Junge hat immer noch rot glühende Ohren, greift nach dem Tablet, nimmt es wieder an sich und sagt:

„Ich geh' dann lieber. Tschüss!"

Als Letzter betritt ein Mann mit orangefarbener Arbeitskleidung das Büro und setzt sich gleich dem Polizisten gegenüber. Er legt das Tablet auf den Tisch und beginnt zu erzählen:

„Ich gehöre zum Autobahndienst. Wir fahren unsere Strecke täglich ab, sehen nach, ob Schäden an den Leitplanken aufgetreten sind und leeren die Papierkörbe und Abfallkübel. Dabei habe ich dieses Tablet gefunden. Es ist mir zu schade für den Müll, so habe ich es mir genommen, einfach eingesteckt und gehofft, dass mein Sohn das Passwort herausbekommt. Klappte aber nicht."

„Danke, dass Sie gekommen sind. Nun hätte ich aber doch gern gewusst, wo genau haben sie es entdeckt?"

„Das kann ich Ihnen exakt beschreiben, weil der Fundort auf unserer Dienststrecke liegt. Auf der A7 in Fahrtrichtung Kassel auf dem Parkplatz bei Hannoversch Münden lag es in einem Abfallkübel."

„Wir behalten es hier und ich notiere mir Ihre Adresse. Wenn es sich um das gesuchte Tablet handelt, erhalten Sie einen Scheck mit dem Finderlohn."

Benno kann stolz seinem Oberkommissar berichten, dass er ein Tablet von elf angebotenen ‚Fundstücken' herausgefunden hat, das tatsächlich in einem Abfallkübel auf einem Autobahnrastplatz gefunden wurde.

Alle sind gespannt, ob darauf noch Daten lesbar sind oder sie vielleicht gelöscht wurden. Um das herauszufinden, führt Benno ein Telefonat mit dem Leiter der KTU. Dieser macht Benno Hoffnung, in dem er lobend von seiner IT-Spezialistin Franziska spricht:

„Unsere Franzi wird bestimmt noch etwas finden, denn es wäre nicht das erste Mal, dass sie aus einem PC noch etwas herauskitzelt, den der Vorbesitzer als total sauber bezeichnet hat. Also, komm einfach her mit dem Teil und wende dich gleich an Franzi. Du erkennst sie sofort an ihren kurzen blonden Haaren und es ist die, die wie ein Vogel durch die Zimmer fliegt."

Benno ist nun erst richtig neugierig geworden und rennt los in die KTU. Das ist ein kleines eingeschossiges Gebäude, das eher einer Baracke ähnelt als einem

Bürohaus. Wie vorhergesagt saust an ihm eine junge Frau vorbei, als er den Eingang betritt und gerade fragen will, wo er diese „Franziska" findet. Die Frage hat sich dann von selbst beantwortet und er läuft der Kollegin hinterher:

„Entschuldigung, hallo, sind Sie Franziska?"

Tatsächlich hat Benno sie zum Stehen gebracht. Franzi dreht sich um und sagt:

„Ja, bin ich und wer bist du?"

„Hi, ich bin Benno vom Kommissariat gegenüber und wollte zu Ihnen!"

„Wie gesagt, ich bin Franzi und bei uns duzen sich alle, auch die „Gäste" vom Kommi. So, dann komm mal eben mit mir mit in meine Bastelecke."

Sofort fühlt sich Benno wie zu Hause und folgt dem wilden Vogel in schnellem Schritt in sein Büro, das mehr aussieht, wie eine Sammelstelle für Elektroschrott. Dennoch sind aber die einzelnen Geräte, Module und Gadgets gut sortiert und in entsprechenden Fächern abgelegt.

Benno legt das Tablet vor sie auf die Arbeitsplatte und meint:

„Das Passwort habe ich schon herausgefunden, es lautet: ‚1-2-3-4-5'"

„Kunststück, bei der raffinierten Zahlenkombination! Ha, ha."

Sie verbindet das Tablet mit einem Netzteil, schaltet es ein und hämmert dann wie ein Specht auf die verschiedensten Tasten ein, sieht kurz auf den Screen und klappert dann weiter, bis sie einen Ordner findet, mit der Bezeichnung ‚Chats'.

„Da haben wir doch schon etwas Interessantes entdeckt."

Nun liest sie:

„Hi Star17, erzähle Big Brother, bist du Schülerin oder im Job?"

„Hi Big Brother, bin noch auf der Penne, kurz vor dem Abi."

„Hast du schiss vor Prüfung? Ich kann helfen, immer"!

„Wie willst du helfen, du weißt doch nicht, wo ich bin?"

„Null Problemo, habe kleines Gadget vom FBI, funzt digital, klappt immer mit ‚aide in ear'!"

„Verstehe nur Bahnhof, habe KA, wie das gehen soll?"

„Kann dir zeigen, Star17. Heute Abend 20.00 Uhr bei Bushaltestelle „Ziegenkrug".

„O K, bin schon ganz heiß auf ‚aide in ear'. Bis dann."

An dieser Stelle bricht der Chat ab. Benno schaut Franzi nur an  und sie sagt:

„Bist du nun schlauer? Und was soll das für ein Zauberding sein? ‚aide in ear'?

„Das wollte ich gerade dich fragen, Franzi. Auf dem Tablet, das wir bei unserem Fall oben an der Elbe gefunden haben, stand das auch!"

„Moment mal, was machst du an der Elbe? Oder verwechselst du die Elbe mit der Werra?"

„Nein, das ist anders. Ich komme von einem Polizeikommissariat bei Lüchow. Wir hatten dort auch einen Vermisstenfall, mit vielen Gemeinsamkeiten zu diesem Fall hier. Da haben sich die beiden Chefs geeinigt, dass wir die Erfahrungen austauschen und so hat er mich für eine gewisse Zeit hierher ausgeliehen. Ich habe problemlos zugestimmt und  das Angebot gern angenommen.“

Benno bedankt sich und geht mit dem digitalen Beweisstück zu Uli. Als er ihm von dem gefundenen Inhalt berichtet, kommt sofort die Frage:

„Was ist ein ‚aide in ear‘?“

„Ich habe schon von Lüchow aus versucht, bei den verschiedensten Quellen herauszufinden, was das für ein Ding sein kann, um das sich alles rankt, doch erfolglos.“

„Benno, es ist gewiss ein bedeutungsvolles Puzzleteil. Wir müssen noch einmal versuchen, herauszufinden, was das ist. Hast du denn in der KTU schon danach gefragt?“

„Ja Uli, das habe ich, doch Franzi kann damit auch nichts anfangen.“

„Dann musst du eben noch einmal ran! Nebenan ist ein Arbeitsplatz für dich freigemacht und mit dem PC bist du schnell im Internet. Es ist sogar möglich, damit in das Darknet zu kommen. Kann oft hilfreich sein, zu erfahren, auf welche Quellen die Gauner zugreifen können. Viel Spaß!“

Für Benno beginnt nun eine ausgedehnte Erkundungstätigkeit bei den verschiedensten Firmen für Elektronik. Natürlich sucht er sich auch die Unternehmen heraus, die Importe aus den USA und China anbieten. Leider wird er auch dabei nicht fündig.

Die letzte Möglichkeit, die Benno momentan sieht, besteht in einer Anfrage beim BKA, zumal diese Institution für die Sicherheit in Deutschland zuständig ist.

Es wird ein längeres Telefonat mit zahlreichen Weiterleitungen, weil sich keiner so recht etwas unter dieser englischen Abkürzung vorstellen kann. Schließlich finden solche unermüdlichen Gesprächsversuche nach einer Stunde ein erfolgloses Ende. Allerdings bekommt er den Hinweis, es doch beim Bundesamt für Sicherheit in der Informationstechnik zu versuchen.

Auch bei diesem Amt muss er einige Hürden nehmen, obwohl er sich immer als Polizeikommissar gemeldet hat. Dann aber hat er Glück:

„Friedmann, Abteilung Sicherheit für Bürger. Was kann ich für Sie tun?“

„Kommissar Grossmann, Göttingen. Bei der Aufklärung verschiedener Vermisstenfälle stoßen wir immer wieder auf Anbieter einer technischen Hilfe für Schüler und speziell Abiturienten. Dort wird ein kleines Gerät mit der Bezeichnung „aide in ear“ angeboten, das angeblich eine Entwicklung des FBI sein soll. Ist Ihnen so etwas bekannt?“

„Nein, mit Sicherheit kann ich mich nicht erinnern, von solch einem elektronischen Teil gehört zu haben. Wenn man die Gerätebezeichnung oder nennen Sie es den Werbeslogan wörtlich übersetzt, hieße das ,Helfer im Ohr'. Das wäre dann so etwas wie ein Hörgerät, aber mit integrierter Funkübertragung. Dieses Teil würde dann hören und antworten. Aber das erscheint mir alles sehr suspekt. – Haben Sie denn schon einmal versucht, bei einer Forschungs- und Entwicklungsstelle für Künstliche Intelligenz etwas dazu zu erfahren?"

„Nein, das habe ich noch nicht: Doch ich werde es tun und danke Ihnen für den Hinweis. Auf Wiederhören!"

Nun hat Benno viele Gespräche geführt, doch keine sachdienlichen Informationen erhalten. Jetzt soll die KI der Rettungsanker werden. Benno recherchiert im Internet fleißig, bis er einen vermeintlichen Ansprechpartner gefunden hat.

Er landet beim Institut für Künstliche Intelligenz (KI) in der Universität Ulm:

„Guten Tag, hier spricht Kommissar Grossmann vom Kommissariat 4 in Göttingen."

„Und hier spricht der Pförtner. Zu wem soll ich Sie durchstellen?"

„Das kann ich Ihnen nicht sagen, da ich die Struktur des Institutes nicht kenne. Aber ich suche eine Auskunft über technische Möglichkeiten zur Übertragung von Wissen. Verstehen Sie, was ich meine?"

„Nein, verstehe ich nicht und in der Struktur ist da auch keine Abteilung für so etwas. Aber ich stelle Sie durch zu einem Professor, der weiß das bestimmt. Einen Augenblick bitte!"

„Guten Tag! Sekretariat der Institutsleitung. Was wünschen Sie?"

Abermals stellt sich der Kommissar vor und versucht, der Sekretärin verständlich zu machen, was er eigentlich will. Dieser gut gemeinte Versuch scheitert an der mentalen Informationsverarbeitung der Gesprächspartnerin. Pragmatisch entscheidet sie:

„Einen Moment bitte, ich stelle Sie durch zum Professor!"

Jetzt beginnt eine sehr ausführliche Unterhaltung, die etwa eine Viertelstunde dauert. Danach zieht der Professor folgendes Resümee:

„Natürlich ist es möglich aus einer Kombination von Fragen mittels Künstlicher Intelligenz eine richtige Antwort zu generieren, doch ist dazu ein nicht unerheblicher technischer Aufwand erforderlich, den man schwer in einem Art Hörgerät unterbringen kann und dessen Preis sehr wahrscheinlich so hoch ist, dass man es als Freundschaftsgabe einer Abiturientin nicht schenken würde."

Damit verabschiedet sich Benno Grossmann, dankt dem Professor und kehrt wieder auf den Boden der Realität zurück. Es reicht.

# DIENSTAG

Oberkommissar Uli Brandt ruft sein gesamtes Team zusammen und bittet alle Kollegen in den großen Besprechungsraum.

Hier stellt er nun endlich den neuen Gastmitarbeiter Benno Grossmann vor. Er berichtet, dass dieser Kommissar aus dem Polizeikommissariat Lüchow kommt und bei der Aufklärung des akuten Vermisstenfalls helfen möchte. In seiner Heimat habe es auch einen ähnlichen Fall gegeben und so läge es nahe, die gesammelten Erfahrungen zu bündeln. Daher habe er die überregionale SOKO „Abi" gegründet:

„Dieser SOKO gehören Herta Zeidler, Bernd Weiß, Jörg Wolle und als Gast Benno Grossmann an. Ich darf hoffen, dass es bei diesen beiden Vermisstenfällen bleibt und ich erwarte, dass Ihr Eure ganze Kraft einsetzt, unseren akuten Fall zu lösen.

Während Ihr, Göttinger Kollegen, daneben noch Tagesaufgaben zu lösen habt, wirst du, Benno, dich mit ähnlichen Fällen aus der Vergangenheit beschäftigen, bei denen ebenfalls Kontakte über das Internet eine Rolle gespielt haben.

So, das ist es fürs Erste und nun heißt es: Weitermachen."

# MITTWOCH

Paul und Carl Weiler sind Zwillinge, 41 Jahre alt und wohnen beide mit ihren Familien im gleichen Dorf Hundeshagen. Früher lebten sie mit ihren Eltern und der 2 Jahre jüngeren Schwester in dem Dorf Steinbach.

Dort besaßen sie eine kleine Fleischerei. Das Gebäude ist keine architektonische Meisterleistung. Ein eingeschossiges Haus im Niedersachsenstil beherbergt den Verkaufsladen und dahinter eine große Räucherei, die auch von anderen Bauern gegen ein Entgelt benutzt werden durfte. Daneben ist ein massiv gemauerter Kühlraum vorhanden, den der Besitzer ebenfalls auf Wunsch zum Teil zur Fremdnutzung anbot, natürlich gegen eine entsprechende Bezahlung. Im Dachgeschoss hatten sie damals noch zwei kleine Zimmer ausgebaut, wenn sie aus Zeitgründen nicht nach Hause fuhren, sondern vor Ort und Stelle nächtigen konnten.
Vor dem Laden befand sich ein großes Schaufenster, weiß gefliest und mit ausgestellten Fleischereierzeugnissen wie Wurst und Räucherschinken. An dieses Fachwerkhaus hatte der Architekt noch einen Flachbau mit Pultdach angesetzt, in dem die Zubereitung der schlachtfrischen Ware erfolgte. In das Dach waren große Glasfenster eingesetzt, so dass es lange Zeit des Tages möglich war, ohne künstliche Beleuchtung zu arbeiten.
Ihre Wohnung hatten sie in Hundeshagen, wo die Brüder jetzt noch beheimatet sind. Die Tochter ist beizeiten

ausgezogen und hat ihr neues Zuhause in Duderstadt gefunden.

Weil ihre Eltern sehr arbeitsame Menschen waren, blieb für die Erziehung wenig Zeit. Die Kinder besuchten zwar regelmäßig die Schule, doch galten zumindest die Zwillinge nicht als Musterknaben. Ihre Schwester war zu deren Glück in einer anderen Klasse, da sie zwei Jahre jünger war. Es gab dennoch genügend schulische Anlässe, wo sie gern behauptete, dass sie mit den Zwillingen nicht verwandt sei. Die Burschen prügelten sich gern mit anderen Schülern, stifteten jede denkbare Art von Unfrieden an und Lernen betrachteten sie als nicht lebensnotwendig. Oft gab es Streit mit der kleinen Schwester, weil sie sich schämen musste für das Benehmen ihrer Brüder. Dafür bekam Emma oft Ohrfeigen und Tritte. Es brachte ihr auch keine Verbesserung der Situation, wenn sie sich an ihre Eltern wandte. Der derbe Fleischermeister sagte nur:

„Quatsch nicht, das sind deine Brüder, die sind nun mal so!"

Ihre Mutter besaß auch kein Übermaß an Empathie und tröstete sie mit den Worten:

„Gewöhne dich schon daran, die Männer haben immer das Sagen, da musst du auch hin und wieder eine Ohrfeige einstecken. Ich weiß, wovon ich rede!"

Die übelste Tat, die sich die Brüder ausdachten, als die Eltern noch in der Fleischerei arbeiteten und nicht so schnell nach Hause kommen konnten, ereignete sich so:

Sie lockten ihre neunjährige Schwester in das Zimmer der Brüder, schlossen die Tür ab und hängten den Schlüssel sichtbar unter den Gardinenkasten. Dann hielten sie ihre Schwester fest und zogen ihr die Sachen aus, bis sie splitternackt vor ihnen stand. Sie schrie sie an und wollte aus dem Zimmer rennen, doch den Schlüssel konnte sie nur sehen, aber nicht bekommen. Sie schimpfte und sagte:

„Ihr blöden Schweineköpfe, was soll das, ich will endlich meine Sachen wiederhaben!"

Da warf Carl ihr die Sachen zu und sagte:

„Los, zieh dich an und schäm dich!"

Dieses fürchterliche Erlebnis blieb ihr im Gedächtnis und prägt das Verhältnis zu ihren Brüdern bis zum heutigen Tag.

Inzwischen sind ihre Eltern verstorben und das Schaufenster der Dorffleischerei ist mit Brettern vernagelt. Paul hat eine Frau aus dem Dorf geheiratet und sie haben eine Tochter Maria, die jetzt 17 Jahre alt ist und noch die allgemeinbildende Schule besucht. Ihr einziger Bruder hat schon das 22. Lebensjahr erreicht und arbeitet mit auf dem eigenen Bauernhof.

Oft hat sich Paul darüber Gedanken gemacht, wie er seine Jugend verbracht hat. Ein Vorbild für seine Kinder kann er nicht sein. Das bestimmt sein Denken und auch seine Sicht für das Leben. Allmählich ändert er seine Gesinnung und versucht nach ethischen Regeln zu leben. Doch dabei wird er oft maß- und rücksichtslos. Seiner Tochter befiehlt er, spätestens um 12 Uhr nachts im Bett zu liegen. Er scheut sich auch nicht davor, jede Mitternacht in ihr Zimmer zu gehen, um zu sehen, ob sie schläft. Auch droht er ihr:

„Fange du nichts mit Männern an, solange du nicht verheiratet bist. Ich will als Brautvater deinem Zukünftigen eine Jungfrau übergeben! Hast du das begriffen, sonst passiert etwas Schlimmes mit dir!"

Ihre Mutter hält sich aus allem heraus und rät ihr stillzuhalten und das zu tun, was der Vater will!

Dass eine solche Moralauffassung nicht mit den Vorstellungen eines heranwachsenden Mädchens zu verbinden ist, leuchtet ein. Maria kann sehen, wie es ihren Kusinen geht, deren Jugend sich in einer ganz anderen Art und Weise gestaltet.

Carl, der Zwillingsbruder, hatte noch bei seinem Vater Fleischer gelernt. Doch wollte er nicht für immer in diesem kleinen Dorf bleiben und so wurde die Fleischerei geschlossen und er übernahm eine Arbeitsstelle als Fleischfachverkäufer im Supermarkt im nahegelegenen Berlingerode. Carl fährt jeden Tag mit dem Auto zur Arbeit. Dort lernte er auch seine Frau kennen, die gerade ihren Berufsabschluss als Hauswirtschaftlerin absolvierte. Christa ist noch immer eine sehr gut aussehende schlanke Frau mit langen, blonden Haaren, die sie aus beruflichen Gründen meist zusammenbindet. Für Carl, den Frauenhelden von Hundeshagen, ist der äußere Eindruck, den eine Frau hinterlässt, wichtiger als alles andere. Sie fanden sich beide sehr sympathisch und heirateten ziemlich schnell, weil die Liebe ihre ersten freudigen Spuren hinterlassen hatte. Es dauerte nur ein halbes Jahr, da erblickte ihre erste Tochter Ella das Licht der Welt. Die

Mutter kann zeigen, was sie in ihrem Beruf gelernt hat und sorgte stets dafür, dass es allen dreien zu Hause gefällt. Aber schon nach einem reichlichen Jahr stellte sich erneut Familiennachwuchs ein, als ihre zweite Tochter Charlott das Sonnenlicht von Hundeshagen erblickt. Jetzt ist die junge Familie der Weilers komplett. Auch als Lotti den Windeljahren entwachsen ist, bleibt die Mutter zu Hause und kümmert sich um die Erziehung und das Wohl aller. Sie ist zwar eine sehr tolerante junge Mutter, doch sie weiß auch gut, was sie will und auch nicht. Die kleine Familie führt ein sehr glückliches Leben. Auch der Vater ist immer bemüht, das schöne Zuhause zu erhalten.

Aber das ständige sexistische Verhalten ihres Mannes stört Christa sehr. Doch gleichwohl bedrängt er sie immer wieder. So verbannt sie ihren Mann in sein eigenes Schlafzimmer.

Die beiden Mädchen wachsen so in einer netten Umgebung auf. Ihre Mutter zeigt Verständnis für die Töchter und deren Vorlieben. Ella ist inzwischen 18 Jahre alt und bereitet sich auf ihr Abitur vor. Jeden Freitag dürfen die Schwestern zur Disco nach Berlingerode. Es sind nur gute 9 km und damit sie nicht nachts zu Fuß zurückkommen müssen, holt ihr Vater sie von dort ab. Das weiß natürlich die isoliert gehaltene Kusine Maria, doch für sie ist ein Disco-Besuch in der Lesart ihres strengen Vaters ein Frevel und eine permanente Gefahr in die Fänge eines liebestollen Burschen zu geraten.

Es ist zwar ein Zufall, doch ein angenehmer, dass sie gemeinsam mit ihren Kusinen die gleiche Schule besucht.

Dabei schwärmen die Kusinen von den netten Erlebnissen in der Disco und im Zusammensein mit Gleichaltrigen auch unterschiedlichen Geschlechts. Maria hört sich das an, ist aber traurig, dass sie nicht dabei sein kann. Doch da haben sie eine Idee. Beide Schwestern laden Maria ein, gelegentlich abends zu ihnen zu kommen, damit sie gemeinsam etwas zu Hause unternehmen. Das tun sie mitten in der Woche, wenn ihnen danach ist. Sie spielen Codenames, Mysterium und neuartige, raffinierte Kartenspiele, die ihre Eltern nicht kennen. Maria ist begeistert, denn nun muss sie nicht allein in ihrem Zimmer im Dachgeschoss lernen oder brav neben ihren Eltern auf dem Sofa sitzen und fernsehen. Es braucht nicht lange, da reift in den jugendlichen Köpfen eine Idee. Die würde in der Praxis so aussehen:

Abends verabschiedet sich Maria von ihren Eltern, weil sie zu ihren Kusinen geht. Bei den Schwestern wechselt sie einige dort aufbewahrte Kleidungsstücke und ab geht es zu dritt in die Disco. Onkel Carl kutschiert die drei Disco-Fans nach Berlingerode. Abends holt er sie wieder ab und Maria kommt von dem ,Spiel-Abend' zurück ins elterliche Zuhause. – Das ist ihr Plan!

Die Idee ist gut und wird inzwischen schon einige Wochen praktiziert.

Wenn Marias Vater kurz nach Mitternacht ihr Zimmer betritt und Maria schlafend im Bett liegen sieht, ist seine Welt in Ordnung und er freut sich über die folgsame Tochter. Gelegentlich treffen sich die Mütter der Kusinen und es wird über allerhand gesprochen. Mittlerweile zeigt auch Marias Mutter etwas mehr Toleranz und sieht die

Entwicklung ihrer Tochter nicht mehr so streng wie der Vater. Das weiß auch ihre Schwägerin und deshalb kann sie auch erfahren, dass deren Töchter Maria zur Disco mitnehmen. Sie toleriert es, weil sie es für angemessen hält.

# FREITAG IN HUNDESHAGEN

Heute ist, wie jeden Freitag, wieder große Disco in Berlingerode. Wieder verschwindet Maria kurz nach dem Abendbrot, weil sie sich mit ihren Kusinen treffen will. Dort angekommen, verläuft alles wie gehabt. Sie freuen sich riesig auf das, was kommen wird.

*

Es ist inzwischen Sonnabend und genau 0:10 Uhr. Paul schleicht die Treppe zum Dachgeschoss hinauf und öffnet leise die Tür zu Marias Zimmer. Weil er kein Licht einschalten will, geht er näher. Aber er sieht keine Maria. Da reißt er die Zudecke hoch und schaut auf ein leeres Bett. Im Zimmer ist alles wie sonst, das Fenster ist verschlossen. Da stolpert er die Treppe hinunter und schreit:

„Luise, Maria ist verschwunden! Ihr Bett ist leer! Wo ist sie? Wer hat meine Tochter entführt? Los, Luise, sag doch endlich was! Wo ist sie hin? Wohin hast du sie gebracht?

Es ist allein deine Schuld, du erlaubst ihr alles, was sie will. Sie ist meine Tochter und nur ich erlaube ihr etwas oder ich verbiete es! Damit du das endlich begreifst!"

Da stürzt er an das Telefon, wählt die Nummer seines Bruders Carl und wartet ungeduldig, bis jemand den Hörer abnimmt:

„Rosa Weiler, wer ist da?"

„Blöde Frage, ich bin es, Paul. Wo ist meine Tochter?"

„Das weiß ich nicht, schau doch mal in ihr Bett, das machst du doch jede Nacht!"

„Da ist sie nicht! Wo sind deine Töchter?"

„Was gehen dich plötzlich meine Töchter an, aber die liegen im Bett. Carl hat sie pünktlich von der Disco aus Berlingerode abgeholt und jetzt schlafen sie".

Paul knallt den Hörer auf die Gabel seines Tastentelefons, nimmt ihn wieder auf und wählt 110!

„Hier NOTRUF, wer spricht dort und was ist passiert? Bitte sprechen Sie langsam und deutlich."

Das ist der Standardtext des Anrufbeantworters der Polizeistation. Jetzt erst meldet sich ein Polizist und der aufgeregte Vater sagt:

„Hier spricht Paul Weiler, meine Tochter ist verschwunden!

„Seit wann ist sie verschwunden?"

„Seit 20:00 Uhr!"

„Dann können wir jetzt noch keine Suche starten. Kommen Sie morgen früh auf das Revier. Gute Nacht!"

Wütend und noch ganz außer sich knallt er den Hörer des alten Telefons wieder auf die Gabel und Luise versucht, ihn zu beruhigen:

„Nun leg dich hin, morgen taucht sie bestimmt wieder auf. Jetzt kannst du sowieso nichts machen."

„Das wollen wir doch mal sehen!"

Paul zieht sich seine Stiefel an, wirft sich den Mantel über, greift nach seiner Taschenlampe und verlässt mitten in der Nacht das Haus. Noch immer voller Zorn, macht er sich auf den Weg zur Disco. Weil er ziemlich schnell und mit großen Schritten geht, schafft er die neun Kilometer in weniger als einer Stunde und steht vor der geschlossenen Tür der Disco. Von drinnen tönt laute und schwungvolle Musik. Er ist entschlossen, da hineinzukommen und trommelt mit beiden Fäusten gegen die mit Blech beschlagene Eingangstür. Da hört er hinter der Tür männliche Stimmen sagen:

„Da will mit aller Gewalt noch so ein Wahnsinniger bei uns mitmischen. Na gut, dann schließe ich auf."

Das hat der junge Mann gerade so geschafft, da drückt Bauer Paul mit aller Kraft gegen die Tür, weil er hört, dass sie aufgeschlossen wird. Die beiden Burschen bauen sich nebeneinander vor Paul auf und der etwas schmächtige sagt:

„Wir haben aber schon geschlossen und der Einlass ist…"

Den Satz kann er nicht zu Ende bringen, da langt Paul einmal hart zu und schon liegt das Bürschchen auf dem Fußabtreter. Paul steigt über ihn und rennt in den Saal. Wer ihm in den Weg kommt, wird zur Seite oder zu Boden geschubst und schon steht er auf der Bühne. Paul reißt dem Discjockey das Mikro aus der Hand und schreit in die erschrocken dastehende Menge:

„Wo ist meine Tochter Maria?"

Da ruft ein Teenager zurück:

„Die ist heute schon früher gegangen, sie fühlte sich nicht gut. Fragen Sie doch Fritz, der mochte sie und der ist auch nicht mehr zu sehen."

Nun stellt der aufgebrachte Vater eine für die gesamte Disco-Gemeinde ziemlich dämliche Frage:

„Wo wohnt der Kerl?"

Da antworteten alle im Chor nach einer bekannten Melodie:

„Wissen wir nicht! Wissen wir nicht! Wissen wir nicht!"

Und dann:

„Hau bloß ab. Hau bloß ab! Hau bloß ab."

Paul gibt das Mikro dem Disc-Jockey und verlässt unter den nicht enden wollenden ‚Hau-bloß-ab-Rufen', die Disco in Berlingerode. Wütend macht er sich auf den Heimweg, mit ständig suchenden Blicken nach Maria und lässt sich zu Hause abgeschlafft in sein Bett fallen.

# SONNABEND

Bereits um neun Uhr erscheint Paul Weiler auf dem Kommissariat in Duderstadt. Er stellt sich an den Tresen und ein Polizeibeamter tritt zu ihm:

„Wie können wir Ihnen helfen?"

„Seit gestern Abend ist unsere Tochter verschwunden."

„Gut, dann nehme ich jetzt ihre Daten auf. Haben Sie auch ein Foto von Ihrer Tochter mitgebracht?"

Der Beamte notiert nun alle Angaben, die ihm Weiler diktiert. Dann übernimmt er das Foto und sagt:

„Herr Weiler, wir leiten unverzüglich eine Fahndung ein. Es werden sich aber im Laufe des Tages bei Ihnen zu Hause noch zwei meiner Kollegen melden, die sich das Zimmer Ihrer Tochter ansehen und nähere Begleitumstände herausfinden wollen."

Während Weiler nach Hause fährt, geht der Beamte, der die Vermisstenmeldung aufgenommen hat, nach nebenan und spricht den Kommissar an:

„Du, Jochen, ich habe soeben eine Vermisstenanzeige aufgenommen. Sollen wir die Sache allein in die Hand nehmen oder sollen wir die Göttinger Kollegen anrufen, weil die zurzeit auch mit einem Vermisstenfall beschäftigt sind."

„Da ist was dran, Ewald. Ich wüsste auch gar nicht, wer das machen könnte."

Kommissar Schmidt ruft in Göttingen kurzerhand an und fragt an, wie sie dazu stehen; diesen Fall zu übernehmen.

„Uli Brandt, Kommissariat 4, Göttingen."

„Und hier spricht Kommissar Schmidt vom Polizeikommissariat Duderstadt. Wir haben heute eine Vermisstenmeldung erhalten, die uns in eine schwierige Situation bringt. Einerseits sind wir wegen zwei erkrankten Mitarbeitern schwach besetzt und andererseits ist mir bekannt, dass Sie in Göttingen bereits an einem Vermisstenfall arbeiten. Daher möchte ich Sie fragen, ob es möglich wäre, dass Sie unseren Fall übernehmen können?"

Nach einer kurzen Denkpause antwortet er seinem Kollegen aus Duderstadt mit den Worten:

„Ja, denn es bietet sich an, zumal wir uns bereits einen Kollegen aus Lüchow ‚ausgeliehen' haben, der dort schon einen Vermisstenfall erfolgreich untersucht hat. Ich schicke Ihnen noch heute die Kommissarin Herta Zeidler und den Kommissar Bernd Weiß. Die werden sich bei Ihnen melden, um die erforderlichen Kontaktdaten zu erhalten. – Auf Wiederhören."

Nach diesem richtungsweisenden Telefonat bittet Uli Herta und Bernd zu sich und erklärt ihnen die neue Aufgabe:

„Hört zu, ich habe euch beiden eben einen neuen Vermisstenfall zugeschoben. Er gehört zwar nur mittelbar in unseren Bereich, doch wir leisten einem schwach besetzten Polizeikommissariat kompetente Amtshilfe. Ihr fahrt noch heute zu den Kollegen nach Duderstadt. Das Polizeikommissariat befindet sich in der Herzberger Straße 10. Dort wird euch der Kommissar Schmidt alles erklären."

Bereits kurz nach elf Uhr klopft es bei Oberkommissar Schmidt an die Bürotür und er sagt:

"Herein!"

Herta und Bernd treten ein und stellen sich vor:

"Wir kommen vom Kommissariat 4 aus Göttingen und haben den Auftrag, Sie bei der Aufklärung eines Vermisstenfalls zu unterstützen."

"Willkommen im schönen Duderstadt und danke, dass Sie uns helfen wollen. Damit Sie schnell mit Ihrer Arbeit beginnen können, übergebe ich Ihnen hier die Vermisstenanzeige und die Kontaktdaten."

Das geht alles ziemlich fix und reibungslos. Sie verlassen das Chefbüro wieder und betreten ein kleines Zimmer, wo ihnen zwei Arbeitsplätze bereitgestellt werden. Dort richten sie sich ein, was nicht viel Zeit in Anspruch nimmt und überfliegen die ihnen übergebenen Unterlagen. Schnell sind sie sich einig, dass sie als Erstes die Eltern der vermissten Schülerin aufsuchen müssen. Da sie die Adresse vorliegen haben, finden sie auch zügig zum Wohnhaus der Familie Paul Weiler in Hundeshagen. Herta klingelt, eine Frau öffnet die Tür und sagt:

"Schönen guten Morgen, ich bin Luise Weiler, was möchten Sie denn?"

"Guten Morgen Frau Weiler. Ich bin Kommissarin Herta Zeidler und das ist mein Kollege Bernd Weiß. Wir sind gekommen, um Ihnen zu helfen, Ihre vermisste Tochter Maria zu finden."

„Danke, das ist schön, denn wir sind ganz durcheinander und beunruhigt, weil wir nie damit gerechnet hätten, dass wir einmal nach unserer Tochter suchen lassen müssen."

„Ist ihr Mann auch zugegen oder Ihr Sohn?" wollte Bernd nun wissen.

„Nein, die sind beide schon früh los und auf das Feld gefahren, weil wir für heute einen Mähdrescher bestellt haben. Das macht ein Maschinenausleihdienst, denn für die relativ kleinen Flächen können wir uns keinen eigenen leisten. Aber ich kann Ihnen alle Fragen beantworten."

„Frau Weiler, bitte beschreiben Sie uns möglichst sehr genau einen ganz normalen Schultag Ihrer Tochter."

„Ja, das mache ich gern. Also: Maria hat ja im Dachgeschoss ihr eigenes kleines Zimmer. Sie steht morgens um halb sieben Uhr auf und geht in ihr Bad, das ebenfalls im Dachgeschoss untergebracht ist. Das nützt sie gemeinsam mit ihrem Bruder Konrad, der aber schon um sechs Uhr aufsteht, weil er vor dem Frühstück noch unsere beiden Kühe melken muss. Maria macht sich fertig und ist dann pünktlich um sieben Uhr am Frühstückstisch. Wenn sie nur zwei Minuten später erscheint, schimpft sie Paul schon aus und sagt, dass Pünktlichkeit zum Leben gehört wie die Butter aufs Brot."

„Entschuldigung, wenn ich Sie kurz unterbrechen darf. Maria ist, wie wir gelesen haben, schon 17 Jahre alt. Wenn sie sich morgens im Bad fertig macht, schminkt sie sich dann auch, wie es bei Mädchen üblich ist?"

„Nein, Frau Kommissarin, wo denken Sie hin. Das traut sie sich nicht, dann hätte sie von meinem Mann gleich eine Ohrfeige bekommen!"

„Moment mal", wirft da Bernd ein, „auf welchem Stern lebt denn Ihr Mann? Er kann doch nicht einer 17-Jährigen eine Ohrfeige geben, wenn sie sich altersgemäß verhält! Damit macht er sich schon strafbar, denn die Zeiten einer körperlichen Maßregelung der Kinder sind längst vorbei!"

„Das sagen Sie ihm mal selbst, sogar mich schlägt er manchmal, wenn ihm etwas nicht passt!"

„Und dann wundern Sie sich, wenn Ihre Tochter plötzlich vermisst wird. Ich glaube nicht, dass sie entführt wurde, eher nehme ich an, dass sie einfach geflohen ist, wegen des brutalen Verhaltens ihres Vaters. Aber bitte, erzählen Sie weiter, Frau Weiler!"

„Sie kommt also pünktlich an den Frühstückstisch, dann beten wir kurz, um danach zu essen. So gegen halb acht verlässt sie das Haus und läuft zum Bus, der die Schüler nach Duderstadt bringt. Sie nimmt, wie die anderen Schüler auch, an der Mittagsverpflegung ihrer Gesamtschule teil und kommt mit dem Bus gegen 15:00 Uhr wieder in Hundeshagen an.

Hier übt sie eine volle Stunde Klavier. Sobald dann die beiden Männer vom Feld zurück sind, trinken wir zusammen Kaffee. Maria bekommt eine Tasse Milchkakao, weil Paul es nicht gut findet, dass sie schon Bohnenkaffee trinkt.

Danach geht sie hoch in ihr Zimmer, um Schularbeiten zu machen und zu lernen. Um 19:00 Uhr erscheint sie wieder zum Abendbrot, aber auch auf die Minute genau."

„Entschuldigung Frau Weiler, wenn ich Sie schon wieder unterbreche, aber kommen denn keine Freunde oder Freundinnen zu ihr zu Besuch? Ist sie denn immer nur allein in ihrem Zimmer?"

„Freundinnen dürfen nur am Wochenende kommen. Und wenn sie da sind, dann schleicht sich Paul sporadisch hoch und öffnet die Tür, um zu sehen, was die Mädels machen."

„Also ehrlich gesagt, so etwas habe ich in meiner gesamten Dienstzeit noch nicht gehört. Das ist ja wie im Jugendknast! Und wie ist es mit Jungen, dürfen die auch nur am Wochenende kommen, oder etwa gar nicht?"

„Das Thema ‚Jungen' gibt es für sie überhaupt nicht. Mein Mann steht auf dem Standpunkt, dass Maria ordentlich und sittlich erzogen wird."

Jetzt rastet, der sonst ruhig daneben sitzende Zuhörer Bernd total aus:

„Entschuldigen Sie die Frage: Ist denn Ihr Ehemann psychisch krank, oder versucht er, durch seine Tochter eigene Fehltritte in seiner Vergangenheit wieder gut zu machen?"

„Ja, das kann schon sein, aber ich weiß ja auch nicht alles aus seiner Jugendzeit.

„Ich hatte Sie unterbrochen, bitte erzählen Sie weiter, denn Marias Tag ist noch nicht vorbei."

„Manchmal kommt sie dann zu uns ins Wohnzimmer, um mit uns gemeinsam fernzusehen. Das erlaubt ihr der Vater aber nur, wenn sie versichert, alle Schularbeiten erledigt zu haben."

„Und schwärmt Maria auch für bestimmte Lieblingssendungen?"

„Das kann schon sein, doch das weiß ich nicht, denn es wird nur das angesehen, was der Vater entschieden hat."

„Na dann gute Nacht!", fährt es aus Bernd heraus.

„Um spätestens 12 Uhr muss Maria in ihrem Bett liegen, denn knapp 10 Minuten später schleicht Paul die Treppen hinauf, öffnet die Tür und sieht nach, ob sie schon schläft oder noch das Licht an ist.
Wenn er die Treppe hochgeht, tritt er immer ganz an der Seite auf die Stufen, denn sonst knarrt die Treppe und das könnte Maria hören. Ich habe ihn nämlich einmal heimlich beobachtet."

Jetzt ist ein Moment Erzählpause, weil die beiden Kommissare herzlich lachen müssen. Sie können es kaum fassen, zu welchem unglaublichen Verhalten ein Mensch in der Lage sein kann im Zeitalter der Digitalisierung. Doch dann muss Mutter Luise noch etwas ergänzen:

„Der Zwillingsbruder meines Mannes wohnt mit seiner Familie auch hier in Hundeshagen. Sie haben zwei Töchter, die ebenfalls in Duderstadt die Schule besuchen. Da haben sie natürlich immer Kontakt mit ihrer Kusine, die ihnen leidtut. Um ihr zu helfen, hatten sie eine tolle Idee. Maria hat mir das berichtet, wobei ich ihr versprechen musste, es auf keinen Fall dem Vater zu erzählen. Die Kusinen laden Maria gelegentlich ein, zu ihnen zu kommen, um gemeinsam dort Codenames, Mysterium oder Karten zu spielen. Dagegen hatte Marias Vater auch nichts. Aber die beiden Schwestern wollten Maria auch noch ein bisschen mehr gönnen, damit sie das wahre Leben erfährt. Maria konnte sich bei ihnen umziehen und dann besuchten sie zu dritt in Berlingerode die Disco. Carl, der Vater der Kusinen holte sie pünktlich wieder von der Disco ab und so konnte Maria spätestens um Mitternacht wieder in ihrem Bett liegen. Das ging eine Weile gut, bis gestern."

„Danke Frau Weiler für die ausführliche Schilderung, doch darüber, was gestern geschehen ist, sprechen wir noch. Wir möchten uns aber gern in Marias Zimmer umsehen. Ist das OK?"

„Aber ja doch, gehen Sie die Treppe hoch, rechts ist Marias Zimmer."

Herta und Bernd steigen die Treppe hinauf, wobei Bernd bewusst ganz an der Seite auf die Stufen tritt, weil er selbst gern erfahren will, dass dann die Treppe nicht knarrt. Tatsächlich, es stimmt!

Beide schauen sich nun in Marias Zimmer um. An der Wand steht ein etwas spartanisch wirkendes Bettgestell, mit einer blau karierten Bettdecke.

Interessant ist auch das Bücherregal. Darin finden sich nur Bücher der großen Klassiker, Goethe, Schiller, Hesse usw., aber keine Literatur, die von Jugendlichen bevorzugt wird. An Journale oder Illustrierte für Mädchen dieser Altersklasse ist nicht zu denken. Es hängen auch keine Fotos oder Poster von Schlagerstars oder bekannten Schauspielern an der Wand. Immer wieder sehen sich die beiden Beamten an und schütteln den Kopf. Es verstärkt sich der Eindruck, dass hier ein junger Mensch gewissermaßen gefangen gehalten wird.

Indessen nimmt sich Herta das Bett vor und sucht nach einem Tagebuch. Sie zieht das Bettgestell ein wenig von der Wand ab und sucht hier weiter. Aber leider ohne Erfolg. Auch die Suche im Schubfach von ihrem Nachttisch bringt kein Büchlein zu Tage und es ist auch kein doppelter Boden vorhanden.

Etwas erfolgreicher dagegen ist Bernd, denn im Kleiderschrank entdeckt er ihre Schultasche und darin ein Tablet. Bedauerlicherweise kann er es nicht in Betrieb nehmen, denn es ist durch ein Passwort geschützt.

Nachdem sie einige Fotos aufgenommen haben, verlassen sie das Zimmer und werfen einen Blick ins Bad. Doch hier findet man keinen einzigen Gegenstand, der darauf schließen lassen kann, dass das Bad auch von einer weiblichen Person benutzt wird. Unten angekommen, wenden sie sich noch einmal an Marias Mutter:

„Wir haben vergebens in Marias Zimmer nach einem Tagebuch gesucht. Wissen Sie, ob sie so ein Buch besitzt oder geführt hat?

Im Kleiderschrank hing kein einziges Kleid und auch kein Rock, das finden wir ungewöhnlich. Aber unten stand ihre Schultasche und darin fanden wir dieses Tablet, das wir konfiszieren müssen. Sie bekommt es aber wieder zurück, sobald wir es untersucht haben. Ein Smartphone oder Handy haben wir vergebens gesucht, nicht einmal ein Ladegerät haben wir entdecken können. Bitte sagen Sie etwas dazu!"

„Dass Sie im Kleiderschrank kein Kleid und auch keinen Rock finden konnten, ist klar, denn sie darf nur Jeans tragen, andere Kleidungsstücke findet Paul aufreizend und daher für seine Tochter unpassend.

Ein Handy durfte sie auch nicht besitzen und das Tablet bekam sie erst, nachdem ihr Vater in der Schule war und ihm von der Direktorin bestätigt wurde, dass dieses Gerät im Unterricht heutzutage verlangt wird.

Ich kann mir nicht vorstellen, dass Maria so ein Tagebuch besitzt. Wo hätte sie es denn verstecken sollen?"

„Frau Weiler, wir warten erst die Auswertung des Tablets ab und wenn dann noch Fragen offenbleiben, werden wir uns wieder bei Ihnen melden.

Aber nun berichten Sie uns bitte, wie der Abend vorgestern verlief!"

„Nach dem Abendbrot verabschiedete sich Maria und sagte, dass sie zu ihren Kusinen geht. Wir saßen beide vor dem Fernseher."

„Was hatte sie an, als sie gestern Abend das Haus verließ?"

„Sie hatte wie immer ihre blauen Jeans an, einen grau-blauen Windbreaker und schwarze Sneaker mit weißer Sohle."

„Wie ging es nun weiter, wann haben Sie Maria noch einmal gesehen?"

„Ich habe sie gar nicht mehr gesehen.

Um kurz nach Mitternacht schlich Paul die Treppe hoch für seinen allabendlichen Kontrollgang. Als er Marias Bett leer vorfand, schrie er laut herunter, dass Maria verschwunden sei. Er telefonierte dann wild umher und beschimpfte mich, dass das alles allein mein Verschulden sei. Mehr weiß ich nicht, weil ich mich ins Bett gelegt und mir die Bettdecke über beide Ohren gezogen hatte. Ich konnte mir nichts Schlimmes vorstellen. Eher vermutete ich, dass ihre Kusinen ihr einen besonderen Spaß gegönnt haben und dass sie daher etwas später kommt."

Bernd kann nicht an sich halten und sagt:

„Wenn das mein Vater wäre, dann hätte ich schon längst das Weite gesucht. Das ist ja schlimmer als im Kloster!"

„Danke Frau Weiler, Sie haben uns alles ausführlich dargelegt, sodass wir nur noch die Familie Ihrer Schwägerin besuchen müssen, um ein abgerundetes Bild zu bekommen. Auf Wiedersehen."

Herta sieht Bernd noch einmal mahnend an und dann gehen sie.

Weil es gerade kurz nach 12 Uhr ist, gehen die beiden Kommissare noch nicht zu der Schwägerin, sondern erst einmal in den Dorfkrug von Hundeshagen, um ein kleines Mittagessen einzunehmen. Sie setzen sich an einen Tisch am Fenster und schon steht auch ein großer, kräftiger Wirt neben ihnen, mit einem kleinen Notizblock in der Hand:

„Hoher Besuch der Polizeigewalt in Hundeshagen. Hat Paul schon wieder jemanden krankenhausreif geschlagen? Was möchten Sie haben? Heute haben wir schöne Kalbsschnitzel mit jungen Kartoffeln und Rotkohl anzubieten."

„Das nehmen wir gleich zweimal und auch zwei alkoholfreie Biere dazu. Aber wie kommen Sie auf einen Paul?"

„Es gibt hier nur einen, der Paul heißt und das reicht auch, denn sonst ist es hier ruhig und friedlich. Aber der hat eine lockere und kräftige Hand. Doch hier in der Kneipe verhält er sich anständig, denn wir hatten beide schon einmal eine Meinungsverschiedenheit und an die hat er sich eine Woche lang im Krankenhaus erinnert.

So, nun bringe ich Ihnen zuerst die Biere und dann noch das Essen."

Nach dieser Mittagspause gehen sie zum Haus von Carl Weiler.

Bernd drückt den Klingelknopf an der Haustür. Die Tür wird geöffnet und freundlich lächelnd steht ihnen Frau Weiler gegenüber:

„Ich habe Sie schon erwartet, denn Luise hatte mich vorhin angerufen und gesagt, dass zwei Polizeibeamte bei ihr waren und auch zu uns kommen werden."

„Und schon sind wir da, nämlich ich, als Kommissarin Zeidler und mein Kollege Bernd Weiß. Wir würden uns gern mit Ihnen und später auch mit Ihren Töchtern unterhalten."

Nachdem sie in das Wohnzimmer geleitet wurden und dort Platz genommen hatten, setzt sich auch Frau Weiler zu ihnen und fragte forsch:

„So, was möchten Sie wissen?"

„Frau Weiler, wir haben bereits erfahren, dass Ihre Töchter ein gutes Verhältnis zu Maria haben. Schildern Sie uns doch bitte, wie der Abend gestern verlief."

„Am Freitagabend kam gegen 19:30 Uhr Maria zu uns. Sie trug wie immer Jeans und flache Laufschuhe, wie sie heute alle jungen Leute gern benutzen. Ella und Sofia begrüßten sie und nahmen Maria gleich mit in Ellas Zimmer."

„Entschuldigung, Ella ist die ältere, oder?"

„Ja, Ella ist 18 Jahre alt und die ‚kleine' Sofia erst 16 Jahre."

„Sie verschwanden alle drei bei Ella. Dort hat Maria ihre Jeans abgelegt und ein hübsches kurzes Kleidchen angezogen. Natürlich wurden die Straßenschuhe gegen passende Schuhe ausgetauscht, mit denen sie gut tanzen kann.  Dann kam Sofia ins Spiel. Obwohl sie erst 16 ist, hat sie schnell gelernt, sich dezent zu schminken. Und genau das machte sie jedes Mal, wenn sie zu dritt zur Disco gehen wollten, auch mit Maria. Die Frisur wurde auch noch verändert und schon sind die drei Girls fertig und bereit für einen netten Abend."

Bernd fragt nun ganz interessiert nach:

„Frau Weiler, Sie haben uns das jetzt so genau geschildert, als wären sie dabei gewesen, waren Sie dabei?"

„Nein, natürlich nicht, aber als Paul so wild angerufen hatte in der Nacht, habe ich sofort die Mädchen ausgefragt, als sie wieder zu Hause waren. Ich wollte selbstverständlich alles ganz genau wissen!"

„Danke, alles klar. Und wie ging es weiter?"

„Weil es zur Disco etwa 9 km sind, gehen sie das Stück manchmal zu Fuß und erzählen dabei. Nur wenn schlechtes Wetter ist, fährt sie Carl, das ist mein Mann. Er holt die drei Mädels immer so gegen 23:30 Uhr wieder von der Disco ab. Dann kann sich Maria ihre Tageskleidung anziehen und ist pünktlich um 24 Uhr zu Hause, damit ihr Vater sie bei seiner Kontrolle im Bett sieht.

Dieses Mal sind sie zu Fuß gegangen und hatten auch keine Angst, obwohl ein Stück des Weges durch einen Wald führt.

Doch während der Disco sagte Maria zu Emma, dass es ihr wieder einmal nicht gut ginge und sie unangenehme Bauchschmerzen hätte. – Entschuldigung, meine Töchter kommen gerade vom Schulbus. Ich bin gleich wieder bei Ihnen."

Ella und Sofia kommen ins Wohnzimmer, begrüßen die Kommissare und setzen sich auf das Sofa. Ihre Mutter kommt wieder zurück, setzt sich etwas abseits auf einen Stuhl und sagt:

„Nun könnt ihr ja erzählen, wie der letzte Disco-Besuch verlief. Ich war gerade so weit gekommen, dass Maria sagte, dass sie Schmerzen hätte."

Emma setzt nun die Schilderung fort:

„Sie bat mich, dass ich Onkel Carl anrufen und ihn bitten soll, dass er sie jetzt schon abholt. Dann verschwand Maria, ich nehme an, auf die Toilette. Plötzlich kam Fritze an und fragte:"

„Wo ist sie hin, ist sie schon weg?"

„Entschuldigung, nur zu unserem Verständnis, wer ist Fritze?", fragte die Kommissarin

„Fritze ist ein netter Kerl aus der Elften, der ist hinter Maria her, aber sie lässt ihn immer abblitzen, weil sie voll Schiss hat, ihr Alter, Pardon, ihr Vater würde etwas mitbekommen. Dann würde er Maria und Fritze grün und blau schlagen.

Plötzlich kam mein Vater zu uns und fragte nach Maria, weil er sie abholen soll. Uns kam die Zeit lang vor und da sagten wir, es kann sein, dass sie schon draußen ist und auf ihn wartet. Doch wir blieben dann noch, denn

Vater ist ja mit Maria unterwegs. Wir freuten uns, dass wir so noch ein bisschen länger tanzen durften. Doch plötzlich gab es eine mächtige Polterei und Marias Vater kam herein getobt, brüllte und rannte zum Discjockey. Er nahm ihm das Mikro aus der Hand und schrie in den Saal, dass er seine Tochter suche, und wollte von uns wissen, wer, wann und was mit ihr gemacht hätte. Jemand sagte dummerweise noch, er solle doch Fritze fragen, vielleicht weiß der etwas. Da wollte er noch wissen, wo der Kerl wohne. Damit kam er aber gar nicht gut bei uns an und er wurde mit ‚Hau-bloß-ab-Rufen hinaus komplementiert.

Gegen ein oder zwei Uhr, genauer weiß ich es nicht, kam unser Vater und holte uns ab. Wir fragten ihn, wie es Maria geht und ob er sie gut heimgebracht hat. Da überraschte er uns mit der Antwort, er habe sie fast zwei Stunden gesucht und nicht gefunden. Er hat dann geglaubt, sie wurde von jemand anderem nach Hause gebracht oder ist mit einem Freund mitgegangen.“

„Doch das ist totaler Quatsch, denn so, wie es ihr ging, denkt sie an alles andere als mit einem Jungen abzuziehen“, musste Sofia noch ergänzen.

Kommissarin Herta Zeidler dankt der Mutter und den Töchtern für die ausführliche Schilderung. Sie würden aber gern noch einmal kommen. Es könnte sein, dass ihnen noch Fragen einfallen würden. Außerdem möchten sie dann auch Carl Weiler als Zeugen befragen.

Mit diesen Informationen sind sie beide sehr zufrieden und freuen sich auf den nahenden Feierabend.

# MONTAG

Gleich heute früh fahren die Kommissare nach Duderstadt, um in der Schule den Zeugen Fritze ausfindig zu machen und zu befragen.

In der Schule angekommen, suchen sie die Direktorin auf und bitten darum, den Schüler mit dem Vornamen ‚Fritz‘ aus der Elften kurz sprechen zu dürfen. Die Direktorin sagt:

> „Meine Sekretärin bringt Sie in die Klasse und Fritze werden Sie gewiss leicht erkennen. Er ist ein fleißiger Schüler und der Sohn von Dr. Schuster.“

Die Sekretärin führt die beiden Polizeibeamten in die Klasse 11. Herta spricht die Lehrerin an:

> „Entschuldigen Sie, dass wir Ihren Unterricht stören, doch wir haben einige Fragen an einen Schüler mit dem Vornamen Fritz.“

> „Fritze, bitte gehen Sie mit den Polizisten kurz ins Lehrerzimmer!“

Bevor sie sich vorstellen, sagt Bernd zu Fritze:

> „Wie sehen Sie denn aus, das ist ja ein prächtiges Veilchen, wo haben Sie denn das eingefangen?“

> „Ach, ist nicht so schlimm, ich habe nur Marias Vater kennengelernt.“

Nun geht Herta zum dienstlichen Ton über:

> „Ich bin Kommissarin Zeidler und das ist mein Kollege Kommissar Weiß. Wir haben ein paar Fragen  mit deren

Beantwortung uns geholfen wäre. Bitte berichten Sie uns von Ihrem letzten Disco-Besuch."

„Ich nehme an, es geht um Maria. Sie war auch da und die Stimmung super. Doch plötzlich verschwand Maria und ich suchte sie. Ihre Kusinen konnten mir auch nur sagen, dass sie auf die Toilette ging, sich nicht wohl fühlte und eher nach Hause gehen wollte. Ich suchte sie draußen vor der Tür, aber sah sie nicht. Da nahm ich an, dass sie schon losgegangen war und ging ihr hinterher. Leider habe ich sie nicht mehr getroffen."

„Und woher kommt die Verletzung?"

„Marias Vater hat mich vor der Schule abgefangen und mich angeschrien, ich sollte Maria freilassen. Da erklärte ich ihm, dass ich sie nicht habe, aber gern hätte. Das war dann wohl ein Wort zu viel. Schon lag ich im Dreck, hatte ein blaues Auge und er haute ab."

„Fritze, das ist Körperverletzung und gleichzeitig eine Art der Selbstjustiz, die wir in Deutschland nicht dulden. Ihr Vater sollte Anzeige erstatten und Schmerzensgeld fordern. Aber danke, dass Sie uns alles geschildert haben. Nun können Sie zurück in die Klasse gehen."


Damit ist der Fremdeinsatz der beiden Kommissare zu Ende und sie treten die Heimreise an.

# ZURÜCK IM KOMMISSARIAT

Gleich am frühen Montagmorgen melden sich Herta und Bernd bei Uli zurück. Sie berichten von ihren Erkundigungen und auch von der rauen Atmosphäre in Marias Elternhaus. Einen Erfolg können sie leider noch nicht verbuchen, doch glauben sie, eine heiße Spur gefunden zu haben. Morgen wollen sie aber noch einmal dorthin fahren, um letzte Zeugen zu befragen. Vorher übergibt Bernd das mitgebrachte Tablet an Benno. Dieser kennt sofort den Weg zum Erfolg und klingelt bei Franzi in der KTU an:

„Hallo Franzi, hier ist Benno von den Kommis. Ich habe wieder ein digitales Findelkind, das du abhören sollst. Hast du jetzt Zeit dafür übrig?"

„Na klar doch, Benno, für dich immer. Komm rüber mit der Kiste:"

Die beiden Kommissare gehen zurück in ihr Büro, um die Protokolle zu verfassen. Benno klemmt sich das Tablet unter den Arm und stiefelt rüber in die KTU geradewegs in das kleine Büro von Franzi, legt das Tablet auf den Tisch und sagt:

„Dieses Teil gehört einem Teen und ich bin gespannt, was für ein Passwort sich die Kleine wohl ausgedacht hat?"

Leicht beißend meint Franzi:

„Vielleicht dieses Mal: M - A - M – I – H – I - L – F ?"

Nun nehmen sie sich beide das Tablet vor und Franzi stöpselt ein Hilfsgerät an den USB-Anschluss. Jetzt strahlt der Screen und diverse Zahlenkolonnen wechseln sich ab. Plötzlich stoppt das Datengewitter und in großen Lettern steht da:

‚M – 0 – 1 – W – P‘

Franzi hat es wieder einmal geschafft und hat das Passwort gefunden. Nun öffnen sie verschiedene Ordner, doch Benno drängt Franzi dazu, als Erstes den Foto-Ordner zu öffnen:

„Dachte ich mir es doch. Du willst dir bestimmt die hübschen jungen Mitschülerinnen anschauen."

„Mach schon weiter," kommt es aus Bennos Mund.

Sorgfältig werden alle Ordner und sonstige Dateien durchforstet, doch darin lässt sich kein ‚aide in ear‘ finden.

Nach zwei Stunden ist die Arbeit erledigt und Benno will sich gerade von Franzi verabschieden, da fasst sie ihn am Gürtel an und sagt:

„Wolltest du dir nicht von einer netten jungen Kollegin etwas von Göttingen zeigen lassen?"

„Ja, hatte ich ganz vergessen!"

„Komm, reich mir deinen Arm und Ärmel hoch!"

Mit einem Kugelschreiber notiert Franzi ihre Telefonnummer auf seinem Unterarm.

„Das ist meine Telefonnummer, die hast du von jetzt an immer bei dir. Die ist wasserfest auf deinem Arm gespeichert oder wäschst du dich vielleicht öfter?"

Benno versteht die leichte Ironie und sagt treffend:

„Nein, ich wasche mich nie. Ich lasse mich waschen!"

Benno verspricht ihr, dass er sie heute Abend gegen 19:00 Uhr anrufen wird.

Er nimmt das entschlüsselte Tablet wieder mit und geht direkt zu Herta:

> „Da ist das Tablet von dem Mädchen, aber da ist nichts Interessantes darauf, nur belanglose Chats von Teens. Kein Hinweis auf ein Gadget als ‚Beistand' bei Abi-Prüfungen."

Herta ruft sofort Uli an, um ihn zu informieren:

> „Hallo, Uli, hier ist Herta. Wir haben eben von Benno gehört, dass auf dem Tablet des vermissten Mädchens aus diesem Dorf Hundeshagen, wo wir waren, keine Angaben zu dem vermutlichen „aide in ear" vorhanden sind, sondern nur ein Geplänkel von jungen Mädchen."

> „Danke Herta und auch ein Dankeschön an Benno. Wenn das so ist, dann können wir ausschließen, dass dieser Vermisstenfall eine Fortsetzung der Serie unserer Fälle ist. Da du und Bernd, ihr dort schon eine wesentliche Arbeit geleistet habt, führt die Angelegenheit weiter bis zu der erhofften Aufklärung."

Jetzt bespricht Herta die neue Situation mit Bernd und schlägt ihm vor, übermorgen wieder nach Hundeshagen zu fahren.

# DIENSTAG IN HUNDESHAGEN

Die beiden Kommissare brechen kurz nach Mittag auf, denn sie wollen die Töchter der Familie Carl Weiler befragen. Da der Schulbus von Duderstadt erst kurz nach drei Uhr Hundeshagen erreicht, kommen sie zur rechten Zeit an, stehen kurz danach vor der Tür und klingeln. Ella öffnet und begrüßt die Kommissare:

„Guten Tag, bitte kommen Sie herein. Wir gehen am besten gleich in mein Zimmer, weil Sie ja uns sprechen wollen."

Sie betreten zu dritt das nett eingerichtete Mädchenzimmer, das genau so aussieht, wie man es bei Teenagern erwartet. Ella klopft an die Wand, denn nebenan liegt das Zimmer von Sofia. Sie versteht das Signal, kommt herein und begrüßt die beiden Kommissare, die schon auf einer Liege Platz genommen haben. Herta beginnt das Gespräch so:

„Wir sind heute noch einmal zu Euch gekommen, weil noch einige Fragen offen sind, die Ihr besser ohne anwesende Eltern beantworten könnt. Wir stellen diese Fragen immer, wenn es um Kriminalfälle geht, in denen Kinder oder junge Mädchen oder Jungen verwickelt sind. Das ist keine Vorverurteilung oder Vermutung gegenüber einem Beteiligten, sondern wir sind angehalten, diese Fragen zu stellen, weil es momentan ein generelles Problem in dieser Art gibt."

Nun wird Bernd ganz konkret:

„Ihr seid beide zwei junge hübsche Mädchen und wir wissen aus Erfahrung, dass manche Väter die Liebe zu ihren Töchtern zu weit fassen. Deshalb möchten wir zuerst von dir, Sofia wissen, wie sich dein Vater dir gegenüber verhält. Natürlich bleibt das nur unter uns. Wir werden weder eurer Mutter noch eurem Vater davon berichten, was hier gesprochen wird."

Herta Zeidler ergänzt:

„Sofia, ich bin auch eine Frau und weiß, dass Männer unzählige Wege kennen, die Sympathie oder das Wohlwollen von Frauen zu erlangen. Erzähle uns bitte, wie das Verhältnis zwischen dir und deinem Vater ist."

„Nun ja, tagsüber ist er nett und hilfsbereit, manchmal auch streng. Aber, da bin ich ehrlich, das ist oft auch gerechtfertigt, wenn ich herumzicke. Doch bis vor drei Jahren kam er immer Donnerstag Abend in mein Zimmer, wenn ich schon im Bett lag."

„Entschuldige, warum nur am Donnerstag?", fragt Bernd.

„Meine Mutter hat eine gute Stimme und singt gern. Deshalb ist sie schon viele Jahre hier im Kirchenchor, der jeden Donnerstagabend probt. Dann kommt sie immer erst gegen 23 Uhr nach Hause."

„Erzähle weiter!", bat Hertha.

„Die ersten Male, wenn er in mein Zimmer kam, setzte er sich an mein Bett und erzählte mit mir. Er wollte wissen, wie es mir in der Schule gefällt, welche

Freundinnen ich habe und ob ich auch einen Freund hätte. Er meinte, dass es gut ist, Freunde zu haben, und betonte:

,Auch ein Vater kann ein enger Freund sein, der sein Kind lieb hat!

Aber mit der Zeit wurde er immer aufdringlicher und dann kam auch schon seine Hand unter meine Bettdecke. Das gefiel mir gar nicht. Doch er sagte mir, dass er mich ganz doll lieb hat und mir auch zeigen möchte, wie sehr.

Am nächsten Donnerstag saß er wieder bei mir, hatte aber schon seinen Schlafanzug an und rutsche ganz dicht an mich heran. Dann schob er seine Hand wieder unter die Bettdecke und griff zwischen meine Knie. Da sprang ich aus dem Bett, rannte zum offenen Fenster und schrie mit hoher und ganz lauter Stimme: „Hilfe, Hilfe, mein Vater bedrängt mich!"

„Und was tat dein Vater?"

„Er rannte zu mir und hielt mir die Hand vor den Mund!

Dann verschwand er aus dem Zimmer und ich konnte von nun an auch donnerstags ruhig schlafen. Meiner Mutter habe ich nie davon etwas erzählt."

„Und wie ist das Verhältnis jetzt?"

„Ziemlich kühl. Manchmal blinzelt er mir zu, aber dann wende ich mich ab, denn ich finde es einfach ätzend."

„Danke, Sofia, das ist ja sehr aufschlussreich. Und wie ist es bei Ihnen, Ella?"

„Also, Sie können mich ruhig duzen, Sie wären die Erste im Dorf, die ‚Sie‘ zu mir sagt, das ist im Dorf halt so!"

„OK, dann erzähl du uns, wie euer Verhältnis ist."

„Das Verhältnis zu meinem Vater ist nicht nur kühl, ich verachte ihn aufs Schlimmste!"

„Und wie konnte es so weit kommen?"

„Ich bin leider nicht so rigoros wie Sofia. Aber bei mir fing er genau so an, wie bei Sofie, doch ich war immerhin schon 17 Jahre alt. Da brauchte er mir keine Geschichten zu erzählen.
Es war ein Donnerstagabend, schon kurz nach neun Uhr. Da kam er in mein Zimmer. Ich konnte gerade noch sehen, dass er schon den Schlafanzug anhatte, da machte er das Licht aus. Ich schrie ihn an, rannte zum Fenster, riss es auf und schrie weiter. Da verschwand er aus meinem Zimmer."
„Hast du denn deiner Mutter nichts davon erzählt?"

„Nein, ich habe mich fürchterlich geschämt und traute mich nicht."

Ella ergänzt nun:
„Weder er noch ich haben jemals mit Mama von dieser Nacht gesprochen, doch ich weiß, dass er ein rücksichtsloser Sexist ist, der keine Chance auslässt."

Sofia weiß zu ergänzen:
„Voriges Jahr war zu einer Familienfeier auch die Schwester unseres Vaters gekommen. Wir konnten uns unterhalten und da hat sie uns erzählt, dass sich ihre

Brüder, also Onkel Paul und unser Vater ihr gegenüber unmöglich verhalten hatten, als drüben noch die Fleischerei meiner Großeltern existierte. Sie quälten ihre Schwester und verlangten Unmögliches von ihr. Sie hat es nicht weiter ausgeführt und nur gesagt, dass sie beide unsagbar hasst. "

Jetzt erwacht wieder die polizeiliche Neugier in Hertha:
„Wo war drüben eine Fleischerei?" Kannst du uns das näher erklären."

Ella:
„Die Großeltern hatten in Steinbach am Ende des kleinen Dorfes eine Fleischerei. Doch die existiert längst nicht mehr, die Schaufenster sind mit Brettern vernagelt und das Haus verkommt langsam."

Hertha und Bernd sehen sich wortlos an und vermutlich haben beide den gleichen Gedanken. Sie verabschieden sich von den Geschwistern und danken für das sehr offene Gespräch. Dann verlassen beide Kommissare das Haus und fahren in das kleine Steinbach.

In der Mitte des Dorfes erblicken sie das Haus, wie die Mädchen es beschrieben hatten. Bei der Ladentür hängt der Türdrücker schon herunter. Das Schloss erweckt den Eindruck, dass schon seit langer Zeit kein Schlüssel mehr darin gesteckt hat und die Tür geöffnet wurde.

Beide Kommissare steigen aus und gehen einmal um dieses anscheinend verlassene Anwesen herum. An der Rückseite des länglichen Anbaus ist eine ehemalige Toröffnung zugemauert worden. Aber am Zustand des Mauerwerkes kann Bernd erkennen, dass diese Arbeiten erst vor einigen Jahren ausgeführt wurden. In dem Winkel zwischen dem Haupthaus und dem Anbau entdecken sie eine weitere Tür, die ebenfalls verschlossen ist. Doch daneben steht ein mit Blech verkleideter Kasten, der auf einem gemauerten Sockel befestigt ist. Auch dieser Beton scheint noch recht jung zu sein. Hertha wundert sich über eine seltsame Kiste und fragt beiläufig:

„Was soll dieser Kasten da?"

Bernd erklärt es ihr gern:

„Genau so ein Kasten steht bei meinen Eltern ebenfalls neben ihrem Haus. Sie wohnen auch auf dem Land und diese Kästen findet man an mehreren Häusern. Sie gehören dem Energieversorgungsunternehmen. Darin befinden sich ein Zähler und ein Hauptschalter. Der Kasten ist mit einem Spezialschloss versehen, zu dem nur der spezielle, dreieckige Schlüssel passt. Die Besitzer und die Vertreter des Energieversorgers haben so einen Schlüssel. Damit können sie den Kasten öffnen und die verbrauchte Elektroenergie ablesen, auch wenn die Bewohner nicht zu Hause sind. Ich finde, das ist eine elegante Lösung."

„Nun gut, und was haben wir im Augenblick davon, außer dem Wissen, was das für ein Kasten ist?"

„Ich habe mir vor einiger Zeit einen solchen Schlüssel besorgt und der liegt im Dienstwagen, den hole ich jetzt."

Kurz danach ist Bernd zurück und öffnet die Tür dieses Kastens. Wie vermutet, befindet sich darin ein Hauptschalter und ein Elektrizitätszähler älterer Bauart.

Der hat in der Mitte eine dünne Scheibe, die sich dreht, wenn Strom verbraucht wird. Umso mehr Strom verbraucht wird, um so schneller dreht sich die Scheibe.

Bernd sieht auf diese Scheibe und sagt verwundert:

„ Hertha, schau hin, das glaube ich jetzt nicht, die Scheibe dreht sich. – PAUSE – Da, jetzt bleibt sie stehen! Das kann doch nicht sein, dass in einem unbewohnten Haus, das eher einer Ruine ähnelt, elektrischer Strom verbraucht wird. Da, und jetzt dreht sie sich wieder, aber nur langsam."

Beide schauen jetzt wie gebannt auf diese kleine sich drehende Scheibe und plötzlich sagt Hertha:

„Jetzt steht sie schon wieder still. Was kann es denn für ein Verbraucher sein, der nur gelegentlich Strom dem Netz entnimmt?"

„Eine Elektroheizung vielleicht?"

„Nein, das glaube ich nicht. Wer soll in dieser Ruine warme Füße bekommen?"

„Aber ein Kühlschrank könnte es sein. Vielleicht haben die Großeltern vergessen, ihn auszuschalten?"

Entschlossen sagt Bernd:

„Hertha, es führt kein Weg daran vorbei, wir müssen unbedingt in diese Hütte.

Und sie fragt zweifelnd:

„Hast du einen Schlüssel?"

„Nein, aber allerhand Werkzeug im Auto!"

Schnell läuft Bernd zum Auto und kommt mit verschiedenen Gebilden zurück, von denen aber keines die Ähnlichkeit zu einem Schlüssel besitzt. Doch mit geschickten Fingern schafft er es, das verblüffend leichtgängige Schloss zu öffnen. Das kommentiert er so:

> „In diesem Schloss ist kein bisschen Rost, das bedeutet, dass es regelmäßig geöffnet wurde."

Hertha betritt als erste den Flur und findet sofort rechts hinter der Tür einen Lichtschalter. Sie knipst ihn an und schon kommt ein schwaches Licht aus einer alten Hängelampe, die unter der Decke baumelt. Sie sehen sich um. Da ist links eine alte Tür, leider verschlossen, die offensichtlich in den Verkaufsraum führt. Dann ist hinten links in der Ecke eine schwere Metalltür mit einem langen Hebel zur Öffnung. Bernd erläutert das:

> „Solche Hebel findet man bei Kühlräumen. Ich vermute, dass es hier genauso ist. Der muss dahinter liegen, doch ein Sicherheitsschloss verhindert das Öffnen.
> Schau mal hier auf die rechte Seite! Hier hat jemand eine Zwischenwand eingezogen und mit einer neuen Tür versehen."

Doch gänzlich unerwartet steckt im Schloss ein Schlüssel. Bernd dreht den Schlüssel um, öffnet langsam die Tür und beide blicken in einen langen Raum, der durch mehrere Glasfenster in der Decke hell ausgeleuchtet ist. Doch was sie jetzt sehen, lässt ihnen den Atem stocken:

> „Das kann nicht wahr sein! Siehst du das? Rechts und links stehen lange Tische bis zum Ende, mit hunderten von Blumentöpfen, in denen Cannabis wächst. Das

übersteigt jetzt aber wirklich unsere Kompetenz. Ich rufe sofort unseren Chef an und sage, er soll sofort die KTU hierherschicken!"

Beide setzen sich in ihr Auto und essen jeder ein mitgebrachtes Brötchen, während sie auf die Unterstützung warten.

Es dauert nicht allzu lange, da hören sie schon das bekannte Signal und zwei Streifenwagen und der Kleinbus der KTU rücken an.

Uli springt aus dem ersten Streifenwagen und läuft auf seine beiden Kommissare zu:

> „Das wollte ich mir nicht nehmen lassen, was meine Mitarbeiter herausgefunden haben. Aber leider keine Vermisste, sondern eine Cannabisplantage. Jedoch auch das ist ein gewaltiger Erfolg."

Während ein Kollege der KTU damit beschäftigt ist, die Cannabis-Plantage zu fotografieren, spricht Bernd zwei andere Kollegen der KTU an:

> „Etwas habt ihr noch vor. Die Tür zum Kühlraum müsst ihr versuchen, aufzubekommen!"

Ein paar geschickte Griffe und die schwere Tür schwenkt auf. Laut schreiend und weinend kommt ein Mädchen herausgerannt, fällt Hertha um den Hals und zittert fürchterlich. Hertha blickt durch die Tür in den Raum, sieht ein Bettgestell mit einem großen Blutfleck auf dem weißen Laken und drückt nun noch mehr das weinende Mädchen an sich.

Und sie schluchzt:

„Er hat es immer wieder getan und das tat so furchtbar weh! Wie ein wildes, ungezähmtes Tier war er!"

Plötzlich kommt ein Pkw Golf, hält vor der Halle an und als Bernd zum Fahrzeug geht, rast dieses davon, beschleunigt stark und biegt am Ende der etwa 200 m langen Gasse um die Ecke. Es ertönt ein lauter Knall, wie bei einem Aufprall und ein roter Feuerball steigt auf.
Bernd und zwei weitere Polizisten springen in ihr Auto und sausen zur vermuteten Unglücksstelle. Dort finden sie an einem steinernen Torpfosten einen zertrümmerten Golf, der lichterloh brennt. Er ist so arg zerquetscht, dass sich auch mit größter Kraft keine Tür öffnen lässt. Sofort rufen sie die Feuerwehr und verbleiben am Unglücksort.
Die eintreffenden Feuerwehrleute löschen zunächst das Feuer und öffnen dann mit einem Spreizgerät die Tür.
Darin sehen sie die Leiche eines Mannes, es ist Carl Weiler. Bernd fährt zurück und berichtet Uli und Hertha, was eben geschehen ist.

Gleichzeitig mit der Feuerwehr wurde auch ein Rettungswagen gerufen, der eben eintrifft. Hertha geht mit dem Mädchen zu dem Wagen und sie setzt sich auf die Trage. Eine Ärztin begrüßt Maria und erkennt sofort, in welchem psychischen Zustand sie sich befindet. Daher bekommt sie zur Beruhigung eine Injektion. Dann setzt sich der Rettungswagen in Bewegung und fährt Maria in ein Krankenhaus. Dort werden sich Mediziner um sie kümmern und das Mädchen seelisch und körperlich stabilisieren.

Für die Kommissare Hertha und Bernd ist der heutige Tag zu Ende. Auf dem Heimweg zu ihrem Quartier fahren sie bei Christa Weiler und ihren Töchtern vorbei.

Hertha klingelt und wartet. Christa Weiler öffnet und schaut die Kommissare fragend an:

„Bitte, kommen Sie rein!"

„Dürfen wir uns setzen und nehmen Sie bitte auch Platz. Wir müssen Ihnen leider eine traurige Mitteilung machen. Wir haben heute im Kühlraum der ehemaligen Fleischerei ein schreiendes und weinendes Mädchen befreien können, das in einem Bett auf einem blutigen Laken kampieren musste. Ihr Mann hatte sie dort festgehalten und immer wieder vergewaltigt. Als wir sie befreit hatten, kam ihr Mann gerade mit seinem Auto vorbei, hielt an, sah uns und raste die Gasse hinunter und gegen eine Mauer. Das Auto ging in Flammen auf und er verstarb. Es war Selbstmord.

Unser tief empfundenes Beileid gilt Ihnen und Ihren Töchtern. Bleiben Sie stark und weiterhin so einfühlsam Ihren Mädchen gegenüber."

Die Mutter sieht die beiden Kommissare an, ohne ein Wort zu sagen. Sie schüttelt nur den Kopf. Dann endlich fängt sie sich und beginnt:

„Mir tut Maria so leid. Da hat sie ihr Vater so streng behütet und beschützt und dann gerät das Kind an diesen krankhaft sexbesessenen Menschen. Und das ist auch noch mein Mann. Eigentlich hätte ich es wissen müssen, denn ich kannte seine ungewöhnlichen Gefühle, doch ich wollte es einfach nicht wahrhaben, dass er sich so vergessen würde!"

Nach diesen Worten verabschieden sich die Kommissare und fahren nun zu Marias Eltern.

Hier drückt Bernd auf den Klingelknopf und wartet, dass die Tür aufgeht. Luise Weiler öffnet die Tür und sieht zwei Polizisten:

„Frau Weiler, wir haben Ihre Tochter gefunden und sie lebt. Sie befindet sich zurzeit im Krankenhaus, da sie vollkommen psychisch und physisch erschöpft ist. Ihr Schwager hatte sie im Kühlraum der ehemaligen Fleischerei gefangen gehalten und mehrmals vergewaltigt. Er hat sich aber selbst bestraft und sich heute das Leben genommen.

Und sagen Sie Ihrem Mann, dass Ihre Tochter ein prächtiges und tapferes Mädel ist und keine Heilige."

Wortlos drehen sich die Kommissare um, steigen in ihr Auto und fahren langsam, ohne ein Word zu sagen in ihr Hotel. Damit geht dieser Vermisstenfall zu Ende.

# DONNERSTAG IM KOMMISSARIAT

Gegen neun Uhr erscheint auf dem Kommissariat 4 ein Herr in einem schwarzen Mantel mit Hut. Er tritt an den Tresen und wartet, bis der Beamte sich von seinem Platz erhebt, ihm gegenübertritt und fragt:
„Was möchten Sie bitte?"

„Guten Tag, mein Name ist Eberhard von Hohenberg, ich bin Journalist. Halten Sie es für angebracht, jetzt schon eine Vermisstenanzeige aufzugeben, wenn unsere Tochter seit zwei Tagen nicht zu Hause war?"

„Also die Entscheidung liegt bei Ihnen, aber wenn meine Tochter nur einen Tag nicht zu Hause war, hätten bei mir schon die Alarmglocken geläutet. Wie alt ist Ihre Tochter denn überhaupt?"

„Das ist es ja, sie ist bereits 19 Jahre."

„So, geben Sie mir bitte Ihre persönlichen Daten, ich werde zwei Beamte zu Ihnen nach Hause schicken, die werden dann mit Ihnen oder Ihrer Frau ein Gespräch führen und detaillierte Informationen einholen."

Der Beamte schreibt sich Adresse, Namen und Telefonnummer auf und verabschiedet sich vom Journalisten mit einem:
„Guten Tag!"

Ein ‚Auf Wiedersehen' vermied er tunlichst und ruft seinen Chef an:
„Uli, hier war eben ein etwas anderer Herr, der mich fragte, ob er jetzt schon eine Vermisstenmeldung

aufgeben soll, weil seine Tochter zwei Tage nicht zu Hause war. Ich reiche Dir die Kontaktdaten hoch."

Oberkommissar Uli Brandt sieht sich die Daten an, kann aber aus der Adresse lediglich entnehmen, dass die Herrschaften in einem edlen Viertel ihr Zuhause haben.

Der Chef bittet die Kommissare Markus Hübner und Jörg Wolle zu sich in sein Büro und empfängt sie gleich mit einem Auftrag:

> „Es liegt uns schon wieder eine Vermisstenanzeige vor, die eigentlich noch gar keine ist. Bei der Anmeldung erschien ein gut gekleideter Herr und fragte unseren Kollegen, ob er jetzt schon eine Suchanzeige aufgeben soll, obwohl seine Tochter erst zwei Tage weg ist.

> Weil mir diese Frage etwas suspekt erscheint, halte ich es für angebracht, dass ihr euch einmal mit der Mutter unterhaltet. Wohlgemerkt wohnt diese Familie im teuersten Viertel von Göttingen. Richtet euch also darauf ein, dass es vielleicht kompliziert werden kann. Hier ist der Zettel mit den Kontaktdaten. Und ruft bloß vorher an, ob ihr auch ‚gelegen' kommt."

Die beiden ziehen ab in ihr Büro, das sie zu zweit nutzen. Sie überlegen gründlich, wie ein Gespräch zu beginnen ist, damit sie nicht schon am Anfang in ein Fettnäpfchen treten. Markus kommt mit dem ersten Vorschlag heraus:

> „Kommissar Hübner vom Kommissariat 4 in Göttingen. Sehr geehrte Frau von Hohenberg, wäre es gelegen, wenn wir heute Nachmittag gegen 15 Uhr zu einem informativen Gespräch wegen ihrer Tochter bei Ihnen vorsprechen könnten?"

„Nee, Markus, das geht gar nicht. Die fühlt sich total veräppelt, wenn du so dick aufträgst. Da fliegen wir beide raus in ihre Rosenhecke!"

„Na gut, dann mach du jetzt deinen Willkommensgruß!"

„Guten Tag, hier spricht Kommissar Wolle, vom Kommissariat 4 in Göttingen. Ihr Mann war heute bei uns auf dem Revier wegen Ihrer Tochter. Wir haben dazu noch ein paar Fragen und möchten heute Nachmittag gegen 15:00 Uhr bei Ihnen sein, geht das klar?"

„Jörg, du kannst aber nicht fragen, ob das klar geht!"

„Na ja, aber die Frage, ob du gelegen kommst, ist zu schwülstig, denn gelegen hört sich an wie liegen. Außerdem kommst du nicht gelegen, sondern gegangen."

„So, wir kombinieren jetzt die beiden Texte und ich rufe sie an:
,Guten Tag! Hier ist Kommissar Hübner vom Göttinger Kommissariat 4. Spreche ich mit Frau von Hohenberg?"

„Ja, das bin ich, aber das ,von' können Sie weglassen, das gehört nur meinem Mann. Und was möchten Sie?"

„Ihr Mann war heute auf dem Revier und fragte, ob eine Suchanzeige nach Ihrer Tochter angebracht wäre. Darüber möchten wir mit Ihnen persönlich sprechen. Hätten Sie heute Nachmittag gegen 15:00 Uhr eine Viertelstunde Zeit für ein Gespräch?"

„Ja, das passt. Die Adresse kennen Sie?"

„Danke, wir haben Ihre Anschrift und werden pünktlich bei Ihnen sein!"

„Uff, so übel scheint sie gar nicht zu sein, aber warten wir's ab."

Die Kommissare legen sich nun ein paar passende Fragen zurecht und schauen in den Stadtplan, wie sie in das luxuriöse, parkähnliche Waldgebiet kommen können.

Schon wieder wird Uli bei seiner Arbeit gestört, weil der diensthabende Kollege ihn anruft:

„Entschuldige die Störung, aber ich habe hier einen Jungen am Tresen, dem ich nicht weiterhelfen kann. Der kleine möchte einen Laptop abgeben. Soll ich ihn zu dir oder gleich zu Benno schicken?"

„Schick ihn zu Benno!"

Uli ruft Benno an und schickt ihn hinunter zum Empfang. Benno ist schnell dort und steht dem kleinen Burschen gegenüber, der sagt zu ihm:

„Ich bringe Ihnen ein Tablet, das ihr gesucht habt. In der Zeitung stand auch, dass man dafür einen Finderlohn bekommt. Stimmt das?"

Jetzt hat Benno ein Problem, denn der gesuchte Laptop wurde bereits gefunden, abgegeben und der Finderlohn ausgezahlt. Soll er das so dem Kleinen sagen? Vielleicht ist doch etwas Besonderes darauf. Deshalb fragt er interessiert nach:

„Was du uns mitbringst ist allerdings ein Tablet und wir suchten nach einem Laptop.

„Wo und wann hast du das denn gefunden?"

„Also, wir waren alle unterwegs nach Melsungen zu meinen Großeltern. Auf einmal musste ich dringend auf Toilette, da fuhr mein Papa auf einen Autobahnparkplatz auf der A7 vor Guxhagen. Weil aber die Toiletten oft nicht richtig sauber sind, schickte mich meine Mutter in die Büsche. Dort lag zwischen dem alten Laub dieses Teil. Ich nahm es mit zum Auto und habe es meinem Vater gezeigt. Der sagte, dass ich damit zur Polizei gehen soll. Und jetzt bin ich hier.“

„An welchem Tag hast du das Tablet gefunden?“

„Das war am Sonntag, am 2. Juni, da hat meine Oma Ingrid Geburtstag.“

„Wie alt bist du eigentlich?“

„Ich bin schon elf.

Schließlich ringt sich Benno zu einer Antwort durch, die ihm kein schlechtes Gewissen bereitet:
„Horch zu, du gibst mir jetzt deinen Namen und deine Adresse und lässt das Tablet hier. Wir werden überprüfen, ob es für uns wichtig ist und geben dir Bescheid. Wenn du Glück hast, bekommst du einen Finderlohn. Auf Wiedersehen!“

Benno kennt den Weg bereits, denn er hat wieder Arbeit für Franzi. Weil sie im Augenblick an einer anderen, sehr dringenden Sache arbeitet, nimmt sie das Tablet nur kurz entgegen und versichert Benno, dass sie sich beim ihm wieder melden wird.

Es ist Viertel vor drei und die beiden Kommissare begeben sich auf den Weg zu Frau Hohenberg in die Herzberger

Landstraße. Sie erreichen die prächtige Villa kurz vor drei und stehen erst einmal vor einer weißen Gartentür. Links ist der Druckknopf der Video - Tür-Öffnungsanlage. Jörg drückt auf den Knopf und schon ertönt eine weibliche Stimme:

„Kommen Sie herein, meine Herren, die zwei frei laufenden Doggen werden Sie nicht belästigen, sie sind wohlerzogen."

Jörg öffnet die Tür und beide gehen auf den mit Marmorplatten belegten Gehweg zur Hauseingangstür, die sich in einer Veranda befindet. Jörg macht auch diese Tür auf, denn sie ist nicht verschlossen. Ein junges Mädchen, mit einem schwarzen Rock und einer zierlichen Schürze darüber, bittet sie, ihm zu folgen.

Im Wohnzimmer werden sie bereits von Frau Hohenberg erwartet und begrüßt:

„Ich heiße Sie herzlich willkommen, bitte nehmen Sie doch Platz! – Darf ich Ihnen etwas zu trinken bringen lassen?"

„Danke, nein, wir wollen Sie auch nicht lange stören. Uns wurde mitgeteilt, dass Ihre Tochter seit zwei Tagen nicht im Hause war. Ist das so richtig?"

„Ja, das ist korrekt formuliert. Aber ist das denn Ihr erster Fall, dass eine Abiturientin vermisst wird?"

„Nein, das ist schon das dritte Mal, doch wir tappen noch im Dunklen.
Bitte erzählen Sie uns etwas mehr darüber, wie das Leben Ihrer Tochter abläuft."

„Unsere Tochter ist inzwischen 19 Jahre alt und demgemäß nach dem Gesetz ‚volljährig‘. Allerdings möchten wir dennoch gern wissen, wo sie sich aufhält oder ob ihr etwas zugestoßen ist.

Ihr Name ist ‚Clara von Hohenberg‘ und sie ist mittelgroß, besitzt eine sehr gute, sportliche Figur und trägt ihre schwarzen langen Haare gern offen. Clara besucht das Max-Planck-Gymnasium am Theaterplatz. Sie tendiert bereits heute dazu, Medizin zu studieren. Auf diesem Gebiet ist sie besser zu Hause als in den mathematisch-naturwissenschaftlichen Fächern. Sie bewohnt hier im Hause zwei eigene Zimmer, hat aber auch intensive Kontakte zu ihren Freundinnen.“

„Danke für den ersten Überblick. Wenn Sie betonen, dass Ihre Tochter einen sehr guten Kontakt zu ihren Freundinnen pflegt, bedeutet das auch, dass sie sich dort längere Zeit ununterbrochen aufhält und sogar gelegentlich dort schläft?“

„Ja, das kommt durchaus vor. Besonders jetzt in den Vorbereitungsphasen zum Abitur ist sie oft einige Tage bei ihren Freundinnen, um gemeinsam zu lernen.“

„Wann haben Sie Ihre Tochter das letzte Mal gesehen?“

„Einen Augenblick! Heute ist Donnerstag, ich glaube, das war am Sonntagabend, da verließ sie das Haus mit ihren Schulsachen und erwähnte, dass sie bei den ‚Cohnert-Zwillingen‘ ‚büffeln‘ will, wie sie sich auszudrücken pflegt. Sarah und Laura heißen die beiden Mädchen der Familie Dr. Cohnert. Sie sind ebenfalls 19

Jahre alt. Lisa, unser Hausmädchen, gibt Ihnen die Kontaktdaten."

„Damit haben Sie uns sehr geholfen. Danke und auf Wiedersehen!"

Jetzt müssen sich die beiden Polizisten erst einmal wieder fangen, denn so einen Besuch hat man nicht jeden Tag. Weil sie aber die Kontaktdaten bereits bekommen haben, fahren sie gleich weiter in die Konrad-Adenauer-Straße zu den Zwillingsschwestern. Die Familie Cohnert bewohnt ebenfalls eine sehr schöne Villa, wie es aber in dieser Gegend in Göttingens Osten nicht anders zu erwarten ist.-

Leider treffen sie die beiden Schwestern nicht an, da sie noch eine Stunde auf dem Tennisplatz sind. Also bittet sie die Mutter, gegen 16:30 wiederzukommen, wenn sie sie unbedingt sprechen müssen. Markus erwidert:

„Ja, das müssen wir und werden deshalb um 16:30 wieder hier erscheinen. Auf Wiedersehen bis dann."

*

Pünktlich um 16:30 Uhr stehen die beiden Kommissare wieder vor der Tür der Zwillinge Cohnert. Markus drückt auf den Knopf der Video-Türsprechanlage. Schnell meldet sich eine junge, weibliche Stimme mit:

„Ja, bitte. Wen möchten Sie sprechen?"

„Hier ist die Polizei. Wir möchten Frau Sarah oder Laura Cohnert sprechen, aber persönlich und nicht über die Türsprechanlage."

Man hört einen leisen Klick und die Gartentür öffnet sich. Nach einigen Schritten auf dem Gehweg stehen sie vor der

Haustür, die gerade von einer jungen Frau geöffnet wird, die sie mit den Worten empfängt:

„Hi, ich bin Laura Cohnert. Bitte treten Sie ein."

Die Kommissare folgen Laura in die Veranda, in der ein Tisch aus Korbgeflecht und vier dazu passende Stühle stehen.

„Bevor Sie beginnen, möchte ich fragen, ob ich Ihnen etwas zu trinken bringen darf?"

„Ja, bitte je ein Glas Wasser!"

Gleich bekommen sie ein Glas Tafelwasser und die Zwillingsschwester Sahra zu Gesicht. Diese stellt sich vor und setzt sich ebenfalls, wie es die Polizisten schon gemacht haben, in einen dieser Korbsessel. Nun sind alle vier Personen zusammen und gesprächsbereit. Jörg beginnt:

„Wir haben heute schon die Eltern Ihrer Mitschülerin Clara besucht und erfahren, dass Sie befreundet sind. Sie wird nämlich seit zwei Tagen vermisst. Wann haben Sie Clara zuletzt gesehen?"

„Einen Augenblick bitte. Heute ist Donnerstag - PAUSE - und jetzt fällt es mir wieder ein, es war am letzten Freitag, dem 1 . Juni."

„Hat sich an diesem Tag Ihre Freundin anders verhalten als sonst?"

„Ja, das kann man schon sagen, denn sie war irgendwie aufgeregt. Und als wir fragten, was denn sei, so sagte sie nur, dass sie bei einem Chat einen Mann kennen gelernt hätte, der so ein komisches Gerät vom FBI hat, das bei der Prüfung hilft. Aber sie sagte, dass sie allein dorthin müsse."

„Hat sie auch gesagt, wo sie sich mit ihm treffen wollte?"

„Nein, sie sagte nur, das sei egal, sie nimmt sich eh ein Taxi!"

„Bitte beschreiben Sie uns, wie sie gekleidet war."

„Clara trug eine schwarze Hose, einen roten Windbreaker und sie hatte ihr irres rotes Cappy auf. Das ist so eine Schirmmütze, verstehen sie? Außerdem trug sie ihre schwarzen Sneaker mit weißer Sohle."

„Um welche Uhrzeit hat Clara Sie verlassen?"

„Das war so gegen 19:00 Uhr. Sie war schnell aus der Tür verschwunden, kam aber noch einmal kurz zurück, weil sie unbedingt ihr Tablet mitbringen sollte, das sie bei uns liegengelassen hatte."

Die beiden Kommissare danken und verabschieden sich. Für sie ist nun auch der Feierabend gekommen.

# FREITAG

Jörg Wolle und Markus Hübner erstatten Bericht bei Oberkommissar Brandt. Er ruft gleich Benno zu sich und fragt:

„Weißt du schon, ob das Tablet von dem kleinen Jungen etwas gebracht hat, das er auf der A7 gefunden hatte?"

„Nein, weiß ich noch nicht, aber ich gehe gleich zu Franzi und frage nach."

Benno ist schnell bei Franzi und will es nun genau wissen:

„Franzi, hast du schon mein letztes Findelkind unter die Lupe genommen? Und was hat's gebracht?"

„Also, da sind einige Chats darauf und es ist wieder die Rede von diesem ominösen ‚aide in ear'. Und einen Treffpunkt hatte ‚Big Brother' auch genannt, nämlich im ‚China-Restaurant in der Rudolf-Wissell-Straße, heute 19:00 Uhr'. Dann fügte er noch hinzu: 'Kenne dich, habe ein Bild von dir! Sie schrieb nur noch ‚Bis bald, freue mich! Sunny Girl 19."

Benno dankt Franzi für ihre Arbeit, nimmt das Tablet und geht zurück zu Uli Brandt:

„Uli, auf diesem Tablet ist auch so ein seltsamer Chat mit dem Angebot für dieses ‚aide in ear'. Der Chatfreund nennt sich wieder ‚Big Brother' und verabredet sich mit der Besitzerin in einem China Restaurant in der Rudolf-Wissel-Straße."

„Und in welcher Stadt befindet sich diese Straße?"

„Sorry, das weiß ich nicht."

„Dann weißt du aber spätestens jetzt, was du zu tun hast!"

Benno geht zurück in sein Büro und kommt gerade noch rechtzeitig, um den Telefonhörer abzunehmen:
„Hallo, Benni, hier ist Franzi. Ich hatte vergessen, dir zu sagen, dass ich an der Unterseite einen Aufkleber von ‚MILKA-Schokolade' abgelöst habe, weil ich ahnte, dass der da nicht hingehört. Das war goldrichtig und darunter las ich mit einem schwarzen Filzer geschrieben:
‚Dieses Teil gehört Clara Sunny Girl 19, und wehe einer klaut!'
Das wollte ich dir nur noch sagen. Bye, bye."

Bevor er dieses interessante Detail Uli mitteilen will, durchstöbert er mit GOOGLE EARTH die verschiedenen Orte, um die ‚Rudolf-Wissell-Straße' ausfindig zu machen.

In Göttingens Norden wird er fündig. Der nächste Schritt ist klar. Er muss den Taxifahrer suchen, der am Freitag, dem 20. Juli gegen 19:00 eine Fahrt zum China-Restaurant in der Rudolf-Wissell-Straße hatte.

Die kleine Fleißarbeit war innerhalb einer Stunde erledigt und schon bestellt er den Taxifahrer für eine Zeugenbefragung auf das Kommissariat 4. Erst wenn der Taxifahrer hier gewesen ist und Bennos Fragen beantwortet hat, fühlt er sich gewappnet, zum Chef zu gehen, da er dann auf mögliche Detailfragen schon Antworten hat. Es klopft und nach einem ‚Herein' steht ein Taxifahrer vor Bennos Schreibtisch und fragt:

„Wohin möchten Sie?"

„Ich möchte nirgends wohin, ich will hier bleiben und von Ihnen wissen, wen Sie am Freitag, 20. Juli gegen 19:00 zum China-Restaurant gefahren haben?"

„Gemäß Beförderungsauftrag holte ich eine junge Frau Viertel vor sieben in der ‚Konrad-Adenauer-Straße' von der Villa Dr. Crohn ab und brachte sie zum Restaurant. Sie bezahlte, gab mir ein gutes Trinkgeld und verschwand im Restaurant."

„Können Sie diese Frau näher beschreiben?"

„Ja, sie war mittelgroß, trug eine schwarze Hose, einen roten Windbreaker und hatte ein rotes Cappy auf. Außerdem trug sie schwarze Sneaker."

„Danke, dass Sie gekommen sind, das war es auch schon."

Nun geht Benno zu Uli und berichtet von seinen Recherchen. Uli hört sich das alles in Ruhe an und zieht folgenden Schluss:

„Clara von Hohenberg hat sich entführen lassen von dem gleichen Täter, den wir schon in zwei Fällen kennen gelernt haben. Örtlich können wir ihn noch nicht eingrenzen, doch die Vorgehensweise spricht dafür, dass er in den beiden unaufgeklärten Fällen derselbe ist. Wir wollen sichergehen. Deshalb möchte ich, dass Jörg und Markus in das Gymnasium fahren und die Lehrerin befragen. Richte den beiden das bitte aus, denn ich habe jetzt einen Außer Haus-Termin!"

# SONNABEND

Uli Brandt sitzt wie jeden Samstag um diese Zeit am Frühstückstisch und schlägt den ‚Göttinger Anzeiger' auf. Gleich auf der Titelseite steht groß und unübersehbar:

„Schon drei Abiturientinnen spurlos verschwunden.

Göttinger Polizei ist ratlos!

Wer wird das nächste Opfer sein?"

Das ist eine absolute Unverschämtheit! Das kann doch wohl nicht wahr sein, dass man schreibt, dass die Göttinger Polizei ratlos ist, denn Uli fühlt sich als die Verkörperung der Göttinger Polizei! Wer hat das verzapft? Er kocht vor Wut und er erinnert sich an nur einen Journalisten, der die im Leitartikel aufgeführten Details kennt: Eberhard von Hohenberg.

Bereits um 9:20 Uhr klingelt Ulis Telefon, denn außerhalb der Dienstzeit werden alle Telefonate vom Kommissariat auf seinen privaten Anschluss umgeleitet. Am Telefon meldet sich das Niedersächsische Ministerium für Inneres und Sport, hier Staatssekretär Günther K.:

„Herr Oberkommissar Brandt, ich habe soeben von einem meiner Mitarbeiter, der für die Recherche der Medien zuständig ist, erfahren müssen, dass die Göttinger Polizei nach drei Entführungen es noch nicht geschafft hat, einen Täter dingfest zu machen. Sie haben noch nicht einmal eine Spur gefunden. Ich bin zutiefst entrüstet über eine so nachlässige Fahndungstätigkeit. Wir, als Ihr Ministerium erwarten, dass sie uns innerhalb von 72 Stunden ein wasserfestes Resultat vorweisen können. Sollte Ihnen das nicht gelingen, müssen Sie mit personellen Konsequenzen rechnen. Auf Wiederhören!"

Dieses harsche ‚Wort zum Samstag' hat dem bedauernswerten Oberkommissar die spärlich vorhandene gute Laune vollends verdorben.

Erst nach einiger Zeit hatte sich seine Wut gelegt. Nun überlegt er zum soundsovielten Mal nach einer Strategie, den Entführer zu fassen. Es will und will ihm nichts Gescheites einfallen.

Das Mittagessen war offensichtlich sehr gehaltvoll und energiereich, denn Uli hat plötzlich eine Idee. Es ist gerade Sonnabend, 12:40 Uhr und die unpassendste Zeit einen Mitarbeiter anzurufen und dann noch ihm einen Auftrag zu erteilen. Doch ungewöhnliche Situationen erlauben auch ungewöhnliche Maßnahmen, wie zum Beispiel diese:

„Guten Tag Markus, hier ist Uli. Bitte entschuldige die Störung zu dieser ungewöhnlichen Zeit. Aber auch ich wurde gestört, und zwar von dem Staatssekretär des Ministeriums für Inneres und Sport. Im Göttinger Anzeiger steht ein Schmäh-Artikel über unsere Polizeibehörde. Der Sekretär droht mit persönlichen Konsequenzen für einige unserer Mitarbeiter, wenn wir nicht innerhalb von 72 Stunden einen Hinweis auf den Täter erbringen können. Jetzt meine Bitte an dich. Verfasse sofort den Text für eine Suchmeldung für die Tochter des Journalisten. Den Namen kennst du, es ist Clara von Hohenberg. Beschreibe die Person genau und so weiter. Dann gibst du diese Suchmeldung an den Rundfunk und an den NDR. Vielleicht bekommen wir ein Echo. Ich danke dir im Namen des gesamten Teams."

Markus macht sich sofort an die Arbeit und schon um 15:00 Uhr kommt die erste Suchmeldung im Rundfunk:

„Verehrte Hörerinnen und Hörer, wir bitten um Ihre Aufmerksamkeit für eine Suchmeldung. Seit Freitag vergangener Woche wird die 19-jährige Clara H. vermisst. Sie ist mittelgroß, schlank und hat schwarzes Haar. Zum Zeitpunkt ihres Verschwindens trug sie eine schwarze Hose, einen roten Windbreaker, einen schwarzen Schal, ein rotes Cappy und schwarze Sneakers mit weißen Sohlen. Wer zweckdienliche Hinweise geben kann, rufe bitte umgehend die Polizei an oder eines unserer Aufnahmestudios. – Ende der Suchmeldung"

Im Abendprogramm des Fernsehfunks wurde diese Suchmeldung mehrfach wiederholt.

# SONNTAG

Vor dem Einfamilienhaus Nr. 34 in der Thales-von-Milet-Straße in Grone steht eine junge Frau mit schwarzer Hose, einem roten Windbreaker, schwarzem Schal, rotem Cappy und schwarzen Sneakers mit weißen Sohlen. Sie drückt auf den Klingelknopf, unter dem ein Messingschild angebracht ist. Darauf steht: „Peter Jahn, Freier Journalist."

Die Frau wartet, bis ein junger Mann die Haustür öffnet und fragt ihn:

„Sind Sie Peter Jahn, unabhängiger Journalist?"

„Ja, das bin ich. Und wer sind Sie?"

„Ich bin Clara von Hohenberg und wurde vor etwa einer Woche entführt. Heute Nacht konnte ich mich befreien und ich biete Ihnen an, mich für ein Exklusivinterview zur Verfügung zu stellen. Das tue ich aber nur, wenn Sie bereit sind, vorab und in bar zu bezahlen."

„Ihr Fall ist mir bekannt, er ging ja auch durch die Presse, da Sie die Tochter des millionenschweren Journalistenehepaares von Hohenberg sind.
Natürlich ist mir klar, dass Sie dafür bezahlt werden möchten, und an welchen Betrag haben Sie gedacht?"

„Ich möchte 10.000 EUR haben, aber noch vor dem Interview."

„OK, ich gehe noch kurz zur Bank und dann treffen wir uns im Levinscher Park, am Osteingang."

Sie dreht sich um, ruft ein Taxi und lässt sich zum

Levinschen Park fahren. Dort sucht sie sich nahe dem Osteingang eine Bank, setzt sich und wartet auf Peter Jahn. Als sie ihn kommen sieht, steht sie auf und sagt:

„Lass uns ein Stückchen weitergehen. Übrigens können wir uns duzen. Ich heiße Clara, wie du weißt."

„OK, ich bin Peter."

Als sie eine passende Stelle gefunden haben und eine Parkbank mit guten Lichtverhältnissen, baut Peter das Stativ auf und richtet die kleine Videokamera so aus, dass beide im Blickwinkel der Kamera erscheinen. Danach sagt Peter:

„So, lass uns beginnen."

„Sofort, aber erst hätte ich gern die versprochenen 10.000 EUR."

„Gebe ich dir gleich, aber zunächst möchte ich deinen Ausweis sehen, weil ich gern wissen möchte, wem ich 10.000 EUR gebe."

„Den habe ich nicht dabei. Schließlich bin ich nicht verreist, sondern wurde entführt. Den kannst du dir bei meinen Eltern ansehen, der liegt in meinem Schlafzimmer auf dem Nachttisch."

„Kann schon sein, doch ich hätte ihn gern vorher!"

„Das geht nicht, dann gebe ich eben mein Interview einem anderen Journalisten, der nicht so kleinkariert denkt wie du!"

„Na gut, dann will ich nicht so ‚kleinkariert' sein! Bitte hier, zähle nach!"

„So, ich bin so weit!"

Mit einer Fernbedienung startet er die Aufnahme und stellt die erste Frage:

„Du bist also die junge Frau, die vor einer Woche plötzlich verschwunden ist. Wenn ich mich recht erinnere, hast du sehr wohlhabende Eltern, die weit über Göttingen hinaus bekannten Eberhard von Hohenberg und seiner Frau Gerlinde! Kennst du den Grund für deine Entführung?"

„Nein, ehrlich gesagt nicht. Aber es waren fürchterliche Stunden bei diesem Mann. Eigentlich wollte er mir ein technisches Gerät für die Prüfungshilfe zeigen, doch dann hatte er plötzlich ganz andere Absichten. Er vergewaltigte mich immer wieder in abscheulicher und rücksichtsloser Art. Er fesselte mich an ein uraltes Bettgestell aus Eisen und am Kopfteil waren auf beiden Seiten zwei kleine faustgroße Engelsköpfe aus Metall."

„Hast du denn mitbekommen, wo er dich hingebracht hatte, denn es war ja schon dunkel?"

„Ja, er sagte nur lakonisch. Sieh dir nur die Gegend gut an, damit du weißt, wo du mich finden kannst. Wir befuhren eine schmale Straße in Richtung Süden und schließlich auf einem Waldweg zu einem ärmlichen Haus."

„Und wo etwa war das?"

„Ich weiß nur, dass wir an einem Schild vorbeigefahren sind, auf dem „Volkerode" stand. Dann bogen wir ab auf einen Waldweg, fuhren an einer schönen Kapelle vorbei und erreichten nach vielleicht einem Kilometer dieses Holzhaus."

„Ist das Haus denn von dem Entführer allein bewohnt?"

„Nein, da ist noch eine alte Frau, so ein Mütterchen. Doch er führte mich gleich in sein Zimmer. Vorn rechts steht eine alte Kommode mit einer Marmorplatte und darauf eine große Waschschüssel aus Porzellan mit Wasserkrug. Es sah aus wie anno dazumal."

Clara schildert noch viele Details und beantwortet alle seine Fragen. Nach etwa einer halben Stunde stoppt er die Aufnahme und fragt abschließend:

„Gehst du jetzt zu deinen Eltern?"

„Nein, dort würden heut noch andere Journalisten auf mich warten, die meine Geschichte gern hätten. Aber die habe ich dir exklusiv versprochen und daran halte ich mich. Ich fahre zu einer alten Freundin, die hier keiner kennt. Dort bin ich sicher."

Peter Jahn packt alles vorsichtig ein, fährt zurück nach Grone. Dort setzt er sich sofort an seinen Schnitttisch, um sein Interview fertigzustellen.

Er freut sich, denn heute hat er einen Treffer gelandet.

Bereits am frühen Nachmittag überspielt er das Video des Interviews an die Pressestelle des NDR. In den Nachrichten, die um 15:00 ausgestrahlt werden, kommt bereits eine Kurzmitteilung:

„Überraschend ist heute Vormittag die als vermisst gemeldete Clara von Hohenberg wieder aufgetaucht und hat einem Reporter ein aufschlussreiches Interview von ihrer Entführung gegeben. In einer Sondersendung wird in der heutigen Vorabendschau des NDR dieses Video ausgestrahlt."

Ulrike Brandt stürzt ins Schlafzimmer und rüttelt an ihrem Ehemann, der gerade seinen Mittagsschlaf macht. Da sie ihn so nicht wach bekommt, hält sie Uli die Nase zu, denn das Rezept kennt sie. Er schreckt zusammen und fragt ganz entgeistert:

„Was ist los? Warum störst du meinen Schlaf?"

„Wach endlich auf! Clara Cohnert ist frei. Sie ist ihrem Entführer entkommen!"

„Was sagst du da? Woher weißt du das denn?"

„Sie hat gleich nach ihrer Freilassung einem Journalisten ein Interview gegeben, das wurde in den 15-Uhr-Nachrichten ausgestrahlt."

Blitzschnell springt der Oberkommissar in seine Hose und ist in Sekundenschnelle wieder voll einsatzfähig, denn ihm klingen immer noch die Worte des Staatssekretärs in den Ohren. Sofort öffnet er die WEB-Seite des NDR und liest die Kurzmitteilung. Dabei erscheint auch der Name des Journalisten, den er unverzüglich anruft und um die sofortige Überspielung des Interviews auf die WEB-Seite der Polizei bittet.

Von diesem Moment an, als das Interview ankommt, beginnt eine sonntägliche Blitzaktion in einem in Göttingen noch nie dagewesenen Ausmaß.

Es ist 15:34 Uhr. Uli befiehlt den diensthabenden Kommissaren um 15:50, mit ihren Fahrzeugen auf dem Parkplatz des Kommissariats abfahrbereit zu sein.

Desgleichen informiert er das SEK und bittet den diensthabenden Kommissar, dass alle um 15:50 vom Parkplatz aus starten.

Uli hat die Vorahnung, dass ihm hier und jetzt der Polizeieinsatz bevorsteht, der sein Leben prägen wird.

Genau um 15:55 setzen sich drei Streifenwagen und zwei Fahrzeuge des SEK in Bewegung in Richtung Volkerode. Inzwischen wird Herta Zeidler, die er ebenfalls in das Kommissariat gerufen hat, beauftragt, bei GOOGLE EARTH das Gelände um Volkerode abzusuchen und gibt als Anhaltspunkt eine Kapelle an, die von Clara kurz erwähnt wurde. Des Weiteren soll Herta im Gelände dieses kleine Holzhaus ausfindig machen, so gut es eben mit dem Programm möglich ist.

Schnell hat der Konvoi die 49 km hinter sich gebracht und lässt die kleine ‚Lourdes-Kapelle‘ rechts liegen. Mit ausgeschaltetem Sondersignal legen sie die restlichen Meter zurück. Oberkommissar Brandt, der im ersten Fahrzeug sitzt, entdeckt auch sofort das kleine, falurot angestrichene Holzhaus und hält an. Die Kollegen des SEK umstellen das Haus, indem sie sich fast unhörbar bewegen. Sie müssen davon ausgehen, dass sie wahrgenommen werden und der vermeintliche Kriminelle entkommt. Die Kommissare Bernd Weiß und Jörg Wolle klopfen kurz an und treten dann unaufgefordert ein. Sie werden von einer gebrechlich wirkenden alten Frau erstaunt angesehen und sie fragt:

„Was wollen Sie denn hier? Haben Sie sich verlaufen und möchten etwas zu trinken haben?"

Jetzt stellen sich die beiden vor und antworten:

„Kommissar Weiß und das ist mein Kollege Kommissar Wolle. Wir möchten zu Ihrem Mann oder Ihrem Sohn. Wo finden wir sie?"

„Also meinen Mann finden Sie hier nicht, der liegt schon neun Jahre auf dem Friedhof. Ich wohne hier allein mit meinem Sohn und der ist in seinem Zimmer."

Nun sehen sich die Kollegen im Holzhaus gründlich um. In dem offensichtlich gemeinsamen Aufenthaltsraum ist in einer Nische die Küche untergebracht. Der Eingangstür gegenüber befindet sich ein weiteres Zimmer. Uli und zwei seiner Mitarbeiter betreten diesen Raum. Vorn rechts steht tatsächlich die beschriebene Kommode mit einer Marmorplatte und darauf steht eine große Waschschüssel mit einem Wasserkrug, der das gleiche Dekor trägt. An der hinteren Wand befindet sich das erwähnte eiserne Bettgestell mit den Engelsköpfen. Uli sieht sich diese Details an und wendet sich an seine Kommissare:

„Die hier vorgefundenen Gegenstände und Details entsprechen korrekt der Beschreibung von Clara Hohenberg, die sie in dem Interview gab. Bitte nehmen Sie noch verschiedene Beweisstücke und den aufgefundenen Laptop mit zur Untersuchung. Sagen Sie den Kollegen der KTU, dass sie noch Material für eine DNA Bestimmung sichern und mitnehmen sollen."

Plötzlich geht auf der gegenüber liegenden Seite eine Tür auf und es erscheint ein etwa 50-jähriger Mann, der sich mit der linken Hand auf einen Gehstock stützt. Etwas verwundert stellt Bernd Weiß die Frage:

„Wer sind Sie?"

Der Mann hebt die rechte Hand und führt sie an den Kopf:

„Unteroffizier a D Kurt Brix"

Und wieder sagt Weiß:

„Herr Brix wir nehmen Sie fest wegen Verdacht auf mehrfache Vergewaltigung und Mord. Bitte kommen Sie mit !"

Während die Kommissare den leicht hinkenden Mann in die Mitte nehmen, gehen sie zum Streifenwagen und lassen Brix einsteigen. Sie bringen ihn zum Kommissariat, wo er vorübergehend in eine Zelle gebracht wird.
Uli schlussfolgert:

„Der festgenommene Mann ist mit Sicherheit der Täter und wir können mit Genugtuung dem Staatssekretär die Festnahme des Vergewaltigers melden.
Damit beenden wir erfolgreich den nächtlichen Polizeieinsatz. Wir fahren wieder ab und treffen uns morgen früh wie gewohnt im Kommissariat. Gute Nacht!"

Damit besteigen alle wieder ihre Fahrzeuge und die alte, sichtbar demente Frau winkt ihnen nach.

Eigentlich ein Bild, das einen nachdenklich machen sollte!

# MONTAG

Uli ist heute schon sehr früh im Büro. Bald folgen seine Kollegen und er vergibt sogleich den ersten Auftrag:

„Kommissar Markus, du und Bernd, ihr begebt euch in den Verhörraum und lasst den Brix aus seiner Zelle holen. Ich bin im Nebenraum und verfolge eure Vernehmung."

Im Verhörraum stellen sie das Mikro auf den Tisch und warten, dass der vermeintliche Täter hereingebracht wird. Dieser erscheint und hat neben sich auf der rechten Seite einen Polizisten und mit der linken Hand stützt er sich auf seinen Gehstock. Er wird an den Tisch geführt und setzt sich den Polizisten gegenüber. Kommissar Hübner beginnt:

„Herr Brix, Ihnen wird vorgeworfen, Frauen mehrfach vergewaltigt und zwei von ihnen getötet zu haben. Bitte machen Sie zuerst Angaben zu Ihrer Person."

„Ad eins zu meiner Person. Mein Name ist Kurt Brix, ich bin Unteroffizier außer Dienst bei der Bundeswehr. Ich bin verheiratet und habe eine inzwischen 20-jährige Tochter. Wir leben getrennt. Nähere Angaben werde ich Ihnen dazu später unterbreiten. Im Jahr 1992 erhielt ich den Auftrag, mit einer Gruppe von Soldaten eine Beseitigung der von der früheren NVA ausgelegten Mienen vorzunehmen. Nach einer gründlichen Schulung und Einweisung meiner Soldaten wurde mit unserem Auftrag begonnen. Wir haben viele Jahre hindurch erfolgreich und unfallfrei unsere Aufgabe erfüllt. Vor vier Jahren ereignete sich jedoch ein folgenschwerer

Unfall. Beim Freilegen einer Tretmine fiel plötzlich ein kleiner Ast herunter und löste den Zünder aus. Der dort beschäftigte Soldat war sofort tot. Ich hielt mich in der Nähe auf und wurde ebenfalls schwer verletzt. Meine linke Beckenhälfte wurde zerstört, ebenso das linke Hüftgelenk und einige Weichteile. Ein Splitter durchschlug meinen linken Augapfel und ein weiterer kleiner Splitter beschädigte die Hornhaut des rechten Auges. Wenn Sie mich, meine Herren, genau ansehen, wird Ihnen auffallen, dass ich links eine Augenprothese habe. Die Sehfähigkeit des rechten Auges ist auf 40 % reduziert. Vor einer Woche erhielt ich von der zuständigen Verwaltungsbehörde der Bundeswehr die Zusage, dass eine Operation des rechten Auges bezahlt wird.

Unter dem Vorwand, ich hätte meine Männlichkeit verloren, verließ mich kurz nach dem Unfall meine Frau gemeinsam mit meiner Tochter. Ich habe nie wieder etwas von ihnen gehört und kenne auch deren Aufenthaltsort nicht. Daher sind wir auch noch nicht geschieden.

Ad zwei zum Tatvorwurf der mehrfachen Vergewaltigung:
Gemäß gesetzlicher Einstufung setzt eine Vergewaltigung einen zwangsweise herbeigeführten Geschlechtsakt voraus. Ich darf bei Ihnen voraussetzen, dass Sie wissen, dass dazu gewisse körperliche Gegebenheiten erforderlich sind. Wegen einer Totaloperation sind diese bei mir nicht mehr vorhanden.

Zu Erhaltung der Lebensfunktion musste ein künstlicher Ausgang aus der Harnblase hergestellt werden.

Es steht Ihnen frei und ich würde mich auch nicht wehren, wenn Sie von Ihrem Amtsarzt eine Inaugenscheinnahme wünschen würden.
Abschließend erkläre ich, dass ich keine Frau vergewaltigt, misshandelt oder umgebracht habe.
Mehr gibt es von meiner Seite dazu nicht zu berichten."

Einen Augenblick herrscht im Verhörraum ein betroffenes Schweigen. Da öffnet sich leise die Tür, Uli tritt ein und stellt sich vor:
„Ich bin Oberkommissar Brandt und habe Ihre Darlegungen in vollem Umfang gehört. Leider muss ich gestehen, dass wir durch eine vorsätzlich falsche Äußerung und missbräuchliche Vortäuschung einer falschen Identität uns dazu veranlasst sahen, Sie festzunehmen. Die Schilderung der Person, die sich als die Entführte ausgab, stimmte genau und mit ihren Gegebenheiten überein, dass uns keine andere Wahl blieb, Sie als Täter zu sehen. Im Namen des gesamten irregeführten Teams möchte ich mich bei Ihnen für unser Vorgehen entschuldigen. Sie werden mit einem Dienstfahrzeug nach Hause gebracht."

Der Oberkommissar verlässt den Verhörraum und kommt gerade noch dazu, den Telefonhörer abzunehmen:
„Guten Tag, hier spricht Sarah Cohnert. Ich habe heute im Göttinger Anzeiger ein Foto gesehen, bei dem ein Reporter ein Interview mit einer Frau führt, die sich als

Clara von Hohenberg ausgibt. Diese Frau ist eine Betrügerin, denn Clara ist meine enge Freundin und die sieht anders aus, das wollte ich Ihnen nur gesagt haben."

„Erst einmal danke ich Ihnen für die Mitteilung. Ich bin der ermittelnde Oberkommissar Brandt und hätte gern gewusst, warum Sie sich so sicher sind, dass es nicht die echte Clara war, die das Interview gab?"

„Diese Frage beantworte ich Ihnen gern, Herr Oberkommissar. Ich habe sie an den Ohrsteckern erkannt. Die ‚echte' Clara hat zum Bestehen der Prüfung zur Mittleren Reife mit der Note ‚sehr gut' von Ihrem Vater goldene Ohrclips in Form eines Ginkgoblattes bekommen, die sie stolz immer noch trägt und nie andere benützt. Auf Wiederhören."

Diese Information ist von großer Wichtigkeit, da sie belegt, dass der Fall ‚Clara von Hohenberg' nach wie vor ungelöst ist. Brandt überlegt, welche Schritte als nächste einzuleiten sind. Er nimmt stillschweigend an, dass die Eltern von Clara das Interview gesehen haben, aber wissen, dass es nicht ihre Tochter ist. Für 13:00 Uhr bestellt er alle Mitglieder der SOKO in den Konferenzraum.

Genau um 13:00 sind alle versammelt und Uli beginnt sofort:

„Bedauerlich und beschämend zugleich müssen wir eingestehen, dass wir Opfer einer Irreführung geworden sind. Eine Frau gab sich vorsätzlich als die gesuchte Clara von Hohenberg aus. Da sie von früher das angebliche Täterhaus kannte, erweckte sie den Anschein, die Vermisste zu sein."

Wir wurden irregeführt und haben demzufolge falsch reagiert. Das gilt es zu korrigieren.

Was ist zu tun:

- Claras Eltern müssen informiert werden. Das macht Herta Zeidler.
- Die ,falsche' Clara muss gesucht werden. Das übernimmt Jörg Wolle.
- Der Journalist wird einbestellt und befragt. Darum kümmert sich Markus Hübner.
- Die Pressestelle des NDR und die Redaktion des Göttinger Anzeigers sind zu informieren. Hier wird Bernd Weiß aktiv.

Auf mich kommt die nicht beneidenswerte Aufgabe zu, dem Herrn Staatssekretär zu erklären, dass alles dumm gelaufen ist.

Bitte geht jetzt an eure Arbeit, die Zeit drängt. Noch immer suchen wir aber die ,echte' Clara, das dürfen wir nicht außer Acht lassen.

Herta, wenn du die Eltern informiert hast, fahre bitte in das Gymnasium, vielleicht kannst du dort noch irgendwelche Details herausfinden. Ich verspreche mir nicht viel davon, doch einen Versuch ist es wert.


Uli hat plötzlich einen Geistesblitz und ruft nach Markus:

„Hast du schon einen Termin mit dem Journalisten vereinbart?"

„Ja, morgen um 14:00 Uhr."

„Markus, das ist gut. Du fährst morgen früh noch einmal zu UOff aD Brix und fragst ihn, ob er ein Auto besitzt oder jemals eins hatte. Ich kann mir einfach nicht vorstellen, dass man mitten im Wald lebt und kein Auto hat. Vielleicht hatte er mal eins und das hat ihm die Frau weggenommen. Bitte kläre das!"

# DIENSTAG

Markus meldet sich nur kurz im Kommissariat, fährt aber gleich wieder weg, zu dem kleinen Holzhaus zu Unteroffizier a D Kurt Brix. Er klopft an und öffnet die Tür. Da wird er gleich von der alten Frau freundlich begrüßt:

„Ja, guten Morgen, Ihnen gefällt es wohl gut hier bei uns in der freien Natur. Sie wollen gewiss zu meinem Sohn, der kommt gleich."

„Guten Morgen Herr Brix. ich bringe Ihnen Ihren Laptop zurück und habe aber dennoch eine Frage. Haben Sie ein Auto oder einmal eins gehabt?"

„Eigentlich müsste ich jetzt antworten mit ‚Nein' und ‚Ja'. Ich hatte mir vor 6 Jahren einen neuen GOLF gekauft. Da ich aber dann unfallbedingt nicht mehr fahren konnte, nahm ihn sich meine Frau mit und er war weg auf nimmer wiedersehen. Ich bin also nach wie vor der Besitzer, aber sie hat es in Benutzung."

„Dann hat sie sicher auch die Fahrzeugpapiere mitgenommen, sonst hätte sie ja bald ein Problem?"

„Ja, sie hat den Fahrzeugschein, aber der Fahrzeugbrief liegt noch in meiner Wertpapierkassette."

„Könnten Sie mir bitte den Brief einmal zeigen!"

Brix geht in sein Zimmer und kommt mit dem Fahrzeugbrief wieder zurück.

„Bitte, das ist er."

Hübner sieht sich den Brief genau an und besonders die Spalte E mit der Fahrzeug-Identifikationsnummer, denn diese ist bei der Versicherungsgesellschaft erfasst. Er fotografiert den Fahrzeugbrief mit seinem Smartphone, bedankt und verabschiedet sich.

Pünktlich um 14:00 Uhr erscheint Peter Jahn und erkundigt sich, wo er den Kommissar Hübner finden könnte. Nun klopft er bei Markus an und tritt ein:

„Verzeihung, sind Sie Kommissar Hübner?"

„Ja, das bin ich. Bitte nehmen Sie Platz. Kommen wir gleich zur Sache: Sie haben ein Interview geführt mit einer jungen Frau, die sich als Clara von Hohenberg ausgab."

„Ja, schon, aber wieso benützen Sie die Formulierung ‚sich als Clara von Hohenberg ausgab'?"

„Ganz einfach, weil sie nicht die Clara ist, sondern eine Frau Ramona Brix. Sie konnte den angeblichen Aufenthaltsort ihrer Entführung nur deshalb so zutreffend beschreiben, weil sie dort selbst einmal gewohnt hat."

„Dann war das alles ein riesengroßer Super-Fake?"

„Haben Sie sich denn nicht den Personalausweis oder ein anderes amtliches Papier zeigen lassen?"

„Das habe ich gefordert, doch da sagte sie nur, dass sie nicht verreist war, sondern entführt wurde und dann hat niemand den Persi dabei."

„Sie drohte mir und sagte, wenn ich darauf bestehe, kann sie das Interview auch einem anderen Journalisten anbieten. Ich wollte mir das aber nicht entgehen lassen und so sagte ich zu."

„Herr Jahn, wir können Sie zwar nicht rechtlich belangen, doch was Sie gemacht haben, ist keine faire Journalistenarbeit. Es ist nun Ihre Pflicht gegenüber jedem, dem Sie Ihr falsches Interview angeboten haben, das Missgeschick einzugestehen und gezahlte Honorare zurückzuüberweisen. Inwieweit Sie das tun, ist allein Ihr Problem. Wir werden Ihre Dienste jedenfalls nicht mehr in Anspruch nehmen. Danke und guten Tag!"

Jetzt bereitet Markus eine E-Mail an alle Kfz-Zulassungsstellen vor, worin er um Auskunft bittet, welcher Halter einen GOLF mit der Fahrzeug-Identifikationsnummer: WWWZZZ1JZYW455783 besitzt. Dieses Vorhaben bespricht er anschließend mit Uli, der es gut findet und sofort zustimmt. Noch heute gehen diese E-Mails heraus an alle Zulassungsstellen der Bundesrepublik.

# MITTWOCH

Kommissarin Herta Zeidler fährt auf Wunsch ihres Chefs zum Max-Planck-Gymnasium in Göttingen am Theaterplatz. Sie sucht und findet die Klassenlehrerin von Clara von Hohenberg, Frau Dr. Schrein.

Nachdem Herta sich vorgestellt hat, stellt sie ihre erste Frage:

„Frau Dr. Schrein, Sie unterrichten Clara schon mehrere Schuljahre. Können Sie mir hervorstechende Vorlieben oder Besonderheiten von Clara nennen?"

„Sie ist eine fleißige und pflichtbewusste Schülerin, die besondere Qualitäten und Neigungen in den musischen Fächern zeigt. Dagegen widmet sich Clara den mathematisch – naturwissenschaftlichen Themen mit einer gewissen Zurückhaltung. Doch versucht sie, auftretende Defizite auszugleichen, sofern diese die Abschlussnote nachteilig beeinflussen könnten. Mir ist es nicht bekannt, und ich wäre verwundert, wenn Clara eine engere Beziehung zu jungen Männern aufgebaut hätte. Ansonsten kann ich Ihnen leider keine Auskünfte erteilen, die ihren Charakter im Besonderen kennzeichnen würden."

„Nach den Abiturprüfungen hat diese Klasse eine dreitägige Abschlussfahrt geplant, die uns in das ‚andere' Deutschland führen wird. Wir beabsichtigen unter anderem die Saalfelder Feengrotten und einen ausgedienten Stollen für den Erzabbau zu besichtigen.

Auch Clara hat sich schon sehr auf diese Reise gefreut, doch leider wird sie nicht dabei sein können."

„Frau Dr. Schrein, ich danke Ihnen für Ihre Auskünfte und wünsche Ihnen und der Klasse schöne erlebnisreiche Stunden in Thüringen."

Damit hat Herta auch diesen Punkt abgearbeitet und kann sich nun weiteren Aufgaben widmen.

Inzwischen ist Markus dank der Digitalisierung der Kfz-Zulassungen einen wesentlichen Schritt weitergekommen, denn er hat Namen und Anschrift einer Halterin des gesuchten Pkw GOLF gefunden.
Oberkommissar Brandt bittet wieder die Mitglieder der SOKO zu 13:00 Uhr in den Konferenzraum.

Dann beginnt er mit der Bilanz der Ermittlungen:
„Liebe Kollegen, ich bin höchst unzufrieden mit den Ergebnissen, die wir bis jetzt im Fall „Clara" erreicht haben. Markus kennt inzwischen die Anschrift der Ehefrau Brix. Wir könnten von ihr wahrscheinlich auch die Anschrift ihrer Tochter erfahren. Aber wozu? Sie hat uns zwar irregeführt, da es aber indirekt geschah, können wir sie nicht zur Rechenschaft ziehen. Was sollen wir tun? Wer von euch hat dazu eine Idee?"

Benno meldet sich zu Wort:
„Du hast recht, Uli, wir sind mit unserem ‚Latein' am Ende. Es bleibt uns nur die klassische Recherche, ob sich irgendwo und irgendwann in Deutschland ein ähnlicher Fall zugetragen hat."

# FREITAG IN SAALFELD

Eine Gruppe von Abiturienten kommt gerade aus den Tiefen der Saalfelder Feengrotten zurück. Sie müssen sich erst wieder an das Sonnenlicht gewöhnen, denn es ist wirklich ein sonniger Tag. Die lustige Gruppe der 17 Schüler wird von der Lehrerin Dr. Schrein angeführt, die sich zur Verstärkung ihren Mann mitgenommen hat. Es ist eine kleine Wanderung angesagt, mit dem Endziel: ‚Waldhotel und Restaurant Mellestollen'. Hier wollen sie für eine Übernachtung einchecken und gleich zu Mittag sich die „Thüringer Küche" schmecken lassen.

Nach einer kleinen Ruhepause hat sich für 14:30 Uhr ein Bergmann als Führer in den Mellestollen angekündigt. Jetzt aber wird erst einmal pausiert.

Pünktlich wie es wohlerzogene Schüler sind respektive sein sollen, steht die ganze Gruppe um 14:25 Uhr vor dem Stolleneingang. Dann erscheint der Bergmann, der einen interessanten Vortrag über den Bergbau in der damaligen DDR hält. Als er den beendet hat, mahnt er, im Stollen in der Gruppe zu bleiben. Wer dennoch in einen Seitenstollen schauen möchte, der soll über den angebrachten Schalter die spärliche Stollenbeleuchtung einschalten.
Nun öffnet er das schwere Vorhängeschloss und lässt alle hinein. Langsam bewegt sich die Gruppe vorwärts. Doch eine kleine Dreiergruppe, angeführt von den Cohnert-Zwillingen zweigt ab in einen Seitenstollen, ziemlich weit vorn. Sahra schaltet das Licht ein. Da sehen sie in 20 m Entfernung auf einem Absatz im Felsen eine weibliche

Figur sitzen. Sie gehen einige Schritte näher, um die vermeintliche Puppe besser sehen zu können. Plötzlich schreien sie laut auf, rennen zurück und rufen laut:

„Hilfe, Hilfe, dort hinten sitzt eine Leiche auf einem Felsabsatz und es ist unsere Clara."

Der Bergführer schüttelt den Kopf und rennt auch dorthin. Tatsächlich hatte jemand auf einen Felsabsatz eine weibliche Leiche gesetzt. Der Bergmann dreht sich um und bittet alle, sofort den Stollen zu verlassen. Die Schüler rennen hinaus, setzen sich ins Gras, sind geschockt und fast alle weinen. Frau Dr. Schrein muss sogar zwei Mädchen in den Arm nehmen, weil sie schluchzen und zittern. Die beiden und fast alle haben in diesem Moment das erste Mal in ihrem Leben eine Tote gesehen und noch dazu eine gut bekannte Person.

Der Bergmann ruft sofort die Polizei und einen Krankenwagen, damit sich ein Arzt um die schockierten Jugendlichen kümmern kann.

Nach kurzer Zeit erscheint ein Streifenwagen der Saalfelder Polizei und ein Sanitätsfahrzeug. Sofort steigen ein Arzt und zwei Sanitäter aus und begeben sich zu der Schülergruppe.

Indessen gehen zwei Polizisten in den Stollen zu der gefundenen Leiche. Kurz darauf kommt das Leichenauto und zwei Männer tragen die Wanne in den Stollen. Die Tote wird behutsam in die Wanne gelegt und diese wieder mit dem Deckel verschlossen. Als die beiden Männer mit der Leichenwanne aus dem Stollen kommen und zu ihrem Auto gehen, kommt schreiend und zitternd Lara gerannt, fasst einen der Männer am Arm an und schreit:

„Sie können uns doch nicht unsere Clara wegnehmen!"

Da tritt ein Polizist an Lara heran und fragt pragmatisch:

„Kennen Sie diese Person?"

„Na klar, das ist Clara von Hohenberg aus Göttingen, sie ist oder war unsere Mitschülerin!"

Sofort wird der Stollen mit dem Vorhängeschloss sicher abgeriegelt und erhält obendrein noch ein polizeiliches Verschlusssiegel. Dann führt einer der Polizisten mit seiner Dienststelle ein Gespräch und nennt den Namen der Toten und ihren Herkunftsort.

Dr. Schrein wendet sich an die Gruppe, spricht mit allen und schlägt vor, bei einem ruhigen Waldspaziergang noch einmal an Clara zu denken.

Im Kommissariat 4 in Göttingen klingelt Ulis Telefon:

„Oberkommissar Brandt, Kommissariat 4 in Göttingen."

„Hier spricht Oberkommissariat Waldmann vom Polizeikommissariat Saalfeld. In unserem Zuständigkeitsbereich wurde heute eine weibliche Leiche gefunden. Sie befand sich in einer sitzenden Position in einem ehemaligen Bergbaustollen, in dem zu DDR-Zeiten Erz abgebaut wurde. Eine Schülergruppe aus Göttingen hatte auf ihrer Klassenreise auch eine Führung in den stillgelegten Stollen gebucht. Dabei entdeckten einige Schülerinnen die Leiche. Eine Schülerin mit dem Namen Lara Cohnert erklärte, dass sie die Tote kennt und es sei Clara von Hohenberg aus

Göttingen. Ist Ihnen diese Person bekannt, Herr Kollege?"

„Ja, diese Schülerin wird seit einigen Tagen vermisst. Es ist leider bereits die dritte Person, die uns als vermisst gemeldet wird. Daher wäre es naheliegend, wenn die weiteren Ermittlungen uns übertragen werden, da dieser Vermisstenfall hier bereits bearbeitet wird."

„Herr Kollege in Göttingen, das ist uns recht, denn wenn es dazu bereits eine Akte gibt, sollten Sie den Fall auch weiterhin begleiten. Ich werde eine Überführung der Toten an ihr gerichtsmedizinisches Institut anordnen."

Uli Brandt weiß jetzt, dass die Ermittlungsarbeit unter einem neuen Aspekt weitergeführt wird. Deshalb möchte er auch die Gerichtsmedizinerin davon in Kenntnis setzen und ruft sie gleich an:

„Kommissar Brandt. Frau Dr. Laube, ich möchte Sie vorab schon informieren, dass Sie eine neue Leiche auf den Tisch bekommen. Sie wurde in Thüringen aufgefunden und wird zu uns nach Göttingen überführt, weil wir den Fall bereits bearbeiten."

„Herr Brandt, das trifft sich gut, denn ich habe eine neue Assistentin, die sich mit dieser Untersuchung gut einarbeiten kann."

# MONTAG

In dem ‚Gerichtsmedizinischen Institut' kommt ein Fahrzeug an, das eine verschlossene Leichenwanne aus Saalfeld abliefert. Dr. Laube nimmt sie an und quittiert die Übernahme, ruft dann aber gleich ihre neue Assistentin, Frau Hilde Berg, um sie mit der neuen Aufgabe vertraut zu machen:

„Zuerst lagern wir die Tote auf unseren Seziertisch. Dann beginnen Sie mit der genauen Betrachtung aller Kleidungsstücke. Vielleicht erkennen sie Blutrückstände oder eine zerstörte Stelle im Stoff, die auf einen Einschuss hinweisen kann. In dieser Art untersuchen Sie den gesamten Körper. Danach sehen Sie sich ebenfalls sehr gründlich den Kopf an und achten besonders bei weiblichen Leichen darauf, dass auch die Kopfhaut zwischen den Haaransätzen begutachtet wird. So, das waren eben ein paar einleitende Worte und nun beginnen Sie bitte. Ich bleibe im Raum, weil ich noch DNA-Untersuchungen vornehmen muss, bin aber jederzeit offen für Ihre Fragen."

Inge Berg arbeitet sich langsam voran und ist dabei sehr gewissenhaft wie es Dr. Laube gewünscht hat. Als Inge jedoch daran geht, die Kopfhaut gründlich und Stück für Stück zu betrachten, fällt ihr etwas auf. Sie trägt eine Armbanduhr mit Leuchtziffern. Immer wenn sich ihre linke Hand sehr dicht am Kopf befindet, leuchten die kleinen Minutenmarken auf ihrer Armbanduhr auf. Ebenso der große und der kleine Zeiger. Nimmt sie die

Hand wieder weg vom Kopf, hört das grüne Leuchten auf. Da Inge so etwas noch nie erlebt hat, bittet sie Dr. Laube an den Tisch:

„Frau Dr. Laube, bitte schauen Sie einmal auf meine Armbanduhr, wenn ich die linke Hand zum Kopf führe."

„Was ist das? Die kleinen Minutenzeichen und die Zeiger Ihrer Uhr leuchten. Wenn Sie die Hand wieder wegnehmen, verlischt das Leuchten. Kommt da irgendwoher eine radioaktive Strahlung? Schnell, gehen Sie weit weg von der Leiche! Solche Strahlung kann lebensgefährlich sein."

Dr. Laube eilt zum Telefon und ruft einen Bekannten in der KTU an:

„Hallo Jochen, hier ist Anita aus der Gerichtsmedizin. Kannst du bitte einmal herkommen, denn wir haben ein kurioses Phänomen, das ich mir nicht erklären kann."

Schnell kommt der Physiker in ihr Institut und steht auch schon neben dem Seziertisch und fragt:

„Was ist nun euer Phänomen?"

Inge nimmt jetzt ihre Hand, zeigt dem Physiker die Armbanduhr und führt dann ihre Hand in die Nähe des Kopfes der Leiche. Und plötzlich beginnen die Teile ihrer Uhr, die mit Leuchtfarbe belegt sind, grün zu leuchten.

Jochen schaut sich das an und sagt gleich: „Ich vermute, dass sich am oder im Kopf der Toten eine radioaktive Strahlungsquelle befindet".
Auch er mahnt:

„Bitte halten Sie großen Abstand von der Toten. Wir müssen unbedingt und sofort das Bundesamt für Strahlenschutz in Salzgitter verständigen und um eine messtechnische Erfassung der Strahlungsintensität bitten."

Dr. Laube dankt Jochen, dass er so schnell gekommen ist und den Hinweis auf das Bundesamt gegeben hat.

Vom Bundesamt, das sie unerwartet schnell telefonisch erreicht, wird ihr gesagt, dass sich am besten keine Personen in dem Raum befinden sollen, in dem die Tote liegt und gegebenenfalls auch radioaktiv strahlt.

Da es gerade 8:40 Uhr ist, rechnet Dr. Laube damit, dass noch heute die Fachkollegen vom Bundesamt eintreffen werden. Anita Laube hält es aber für eine kollegiale Selbstverständlichkeit, Uli Brandt von der mysteriösen Erscheinung zu informieren. Er erinnert sich, dass ihm vom Saalfelder Kollegen der Fundort beschrieben wurde. Die Leiche befand sich in einem ehemaligen, jetzt abgeschlossenen Bergbaustollen. Für die Öffentlichkeit gibt es nur einen Zutritt mit Führung. Uli erinnert sich schwach daran, dass in der DDR auch radioaktives Material abgebaut wurde. Öffentlich bekannt war aber nur der Abbau in der Gegend von Aue im Vogtland.

Nun spekuliert Uli weiter und hält es für denkbar, dass auch in diesem Stollen einmal radioaktives Material abgebaut wurde. Vielleicht besteht noch immer darin eine gefährliche Strahlung, die auf die Leiche übertragen wurde und deshalb der Leuchteffekt der Armbanduhr. Und was ist mit den Schülern, die sich eine gewisse Zeit im Stollen aufgehalten haben?

Uli ist sehr beunruhigt und teilt seine Befürchtungen sofort Dr. Laube mit. Sie möge das alles den Fachleuten von Salzgitter berichten.

Schon um 11:00 haben die Spezialisten das 80 km entfernte Göttingen erreicht und melden sie gleich bei Frau Dr. Laube, die sie auch angerufen hat.

Sie führt die drei Wissenschaftler in den Sezierraum und zu der Toten. Gleich zu Beginn bitten sie Dr. Laube und Inge einen Mindestabstand von 3 Metern zu halten, solange sie noch keine Aussage über die Strahlungsintensität treffen können. Es dauert eine Weile, bis sie ihre komplizierte Messanordnung aufgebaut haben. Daneben berichtet Dr. Laube, wo der Fundort der Toten war und spricht auch von der Besonderheit des Bergbaustollens.

Nach einer Stunde haben sie Folgendes herausgefunden:

Im oder am Körper der Toten befindet sich eine kleine Strahlungsquelle aus Plutonium. Dieses ist ein starkes Gift und eine radioaktive Strahlungsquelle mit unterschiedlichen Halbwertszeiten. Bei den acht vorkommenden Isotopen liegt die Halbwertszeit zwischen 3 Jahren und 80 Millionen Jahren.

Nun zeigt Dr. Laube Mut und sagt:
„Ich wusste es bestimmt schon einmal, doch ich habe es vergessen. Was ist ein Isotop?"

„Ganz einfach, Frau Kollegin: Isotope enthalten in ihren Atomkernen eine gleiche Anzahl von Protonen, aber verschiedene Anzahlen von Neutronen."

„Danke. Was bedeutet es für uns im Umgang mit der Leiche?"

„Machen Sie Ihre Arbeit in Ruhe und halten Sie sich täglich höchstens 6–8 Stunden in unmittelbarer Nähe auf. Nachdem Sie Ihre Arbeit erledigt haben, wird der Leichnam ohnehin verbrannt.

Aber Sie erzählten vorhin, dass eine Schülergruppe im Stollen war. Es ist dringend geraten, dass die Schüler untersucht werden. Dazu müssen sie genau dieselben Kleidungsstücke tragen, die sie im Stollen anhatten. Vereinbaren Sie bitte zeitnah einen Termin, an dem alle Schüler in der Schule sind, wir kommen dann dorthin, um alle Schüler und die in Frage kommenden Lehrkräfte zu testen."

Anita Laube erstattet Bericht an Uli und überträgt ihm die Empfehlung bezüglich des Schüler- und Lehrertests.

Nun wendet sie sich wieder an Inge und sagt:
„Wir machen weiter und nach höchstens acht Stunden ist Schluss!"
Als dringende ‚Amtshandlung' setzt sich Dr. Laube telefonisch mit Frau Dr. Schrein, der Lehrerin der Ausflugsklasse in Verbindung:
„Hallo Frau Schrein, hier spricht Dr. Anita Laube vom ‚Gerichtsmedizinischen Institut Göttingen.' Wir haben die an uns überführte Leiche der Clara von Hohenberg

erhalten und begonnen, sie näher zu untersuchen. Doch schnell stellten wir fest, dass die Tote eine radioaktive Strahlung aussendet. Sofort haben wir die dringende Bitte um eine genaue Messung an das Bundesamt für Strahlenschutz in Salzgitter gerichtet. Die Physiker waren schnell zur Stelle und haben entsprechende Messungen durchgeführt.

Es kann aber nicht mit Sicherheit ausgeschlossen werden, dass sich in dem Bergbaustollen radioaktive Partikel an die Leiche angehaftet haben. Möglicherweise wurde zu Zeiten der DDR dort radioaktives Material abgebaut. Daher kann ebenfalls nicht ausgeschlossen werden, dass einige Ihrer Schüler oder Sie solche Anhaftungen bekommen haben.

Von den Physikern wurde empfohlen, dass sich alle betreffenden Personen mit der an diesem Tag getragenen Kleidung morgen bereits um 8:00 Uhr in der Aula des Gymnasiums einfinden, um getestet zu werden. Es ist zwar nur eine vage Vermutung, doch mit Radioaktivität ist nicht zu spaßen."

„Zuerst danke ich Ihnen für diese Mitteilung, doch es ist ja eine fürchterliche Vermutung, dass sich meine Schüler am Ende von 12 Schuljahren radioaktiv verseuchen und noch dazu auf einer Abschluss-Klassenfahrt.

Natürlich werde ich dafür sorgen, dass alle Schüler und auch mein Mann und ich anwesend sein werden."

Nach diesem notwendigen Telefongespräch wendet sich Dr. Laube wieder der Toten zu und sagt ihrer Assistentin, dass sie erst alle anderen Untersuchungen durchführen und sich den Kopf am Ende vornehmen soll.

Die Assistentin setzt ihre sorgfältige Arbeit fort, hält aber immer, wenn es möglich ist, einen Mindestabstand ein.

# DIENSTAG

In der Aula des Gymnasiums herrscht eine gespannte, ruhige Atmosphäre. Die Schüler stehen, entgegen der sonst üblichen Art, mit großem Abstand voneinander da und warten auf das Team der Wissenschaftler. Alle haben weisungsgemäß die gleichen, nicht mehr ganz sauberen Kleidungsstücke an, die sie während der langen Klassenreise getragen haben. Auch Herr Schrein ist gekommen und hält einen unüblichen Abstand von den anderen.

Plötzlich öffnet sich die Tür und ein Team von sechs Mitarbeitern des Strahlenschutzministeriums kommen an, mit einem umfangreichen Gerätepark. Sie rücken ein paar Tische zusammen und errichten so auf die Schnelle drei Messplätze.

Nach den Kontrollmessungen an mitgebrachten Testproben kann die Reihenuntersuchung beginnen.

Es hätte sich keiner der Abiturienten noch vor einer Woche gedacht, dass ihr Schulabschluss so aussehen wird.

Aber schon nach einer Stunde sind alle betroffenen Personen getestet und durchweg mit negativem Ergebnis. Alle atmen erleichtert auf.

Das Messteam sammelt die Technik wieder ein und verabschiedet sich. Die Schüler und ihre Lehrerin gehen zurück in den Klassenraum und ihr Mann fährt erleichtert nach Hause.

Es war also doch eine schöne Abschlussreise gewesen.

# MITTWOCH

Uli hat mit großer Freude zur Kenntnis genommen, dass der Schulklasse auf deren Abschlussveranstaltung persönlich nichts Schlimmes zugestoßen ist, was ihren Gesundheitszustand anbelangt.

Dass aber Schüler eine Mitschülerin gänzlich unerwartet als Leiche wiedersehen, hält Brandt für eine gewaltige psychische Belastung.

Bei den Pathologen geht auch heute die Untersuchung weiter und da alle anderen Punkte abgearbeitet sind, bleibt nur noch die obere Region übrig.

Jetzt muss die Assistentin aber ziemlich nahe an den Kopf kommen, denn sie untersucht den Gehörgang. Schon wieder macht Inge eine ungewöhnliche Beobachtung:

„Das linke Trommelfell ist durchstochen, das rechte hingegen unverletzt. Dr. Laube, bitte sehen Sie sich das unbedingt an."

„Seltsam! Inge, schnell, rufen Sie die Spezialisten noch einmal zu uns. Ich habe eine ungewöhnliche Vermutung, die wir aber nur gemeinsam mit den Strahlungs-physikern klären können."

Das hat gerade noch einmal geklappt und schon nach drei Stunden stehen die beiden Herren wieder bei der Leiche. Dr. Laube sagt:

„Wir haben im linken Trommelfell der Toten einen Durchstich festgestellt. Ich halte es für möglich, dass man mit einer langen Nadel oder Kanüle eine geringe

Menge des Plutoniums in das Mittelohr injiziert hat, um den Menschen zu töten. Diese Vermutung möchte ich mit diesem Versuch untermauern.

Zunächst reinige ich den Gehörgang mit isotonischer Kochsalzlösung, um das Ohrschmalz zu entfernen. Dann verwende ich diese Spreizzange, die aussieht wie ein Storchschnabel. Damit kann ich den äußeren Gehörgang leicht weiten. In dem Spreizer befindet sich auf der einen Seite eine winzige LED, die das Operationsfeld ausleuchtet. Auf der anderen Seite des Spreizers ist eine Mikrokamera befestigt. Der dazu gehörige Monitor steht hier oben neben dem Kopf. Ich nehme nun eine lange Kanüle und steche unter Sichtkontakt genau in das vorhandene Loch im Trommelfell. Dazu verwende ich eine Kanüle vom Typ G21. Das heißt, dass sie 120 mm lang ist und einen Außendurchmesser von 0,8 mm besitzt. Ich bin überzeugt, dass der Täter auch diese dunkelgrüne Kanüle verwendet hat, weil es die einzige ist mit 120 mm Länge. Der Anschlusskonus einer Kanüle besteht aus farbigem Kunststoff und die Farbe ist ein Code für den jeweiligen Typ.
Ich muss mit der Spitze der Kanüle unbedingt in das Cavum tympani, kommen. Das ist die lateinische Bezeichnung für einen kleinen Luftraum hinter dem Trommelfell und heißt zu Deutsch ‚Paukenhöhle'
Dort werde ich versuchen, durch drehende Bewegungen der Kanüle, einen Rest des giftigen Plutoniums an die Kanülenspitze zu bekommen. Es ist ein gewagter Versuch. Um festzustellen, dass es sich um Plutonium handelt, benötigen Sie ja nur eine sehr geringe Menge,

nicht wahr?" fragt sie den Physiker, der neben ihr steht und den Versuch genau verfolgt.

Inge merkt schon, dass ihre Chefin momentan zu Hochform aufläuft, denn so einen Test zu machen, hatte bisher noch keiner gewagt. – Jetzt beginnt der kritische Versuch. Mit der langen Kanüle geht sie in den Gehörgang, seitlich vorbei an dem Spreizer neben der kleinen Kamera, die ihr ständig ein Bild vom Trommelfell liefert und zeigt, wie sie die Kanüle genau in das vorgestochene Loch einbringt. Es wäre fatal, wenn sie aus Versehen ein zweites Loch stechen würde, denn dann würde sie keine Substanz finden. Das ist ihr gelungen und inzwischen sieht es fast so aus, als würde sie mit der Kanüle in dem Mittelohr rühren. Dann aber zieht sie die Kanüle wieder vorsichtig zurück und reicht die Spitze mit der winzigen Probe einer silbrigen Paste an den Sensor des Messgerätes. Jawohl, der Versuch ist geglückt. Das Messinstrument signalisiert, dass es sich um Plutonium handelt.

Stolz lehnt sich Dr. Laube zurück und sagt den beiden Physikern: „Danke für Ihre großartige Unterstützung!"

Sie hat endlich als Erste die Todesursache gefunden. Stolz wird sie den anderen Pathologen dieses Resultat auf einer nächsten Tagung zur Kenntnis geben.

Natürlich informiert sie Uli persönlich von ihrem grandiosen Erfolg, endlich die Todesursache gefunden zu haben.

Er ist hocherfreut, gratuliert ihr zu der neuen Erkenntnis, hat aber gleich eine strategische Bemerkung:

„Wäre es nicht zwingend notwendig, zu kontrollieren, ob bei den beiden anderen Opfern die gleiche Ursache zum Tod geführt hat?"

„Ja, das finde ich auch."

„Dann informiere ich umgehend Dr. Wunther und bitte um die Überführung der Leiche. Warten Sie doch, Frau Dr. Laube, ich mache es gleich."

„Ja, hier Wunther, Pathologe. Was kann ich für Sie tun?"

„Hier spricht Oberkommissar Uli Brandt. Ich erinnere an die Obduktion der vermissten Abiturientin Hanna Möller, bei der Sie keine Todesursache feststellen konnten. Unsere Dr. Laube hatte, wie Sie wissen, einen ähnlichen Fall. Heute ist es ihr gelungen, die Todesursache zu finden. Wir möchten kontrollieren, ob es bei Hanna Möller ebenso gewesen ist und bitten um Überstellung der Leiche, damit wir den aufwendigen Test durchführen können."

„Zuerst gratuliere ich der Kollegin Laube zu dem bemerkenswerten Erfolg. Doch wir können uns die Überführung sparen, wenn Sie uns sagen, was sie gemacht hat."

„Das kann ich gut verstehen, dass Sie das gern wüssten. Wir werden Sie auch ausführlich über die Vorgehensweise informieren, aber erst, wenn wir festgestellt haben, dass Hanna auf die gleiche Art zu Tode kam. Bitte schicken Sie uns die Leiche einfach her, dann haben Sie auch schnell die Antwort."

„Gut, ich werde es umgehend veranlassen. Auf Wiederhören!"

Zufrieden lächelt Uli Dr. Laube an und sagt: „Geht doch!"

Aber er fügt noch hinzu:

„Nehmen Sie doch die ganze Sache in die Hand. Ihre Leiche Alina müssen Sie dann wohl noch einmal auf den Tisch nehmen und sich auch um die Untersuchung der Hanna von Dr. Wunther kümmern. Dass Sie noch einmal die Physiker herbeordern, brauche ich Ihnen nicht extra zu sagen. Wenn Sie das erledigen, dann bin ich sicher, dass es klappt und ich habe Zeit für etwas anderes."

„Danke Herr Brandt, dass Sie mir die Aufgabe übergeben. Aber ich hätte da noch eine Bitte. Würden Sie mir es erlauben, über die Ergebnisse der Untersuchung an den drei Opfern eine kleine wissenschaftliche Publikation zu veröffentlichen?"

„Ja, Dr. Laube, tun Sie das, doch da fällt mir auch noch eine Bitte an Sie ein. Wenn Sie die Untersuchungen erfolgreich beendet haben, verfassen Sie einen kurzen Bericht, den ich an den Staatssekretär schicken kann, damit er uns in Ruhe lässt."

# DONNERSTAG

Gleich zu Beginn des Arbeitstages bittet Uli die Mitglieder der SOKO zu einer ‚Bestandsaufnahme':

> „Liebe Kollegin und liebe Kollegen! Nachdem wir nun die vierte Vermisste kennen, sollten wir herausfinden, welche Gemeinsamkeiten wir bei den Opfern feststellen können.
>
> 1. Das erste Opfer ist Hanna: schwarze Haare, mittelgroß, Lernschwäche in Mathe und erwähnt eine Hilfe von einem Mann mit einem ‚aide in ear'. Wohnort: Gorleben
> 2. Zweites Opfer ist Alina: schwarze Haare, mittelgroß, Lernschwäche in Mathe, ebenfalls wird im Chat von einem ‚aide in ear' gesprochen. Wohnort: Barterode
> 3. Drittes Opfer ist Maria: fleißige Schülerin, spielt Klavier. Ein ‚aid in ear 'wird nicht erwähnt. Wohnort: Hundeshagen. Sie fällt aus dem Raster
> 4. Viertes Opfer ist Clara: schwarze Haare, mittelgroß, Lernschwäche in Mathe, erhofft sich Hilfe durch ein ‚aide in ear'. Wohnort: Göttingen
>
> Es fällt auf, dass das dritte Opfer aus dem Raster fällt und daher nicht zu berücksichtigen ist.
>
> Alle anderen Opfer haben schwarze Haare, sind mittelgroß und gekennzeichnet durch eine Lernschwäche in Mathematik und erwähnen dieses ominöse ‚aide in ear'.

175

Wir hatten schon einmal den IT-Experten Schubert in Verdacht, doch er hat ein Alibi. Nun frage ich dich, Benno:
Du hast dich bei allen denkbaren Institutionen erkundigt, ob jemand dieses ominöse ‚aide in ear' kennt, doch hast du auch schon einmal den IT-Experten Schubert dazu konsultiert."

„Sorry, ich habe tatsächlich, wie es so schön heißt: Den Wald vor lauter Bäumen nicht gesehen."

„So, dann nimm dir Jörg Wolle mit und stattet dem Spezi einen freundlichen Besuch ab.
Start: Morgen früh!"

Ulis Telefon meldet einen Anruf:
„Ja, hier Brandt, was gibts?"

„Hier ist Anita Laube und ich möchte lediglich mitteilen, dass alles bestellt und vorbereitet ist, dass am kommenden Montag die Untersuchung der beiden anderen Leichen durchgeführt werden kann."

Kaum hat Uli den Telefonhörer aufgelegt, klingelt es schon wieder:
„Ja doch, Uli Brandt, Kommissariat Göttingen, was gibt es zu berichten?"

„Hier ist Inspektor Johann Christ von der Polizeiinspektion Eichsfeld. Wir haben heute eine Vermisstenmeldung aufgenommen. Leider haben wir keine ausreichende Kapazität, den Fall zu bearbeiten. Wäre es nicht möglich, dass Sie uns diesbezüglich Amtshilfe leisten könnten. Wir haben eine Aufzeichnung der telefonischen Vermisstenmeldung, die ich Ihnen gern zusenden möchte. Wie sehen Sie das?"

„Also, nicht dass bei Ihnen der Eindruck entsteht, wir hätten hier Langeweile. Wenn es bei Ihnen absolut nicht machbar ist, dann schicken Sie uns die Meldung herüber! Auf Wiederhören!"

Es dauert nur eine kurze Zeit, da erhält Uli auf seinem PC eine Anzeige, dass eine neue E-Mail mit einem Anhang eingegangen ist. Er sieht sich den Anhang an und erkennt, dass es sich um eine .avi-Datei handelt, also eine Audio-Datei. Daraufhin ruft er seine Kommissare Herta Zeidler und Bernd Weiß an und bittet sie, zu ihm zu kommen.

Kaum sind beide, da fängt Uli an:
„Ihr beide habt ja schon Routine, wenn es um die Befragung von Angehörigen geht, denen ein Familienmitglied abhandengekommen ist. Es ist wieder so weit. Vor einer Stunde erhielt ich einen Hilferuf von der Polizeiinspektion Eichsfeld. Dort hat sich telefonisch jemand gemeldet und Angaben zu einer vermissten Person gemacht. Der Kollege sagte mir aber gleich, dass sie dort sehr schwach besetzt sind und er außerdem wisse, dass wir schon einige Vermisstenfälle bearbeitet haben. Folgerichtig schloss sich die Frage an, ob wir den neuen Fall auf der Basis einer Amtshilfe übernehmen könnten. Vorweg habe ich dem Kollegen klargemacht, dass wir nicht darauf warten, Amtshilfe zu leisten. Aber wir tun es nur, wenn es wirklich nötig ist. Also sagte ich zu und er schickte mir gerade die Sprach-Datei des Telefongespräches mit der Vermisstenmeldung.

Ihr könnt es schon ahnen, denn jetzt liegt der Ball bei euch. Hört euch die Vermisstenmeldung an und setzt euch in Bewegung. Danke, ich weiß, dass ich mich auf euch verlassen kann."

Herta geht mit in Bernds Büro und sie hören sich die Tonaufzeichnung an:

„Hallo, hier spricht Frau Henriette Becker. Seit gestern ist meine 21-jährige Tochter verschwunden und ich mache mir Sorgen um sie. Bitte suchen Sie mein Kind! Wir wohnen in Uder, in der Hinterste Binde 13."

Gleich kommentiert Bernd:

„Na ja, mit 21 Jahren ist es aber schon ein ausgewachsenes Kind, aber wahrscheinlich bleibt es für die Mutter immer noch ihr Kind, selbst wenn das Kind schon Oma ist. Und dann wohnen sie auch noch in der Hintersten Binde, was ist das denn?"

Herta ermahnt ihn:

„Bernd, nun sei nicht so kleinlich, sondern lass uns einfach hinfahren zu der Henriette Becker in die Hinterste Binde Nummer 13 in Uder."

Inzwischen hat Bernd sich den Ort Ude herausgesucht und gefunden, dass es nur 29 km von hier aus sind. Kurzerhand steigen sie in ihren Streifenwagen und fahren dorthin. In dem gemütlichen Örtchen finden sie schnell in der Ortsmitte den ‚Kosmetiksalon Henriette Becker'. Beide verlassen das Auto und betreten den stilvoll eingerichteten Vorraum. Ein Tischchen und zwei Stühle stehen für wartende Kunden bereit und einige Illustrierte sind wie ein

Fächer auf dem Tisch ausgebreitet. Da erscheint auch schon eine Frau, sieht die Polizisten an und sagt:

„Ach, schön, dass Sie gekommen sind, gewiss wegen Jasmin, meiner Tochter."

„Ich bin Kommissarin Herta Zeidler und mein Kollege ist Bernd Weiß. Wo können wir uns ungestört unterhalten?"

Postwendend hängt die Kosmetikerin ein Schild in die Eingangstür mit der Beschriftung:

„Zurzeit wegen Überfüllung geschlossen! Bitte kommen Sie in einer Stunde wieder."

Sie führt die beiden nach nebenan in ihr geräumiges Wohnzimmer.
Herta beginnt:

„Bitte beschreiben Sie Ihre Tochter und deren letzten Aufenthaltsort!"

„Meine Tochter Jasmin ist 21 Jahre alt und hat noch einen zwölfjährigen Bruder. Ihr Vater ist von Beruf Friseur, doch wir wissen nicht, wo und wem er zurzeit den Kopf wäscht. Wir leben seit einiger Zeit getrennt. Jasmin ist groß und schlank, hat lange blonde Haare und ist zu jedermann freundlich. Zu meinem Bedauern und meiner Befürchtung zeigt sie auch Männern gegenüber eine hemmungslose Freundlichkeit. Ich habe ja Verständnis dafür, dass sie gern einen Freund oder Partner hätte, doch trotz größter Bemühungen blieb sie bis heute erfolglos.

Sie geht immer flott gekleidet und als ich sie gestern Abend weggehen sah, trug sie eine dunkelblaue

Schlaghose, eine leicht gefütterte, dreiviertellange dunkelrote Steppjacke und ein dunkelblaues Cappy, dazu blau-weiße Sneakers. Dabei hatte sie eine elegante schwarze Aigner Laptoptasche, in der sie immer ihr Tablet aufbewahrt oder mitführt.

Weil sie bei mir Kosmetikerin gelernt hat, geht Jasmin nie aus dem Haus, ohne ganz perfekt geschminkt zu sein."

„Danke, da wissen wir ja schon eine ganze Menge über Ihre Tochter und Ihren Lebensstil. Wenn sie schon keinen Freund hat, trifft sie sich denn öfter oder gelegentlich mit Freundinnen?"

„Ja, das glaube ich schon, aber mit mir spricht sie darüber nicht, eher mit ihrem ‚kleinen' Bruder Jens."

„Dann würden wir uns gern mit Jens unterhalten, wenn er gerade da ist, denn es sind ja Ferien."

Die Mutter geht in ein weiteres Zimmer und bittet Jens, zu einem Gespräch mit zwei Polizisten. Das findet er interessant und cool und kommt sofort mit. Er nimmt neben seiner Mutter Platz. Herta beginnt:

„Jens, du weißt bestimmt schon, dass deine Schwester verschwunden ist und deine Mutter uns mit der Suche beauftragt hat. Doch dazu benötigen wir deine Hilfe.

Hat dir deine Schwester eine Andeutung gemacht, was sie gestern Abend vorhatte? Oder weißt du, wohin sie gegangen ist?"

„Ja, nicht genau, aber sie hat so indirekt etwas erzählt. Sie hatte wieder gechattet und dabei einen interessanten Mann kennengelernt und mir davon berichtet."

„Jens, es ist wichtig, was sie gesagt hat. Kannst du uns das wörtlich wiedergeben?"

„Sie sagte zu mir: ‚Du, Jensi, ich habe da eben einen coolen Typen im Chat gehabt, der sah nicht nur irre gut aus, der hatte auch Ahnung von Technik und so. Der hat ein Super-Teil von der FBI. Damit kann er schwachen Schülern helfen, wenn sie gerade in der Prüfung hängen. Ich weiß aber nicht, wie das funzt.' Aber der Typ sieht eben richtig scharf aus, der könnte mir gefallen. Dieses tolle Teil nennt er ‚aide in ear', aber mich juckt das eh nicht, mache keine Prüfung mehr. Aber du machst doch noch Prüfungen, vielleicht ist das etwas für dich?"

„Danke Jens, ich glaube, dass du uns sehr geholfen hast. Damit verlassen wir dich und deine Mutter wieder. Mach's gut!"

Beide Polizisten verlassen den Kosmetiksalon mit einem guten Gefühl, denn sie wissen zumindest, dass der Absender sicher derselbe ist, wie bei den anderen Fällen, in denen von dem ominösen ‚aide in ear' die Rede war.

Auf dem Kommissariat erstatten sie Bericht und Uli ist zufrieden. Dieser Fall bestätigt, wie wichtig eine Reise zu dem IT-Experten Schubert ist.

Herta und Bernd wissen, was nun zu tun ist, ohne dass Uli sie dazu auffordern muss. Sie verfassen eine Suchmeldung, die in Funk- und Fernsehen ausgestrahlt werden soll.

Inzwischen packen Benno und Jörg ihre Sachen zusammen, denn sie wollen morgen in aller Frühe zu dem IT-Experten Schubert nach Rosenheim aufbrechen. Er wohnt in dem Stadtteil Langenpfunzen, in der Sebastianstraße 34. Die Wegstrecke von Göttingen bis zum Ziel beträgt 590 km, ist also gut in einem Tag zu schaffen.

Wenn sie Freitag früh starten, können sie gegen 15:00 Uhr bei Schubert sein.

Mit dieser Information ruft Benno jetzt bei Schubert an und vereinbart den Termin für einen kurzen Besuch. Benno erklärt, dass er technische Fragen auf dem Herzen hat, die nur er ihm richtig beantworten kann.

# FREITAG

Bei schönem Sommerwetter begeben sich die beiden Kriminalisten auf die Reise gen Süden. Nach einem kurzen Stopp an einer Raststätte lernen sie schon die Besonderheiten der süddeutschen Küche kennen. Aber es ist gut und wohltuend, nach einer längeren Fahrt im Auto eine andere Sitzposition einzunehmen und dabei noch angenehm zu speisen.

Noch gute zwei Stunden sind sie unterwegs und finden auch schnell die Sebastianstraße in einem mittelgroßen Vorort von dem bayrischen Rosenheim. Das Haus, in dem Schubert wohnt, ist ein frei stehendes großes Einfamilienhaus. Auf dem Klingelknopf steht der Name Moritz Schubert. Benno klingelt und es erscheint das ihm bekannte Gesicht vom IT-Spezi Schubert.

„Guten Tag, die Herren, bitte treten Sie ein."

Schubert führt die Polizisten in ein modern eingerichtetes Wohnzimmer und bietet Ihnen Platz und einen Kaffee an.

„Weil ich Sie gewissenhaft und pünktlich einschätze, habe ich schon vor 10 Minuten die Kaffeemaschine eingeschaltet. Nun bin ich gespannt, welche Fragen Sie bedrücken?"

„Seit April kommen uns immer wieder Suchanfragen auf den Tisch, die alle eine markante Besonderheit besitzen. Es ist immer ein Tablet oder ein Laptop im Spiel, die uns während der Ermittlungsarbeit in die Hände gelangen und den vermissten Personen zugeordnet werden können. Es fällt auch auf, dass es sich dabei immer um junge Frauen im Alter von 17–21 Jahren handelt, die kurz vor ihrer Abiturprüfung im Fach Mathematik stehen. Das lässt sich auch gut einordnen, obwohl es auffällig ist. Denn jedes Opfer hat sich im Internet bewegt und gechattet. Dabei bot eine männliche Person eine elektronische Prüfungshilfe an unter der ominösen Bezeichnung: ‚aide in ear'.“

Plötzlich lacht Schubert laut los, schlägt sich mit beiden Händen auf die Oberschenkel und freut sich wie ein Lottogewinner. Dann sagt er:

„Nein, das gibt es nicht. Das ist doch nicht zu glauben, was Sie mir da berichten.

„Nun möchten wir auch gern lachen, wissen aber noch nicht worüber. Jetzt sind Sie uns eine Erklärung schuldig!“

„Das tue ich gern und mit dem größten Vergnügen. Da es aber jetzt etwas ausführlicher wird, gieße ich uns zuvor den Kaffee ein.“

Schubert geht nach nebenan und kommt mit der Kaffeekanne zurück, denn die Tassen und eine Schale mit Gebäck stehen schon bereit. Er gießt jedem ein und beginnt zu erzählen:

„Es ist schon einige Monate her, da besuchte mich mein Zwillingsbruder Max. Wir erzählten dies und das und er fragte mich, ob ich schon eine junge Freundin gefunden hätte. Als ich das verneinen musste, gestand er, dass auch er erfolglos ein Mädel gesucht hat. Es ist für Männer in unserem Alter unpassend, doch wir hatten uns beide in den Kopf gesetzt, noch einmal ein junges Mädchen kennen zu lernen. Doch bei welcher Gelegenheit? Mein Bruder hatte schon sechs Semester Medizinstudium hinter sich, doch als er merkte, dass es nicht das richtige Metier für ihn war, studierte er noch Elektronik. Deshalb wechselte er dann in ein Unternehmen der Medizintechnik. Die Chance, mit einem Teen zu flirten war gleich null. Ich hatte eine Idee und meinte zu Max, dass es reizvoll wäre, eine Abiturientin kennen zu lernen. Da die meisten Mädchen aber Mathe und Physik nicht mögen, zeigen fast alle in diesen Fächern Lernschwächen. Wenn wir jetzt ein Gerät erfinden, das ihnen in der Prüfung hilft, hätten wir sofort eine Chance. Das war wie ein mentaler Startschuss und wir fingen an herum zu spinnen. Es müsste ein winziger Mikro-PC sein, der wie ein Hörgerät im Ohr sitzt, die gestellten Fragen hört und über einen externen PC mittels Künstlicher Intelligenz eine passende Antwort findet und die ins Ohr sagt. Da war auch schnell die Gerätebezeichnung ‚aide in ear‘ gefunden. Jetzt bastelten wir noch den Text für einen Chat und hofften, damit Mädchen anlocken zu können, um sich mit ihnen zu treffen und ein bisschen Spaß zu haben. Doch leider hat es nicht funktioniert. Ich bekam keine einzige Antwort. Dieses ‚aide in ear‘ hat es nie gegeben, es existierte nur in unseren Köpfen.

So habe ich den Spaß und die ganze WEB-Seite vergessen und mich wieder meiner Arbeit gewidmet. Inzwischen habe ich eine nette Frau passenden Alters gefunden und wir wohnen im gleichen Haus. Jeder hat seine eigene Wohnung, einer oben, der andere unten, doch die meiste Zeit sind wir zusammen und auch zufrieden."

„Wie ist es denn bei Ihrem Zwillingsbruder gelaufen?

Der hat mich gefragt, ob wir schon eine Antwort bekommen hätten, denn nur ich hatte die WEB-Seite auf meinen Namen angemeldet.
Aber bedauerlicherweise hätte er auch dieses Abenteuer nicht mehr erlebt. Er hatte sich und unsere Eltern bei einem Reisebüro für eine Gruppenreise angemeldet. Diese Wochenendreise sollte sie zur ‚Blauen Lagune‘ führen.

Doch bei dieser Fahrt ereignete sich ein tragischer Unfall, bei dem alle Mitreisenden ums Leben kamen, da der Bus total ausbrannte. Alle Hinterbliebenen der Unglücksopfer bekamen eine Todesanzeige, die der Anwalt des Unternehmerehepaares verschickt hatte, das ebenfalls bei dem Unfall verbrannt ist. Ich selbst war bei der kirchlichen Trauerfeier als Hinterbliebener dabei und habe gehört, was eine Frau erzählte, die als einzige die Katastrophe überlebt hatte. Sie berichtete von einem fürchterlichen Inferno."

„Noch nachträglich unser Beileid für den Verlust Ihres Zwillingsbruders und Ihrer Eltern.

Sie haben uns nun ausführlich alles erklärt, wie es zu dem ‚aide in ear‘ kam und dass es nur ein Scherz sein sollte. Doch uns bewegt die Frage, an wen die Antworten gegangen sind, die die Mädchen geschrieben haben.

Halten Sie es für möglich, dass ein Hacker sich dazwischengeschoben hat und die Antworten der Abiturientinnen auf seine Adresse umgeleitet hat?"

„Ja, das ist durchaus möglich. Leider ist die Absicherung gegen Hackerangriffe sehr dilettantisch, so dass sich ein Fremder einschmuggeln kann."

„Bevor wir Sie verlassen, interessieren wir uns auch für Ihre Herkunft und damit für Ihre Eltern. Bitte sagen Sie uns dazu etwas".

„Mein Heimatort liegt in Hessen. Meine Mutter war Direktorin an dem dortigen Gymnasium und mein Vater begeisterter Heilpraktiker. Er gehörte zu den großen Verfechtern der Homöopathie und hatte auch beachtliche Heilerfolge erzielt. Beide Eltern verhielten sich zu uns Kindern sehr liebevoll, doch in der Erziehung zeigten sie eine nach meiner jetzigen Einschätzung zu harte Strenge. Öfter schlug uns der Vater ganz unbegründet, was ich nie verstehen konnte. Max bekam diese Härte weitaus deutlicher zu spüren. Daher hat er sich auch in seinem späteren Leben etwas anders entwickelt als ich. – Reicht Ihnen diese Darstellung?"

„Wir danken Ihnen, dass Sie sich die Zeit genommen haben, uns alles im Detail zu schildern. Allerdings haben wir beide von unserem Chef den Auftrag, nicht ohne eine DNA-Probe von Ihnen zurückzukommen. Sind Sie damit einverstanden?"

„Ja, natürlich verstehe ich das. Sie können gern eine Probe bekommen, aber nicht vom Kopf. Bei einer

Speichelprobe bin ich dermaßen allergisch, dass ich mich übergeben muss und sogar schon einmal einen Epileptischen Anfall bekommen habe. Schneiden Sie mir die Fußnägel ab oder ich gebe Ihnen gern eine Urinprobe oder nehmen Sie sich aus dem Bad nebenan den Kamm mit, bloß keine Stäbchen in den Mund!"

„OK, ich nehme einfach ein paar Haare aus dem Kamm und damit kommt unsere KTU auch zurecht."

Mit diesen Worten verschwindet Jörg im Bad, tütet die Haare in seinen PE-Probenbeutel und die beiden können den interessanten Besuch, der die Aufklärung eines ominösen Phänomens brachte, zu Ende bringen.

Die Kommissare fahren nun in das Zentrum von Rosenheim, suchen sich ein Hotel und beenden ihren heutigen erfolgreichen Arbeitstag.

Morgen steht bei ihnen noch ein Abstecher nach München auf der Liste, mit Besuch des Englischen Gartens, der gotischen Frauenkirche, des Viktualienmarktes und nicht zuletzt des Technischen Museums.

# MONTAG

Kurz nach Dienstbeginn melden sich Benno und Jörg bei ihrem Chef von der Reise zurück und Benno will gerade seinen mündlichen Reisebericht vortragen, da meint aber Uli:

„Benno, das interessiert das ganze Team und daher erzählst du das der gesamten SOKO, die ich gleich zusammentrommeln werde."

Das funktioniert schnell und so kann Benno endlich beginnen, von der interessanten Reise zu berichten:

„Wir haben nach einer angenehmen Fahrt das Haus von dem IT-Experten Moritz Schubert erreicht. Schubert wohnt in Langenpfunzen, das ist ein Ortsteil von Rosenheim. In dem großen Einfamilienhaus sind zwei Wohnungen vorhanden, wobei eine Wohnung im Erdgeschoss liegt, in die uns Schubert geführt hat. Eine zweite Wohnung im ersten Geschoss gehört seiner Freundin. Nachdem wir uns durch ein paar belanglose Sätze bekannt gemacht hatten, fragte Schubert, welche Probleme wir denn hätten. Ich berichtete davon, dass wir einige Vermisstenfälle haben, von denen drei gewisse Gemeinsamkeiten aufweisen. Dabei erwähnte ich als wichtigste Besonderheit ein uns unbekanntes Gerät mit der Bezeichnung ‚aide in ear'. Ich hatte das kaum erwähnt, da lachte Schubert laut los und konnte sich vor Lachen kaum halten. Wir wollten natürlich wissen, was daran so zum Lachen war.

Da holte er weit aus und erzählte, dass er einmal mit seinem Zwillingsbruder zusammengesessen hatte und sie überlegten, wie es ihnen gelingen würde, mit jungen Mädchen in Kontakt zu kommen. Schubert fiel ein, dass Abiturientinnen meist Prüfungsangst vor Mathe und Physik haben. Sie wollten im Internet chatten und die Abiturientinnen mit einem super intelligenten High-Tech-Gadget locken, das man sich ins Ohr steckt, es die Fragen hört und über einen Mikro-PC mittels Künstlicher Intelligenz die richtige Antwort wieder ins Ohr flüstert. Wenn das ein Mädel hört, das Angst vor der Prüfung hat, wird es bestimmt Interesse zeigen."

Herta will es genau wissen:

„Verstehe ich das richtig, dass es dieses Gerät gar nicht gibt und den Mädels nur etwas vorgegaukelt wurde?
Und das machten die beiden, inzwischen reifen Männer, einzig und allein darum, um an junge Frauen heranzukommen, weil sie wahrscheinlich sonst nie eine Chance hatten?"

„Ja Herta, so ist es, denn dieses Gadget existierte nur in den Köpfen der Zwillingsbrüder. Sie bauten dann gemeinsam eine WEB-Seite für einen Chat mit einem entsprechenden Text und hofften auf eine Antwort. Aber da erklärte Moritz Schubert, dass er nie eine Antwort erhalten hätte. Max Schubert hatte selbst keine Seite eingerichtet."

Nun ereifert sich Bernd:

„Das ist doch pure Lüge! Wir haben doch auf den Laptops und Tablets die Antworten selbst gelesen. Da hat er euch einen Bären aufgebunden!"

„Da hast du vollkommen recht, Bernd, denn das haben wir ihm auch gesagt. Doch er beteuerte, nie eine Antwort erhalten zu haben. Was wir wussten, aber natürlich nicht erwähnt haben, ist die Tatsache, dass er für die Morde Alibis vorbringen kann.

Auf meine Frage, ob denn sein Bruder Max die Chats erhalten und beantwortet haben kann, erwiderte er, dass das vollkommen unmöglich ist. Sein Bruder sei gemeinsam mit seinen Eltern bei einer Gruppenreise am 16. März tödlich verunglückt.

Uli dankte Benno und Jörg für die Berichterstattung.

Zwei Punkte sollten wir aber näher erkunden:

1. Was hat die einzig Überlebende zu berichten? Daher ist eine Befragung unumgänglich.

2. Wir sollten Kontakt mit den Kollegen der Verkehrspolizei aufnehmen, die am Unfallort gewesen sind.

Damit beenden wir die außerordentliche Sitzung der SOKO."

Als Uli wieder in sein Büro zurückkommt, klingelt sein Telefon und Frau Dr. Laube meldet sich:

„Ich habe schon eine ganze Weile versucht, Sie zu erreichen, denn ich wollte nur sagen, dass die Physiker-

Kollegen von Salzgitter hier sind und wir mit den Untersuchungsvorbereitungen bereits begonnen haben."

Nachdem die Physiker aus Salzgitter ihre Apparaturen mit den Geiger-Zählrohren aufgebaut hatten, konnte Frau Dr. Laube sich der Leiche von Alina zuwenden. Sie hatte diese schon vor einiger Zeit gründlich untersucht, so dass jetzt nur noch der Test der Paukenhöhle hinter dem Trommelfell durchgeführt werden muss.

Die Reinigung des Gehörganges erledigt ihre Assistentin Inge.

Danach führte Dr. Laube die gleiche Untersuchung durch, wie sie es auch bei Clara gemacht hatte. Der Physiker ist bestätigt, dass es sich auch hier um Plutonium handelt. Damit kann die Untersuchung von Alina abgeschlossen werden. Sie wird wieder vorsichtig vom Tisch genommen und auf einer Transportliege in die Kühlkammer gefahren. Gleich danach holt die Assistentin Inge aus dem anderen Kühlfach die Leiche, die von Dr. Wunther überführt wurde. Es handelt sich um das erste Opfer, nämlich die 19-jährige Hanna Möller.

Inzwischen geht es der Pathologin recht flott von der Hand und sie trifft gleich beim ersten Versuch genau das vorgestochene Loch. Die genommene Probe bestätigt die Vermutung:

Auch Hanna verstarb an einer Plutoniumvergiftung.


Als auch die dritte Untersuchung abgeschlossen werden kann, packen die Physiker ihre Gerätschaften wieder ein und Frau Dr. Laube bedankt sich noch einmal bei ihnen für die angenehme Zusammenarbeit.

Im gemeinsamen Büro sitzen Benno und Jörg an ihren Computern und recherchieren die verschiedensten Zeitungen und Publikationen rund um den 16. März, dem Tag, als sich das Busunglück ereignete.

# DONNERSTAG

Der unermüdliche Einsatz von Benno und Jörg, den sie in den letzten drei Tagen vollbracht haben, hat sich gelohnt.

Benno kann jetzt genau sagen, wo sich das verheerende Busunglück ereignet hat. Die zuständige Polizeistation Eschwege hatte den Verkehrsunfall gemäß einem Pressebericht aufgenommen. Er hatte sich auf der Landstraße L 1019, etwa 1 km hinter der Landesgrenze Hessen/Thüringen auf ostdeutscher Seite zugetragen.

Jörg hat ebenfalls erfolgreich recherchiert und erfuhr schließlich von einem Pastor die Adresse der einzig Überlebenden des Unglücks.

Als beide Uli das Ergebnis ihrer Recherche unterbreiten, können sie sich schon denken, was jetzt kommt:

„Das ist ja ein hervorragendes Ergebnis und sogar noch ausbaufähig. Ihr macht euch beide auf den Weg, und fahrt zu der Überlebenden nach Eschwege. Die Adresse habt Ihr, also worauf wartet Ihr noch?"

Sie lassen sich nicht lange bitten und begeben sich auf die Reise. Die 56 km haben sie schnell hinter sich gebracht und suchen jetzt am Rande von Eschwege die Leuchtbergstraße 88. Das kleine und bescheiden wirkende Haus liegt unmittelbar an der Werra. Es ist wohl eines der Einfamilienhäuser, die man nach dem Zweiten Weltkrieg gebaut hatte, um für ausgebombte Familien auf die Schnelle eine Unterkunft zu schaffen. Sie klingeln an der Tür und eine Frau öffnet und begrüßt die beiden Polizisten:

„Oh, Was führt Sie zu mir? Aber kommen Sie doch herein, bei diesem scheußlichen Regenwetter ist man lieber drinnen."

„Ich bin Kommissar Wolle und das ist mein Kollege Grossmann. Wir haben einige Fragen an Sie, für die wir noch eine Antwort suchen."

„Bitte, nehmen Sie doch Platz, denn es kann ja länger dauern."

„Wir haben erfahren, dass Sie das große Glück hatten, einen Busunfall zu überleben. Bitte erzählen Sie uns, was Ihnen noch im Gedächtnis geblieben ist."

„Ja, ich habe schon viele unangenehme Situationen in meinem Leben hinnehmen müssen, aber diese war die zweitschlimmste."

„Das verwundert mich aber doch, wenn Sie sagen, dass es die zweitschlimmste gewesen sein soll."

„Vielleicht sollte ich Ihnen zuerst von meinem schlimmsten Erlebnis berichten, wenn Sie es wollen und auch solange Zeit haben. Möchten Sie das hören? Es ist deutsch-deutsche Geschichte."

„Ja, bitte, denn es gibt viele Dinge, von denen wir nur eine grobe Vorstellung besitzen."

„Ich war eine junge Frau von 27 Jahren und hatte mich in einen schicken Soldaten verliebt. Wir haben schnell festgestellt, dass wir in vielerlei Hinsicht die gleichen Interessen hatten. So ließen wir nicht viel Zeit verstreichen und haben gleich geheiratet. Das war damals in Treffurt und er gehörte zur NVA. Das war die nationale Volksarmee der DDR. Aber es dauerte nicht lange, da wurde mein damaliger Mann befördert zum Offizier. Eines Tages erfuhr ich von Freunden, dass er neben der Funktion als Offizier auch Aufgaben des Staatssicherheitsdienstes innehatte. Er wurde abkommandiert und wurde zum Offizier der Grenzstreitkräfte, wie es in der DDR hieß. Das waren die Soldaten, die die schwierige Aufgabe hatten, die Grenze zu überwachen und Republikflüchtige daran hindern mussten, die Grenze zu überqueren. Beim Widersetzen sollten die Soldaten auch von der Schusswaffe Gebrauch machen. Es gefiel mir gar nicht, dass er der Vorgesetzte war und entsprechende Befehle geben musste.

In der DDR galt jedes Überwechseln in die BRD als ein staatsfeindlicher Akt, ganz gleich ob es über einen genehmigten Auswanderungsantrag oder illegal als Republikflucht erfolgte. Personen, die einen solchen Antrag gestellt hatten mussten mit Schikanen, Demütigungen und mit drastischen Einschränkungen rechnen. Außerdem wurde die Bearbeitung solcher Anträge bewusst in die Länge gezogen.

Mein Leben nahm eine Wendung, denn mein Mann hatte sich in eine Offizierin verliebt. Ich wollte mich scheiden lassen, doch das verbot er mir, denn von einem Offizier der NVA erwartete man stabile Familienverhältnisse und bedingungslose Treue zu Staat und Regierung. Die Distanz zu meinem Mann wurde immer größer und ich wurde ihm gegenüber entsprechend zurückhaltend und suchte nach einer Lösung. Da ich schon seit langer Zeit eine ablehnende Haltung gegen den Staat eingenommen hatte, kam für mich nur ein Leben in der BRD in Frage. Was sollten wir tun? Auf der einen Seite stand ich seiner neuen Liebe im Wege und es wäre gut, wenn ich weggehen würde. Doch andererseits hätte er mit einem offiziellen Ausreiseantrag sofort seinen Posten verloren. Jetzt saß er in der Zwickmühle. So suchten wir nach einer Lösung, die unser Problem löst.

Schließlich hatte mein Mann einen Vorschlag:

‚Ich habe folgenden Plan: Du packst morgen ein paar wichtige Dinge in eine Tasche und dann verstecke ich dich im Kofferraum meines Autos. So bringe ich dich an den Kontrollposten vorbei in die Nähe des Grenzzaunes. Dort versteckst du dich im Gebüsch. Um genau 22:40 Uhr werde ich die Hochspannung für einen kurzen Moment ausschalten. Sofort kriechst du dann an den Zaun genau zu dem Pfosten Nr. 144. Da ist eine halbhohe Durchgangstür, die man aber nur schwer erkennt. Die führt hinter den Zaun. Diese Türen brauchen wir, für Instandhaltungsarbeiten auf der westlichen Seite. Du kriechst durch und rennst dann noch einen Kilometer, denn erst dort ist die Staatsgrenze. Wenn du das geschafft hast, bist du im Westen. Am nächsten Tag werde ich Anzeige erstatten, weil du eine Republikflucht begangen hast. gleichzeitig werde ich die Scheidung beanragen. Damit haben wir wie schon früher eine Lösung gefunden, die beiden hilft und keinem schadet.‘

Sie können sich bestimmt vorstellen, mit welcher Angst ich meine Tasche gepackt habe. Gegen 9:30 Uhr am nächsten Abend kroch ich mit meiner kleinen Reisetasche in den Kofferraum seines Autos. Als wir losfuhren, dachte ich: Er kann ja bei den Kontrollposten anhalten und sagen, dass ich mich von ihm unbemerkt in sein Auto geschmuggelt hätte, um Republikflucht zu begehen. Ich zitterte. Plötzlich hielt er an und ich hörte fremde Stimmen: ‚Guten Abend Genosse Offizier. Wünschen guten Dienst ohne besondere Vorkommnisse.‘ Als er wieder anfuhr, atmete ich tief durch, das hätte ich hinter mir. Wir fuhren noch etwa eine Viertelstunde, dann hielt er an. Es war totenstill. Da öffnete er den Kofferraum und sagte: ‚Los, komm heraus und verkriech dich in die Büsche. Uhrenvergleich: es ist genau 22:10, stell deine Uhr. Grüß deine Eltern von mir!‘ Dann setzte er sich in sein Auto, fuhr ab und ich ließ meine Uhr nicht mehr aus den Augen. Ständig diese zermarternde Ungewissheit: Schaltet er wirklich die 6000 Volt Hochspannung aus oder schnell wieder ein.- Niemand würde ihn belangen, er hätte für sein Vaterland eine Volksverräterin an der Republikflucht gehindert. Oder gibt es den Pfosten mit der Nummer 144 überhaupt nicht oder ist dort kein halbhohes Türchen. Die Zeiger meiner Uhr rückten weiter. Der Sekundenzeiger sprang von Sekunde zu Sekunde. Jeder Sprung war wie ein Stich in mein Herz. Schon war es 22:38 Uhr und ich musste los. In genau 2 Minuten sollte ich am Pfosten 144 sein. Ich ging schneller, immer in gebückter Haltung, da erblickte ich auf einmal den dunkelgrünen Maschendrahtzaun.

Jetzt war es 22:39 Uhr und meine Augen suchten wild nach der Nummer 144.

Da, zwanzig Meter weiter rechts sah ich den Pfosten und nur zehn Meter weiter stand das Wachhäuschen in fünf Metern Höhe. Ich hörte deutlich die Stimme meines Mannes. Ist es ein letztes Mal? Nein, nicht denken, ich suchte ein halbhohes Türchen. Meine Uhr zeigte genau 22:40 Uhr. Jetzt muss es sein, ich muss sofort das Türchen aufdrücken. Entweder es klappt oder mein Körper verkohlt unter 6000 Volt.

Ich trug Schuhe mit dicken Gummisohlen und dachte an meinen Physikunterricht, dass Gummi ein Isolator ist. Mit dem rechten Fuß stieß ich das Türchen auf und zwängte mich hindurch ohne das Metall zu berühren. Dann rannte ich los, so schnell wie ich noch nie gerannt bin. Plötzlich schrie mich jemand an: Halt, stehen bleiben, Bundespolizei. Es hatte geklappt und ob mein Exmann die Hochspannung wirklich abgeschaltet hatte, werde ich wohl nie erfahren. Nach der Wende hat er Selbstmord begangen."

„Uff", entfuhr es Jörg, „ich kann verstehen, dass es für Sie furchtbar gewesen sein muss. Wir in den alten Bundesländern haben von den tatsächlichen Zuständen im anderen Deutschland nur wenig erfahren. Umso dankbarer sind wir, dass wir jetzt endlich die Gelegenheit bekommen, davon einen authentischen Bericht zu bekommen. Dafür danken wir Ihnen ganz besonders."

„So, nun mache ich uns einen Kaffee, denn den haben Sie sich redlich verdient. Danach berichte ich von dem Busunglück."

Während die drei den frisch gebrühten Kaffee tranken, lockerte sich allmählich die Spannung und dann setzte Frau Sommer ihre Schilderung fort.

„Das Reisebüro Kleinschmidt hatte für den 16. März zu einer vergnüglichen Gruppenreise zur Blauen Lagune eingeladen. Auch ich meldete mich an und bekam, zwei Tage später per Brief die Reisebestätigung und eine kleine Ansteckadel mit meinem Namen.

Die Reise begann um 10:00 Uhr vor dem Haus des Reiseunternehmens. Wir stiegen ein und machten uns auf den ersten Kilometern bekannt, zumindest mit den Platznachbarn. Man wollte uns die Landschaft zeigen, denn es war ein schöner, aber noch recht kühler Tag. Plötzlich meldete sich die Reiseleiterin und sagte:

„Es tut uns leid, aber die Heizung funktioniert momentan nicht. Bitte ziehen Sie sich etwa an!"

Frau Sommer erzählt weiter:
„Jetzt holten sich alle aus den Ablagefächern ihre Jacken oder Mäntel. Der Bus hielt kurz an, weil jemand aussteigen wollte, ich weiß aber nicht wer. Dann musste ich auf die Toilette, die sich im Heck des Busses befand. Im Vorbeigehen sah ich einen Mann sitzen, der meinem Exmann ähnelte, denn er hatte auch so einen kleinen Schnurrbart. Neugierig schaute ich auf sein Namensschild und darauf stand ‚Max Schubert'. Ich kam

gerade wieder von der Toilette zurück, da krachte es hinter mir im Fahrzeugheck und plötzlich schlugen Flammen in den Bus und der Fahrer schrie laut los: Er lässt sich nicht mehr lenken. Da überschlug sich der Bus und blieb auf der Fensterseite liegen, dort wo auch die Türen sind. Mehr weiß ich nicht, nur dass ich plötzlich Erde an den Fingern hatte und irgendwo im Schmutz lag. Weiter vor mir sah ich nur den brennenden Bus und hörte Menschen schreien. Dann wurde ich ohnmächtig und erwachte erst im Krankenhaus.

Am nächsten Tag wurde ich entlassen und las in der Zeitung von dem schlimmen Verkehrsunfall mit dem Bus, den nur eine einzelne Frau überlebt hatte. Das war ich."

Die beiden Polizisten dankten der Frau für den Kaffee und die sehr interessanten Schilderungen. Dann fuhren sie nach Göttingen zurück.

Als sie gerade dabei sind, Uli von dem Besuch zu berichten, klingelt sein Telefon:

„Hallo, hier spricht Henriette Becker. Bei uns waren vor einigen Tagen zwei Ihrer Kollegen, die Angaben über meine vermisste Tochter Jasmin Becker aufgenommen haben. Ich möchte Sie heute und jetzt davon in Kenntnis setzen, dass die Suche nach meiner Tochter eingestellt werden kann, da sie sich gemeldet hat."

„Hier ist Oberkommissar Brandt, Frau Becker, das hätte ich dann schon gern etwas genauer gewusst."

„Ja, was soll ich sagen. Es klingelte mein Smartphone und am anderen Ende war Jasmin dran und sagte nur, dass ich mir keine Sorgen machen soll, denn sie hätte einen netten Mann getroffen, mit dem sie morgen nach Italien fliegt.

Mehr hat sie nicht gesagt und ich konnte sie dann später auch nicht mehr erreichen.
Bitte lassen Sie die Suche sein und danke für Ihre Mühe und grüßen Sie Ihre Kollegen von Henriette Becker.“

Uli schüttelt nur den Kopf und sagt:
„Dann eben nicht!“

Nun kommt endlich Benno dazu, den Bericht über den Besuch bei Frau Sommer loszuwerden. Er erzählt auch etwas von ihrer Republikflucht und von dem Busunglück. Ihr sei ein Mann aufgefallen, der einen kleinen Schnurrbart in Nasenbreite hatte. Auf seinem Namensschild stand ‚Max Schubert! Der Mann sei ihr nur deshalb aufgefallen, weil ihr Exmann genau so einen, kleinen Schnurrbart hatte. li wird skeptisch:

„Das erscheint mir aber doch etwas eigenartig. Einerseits sagt der Bruder Moritz Schubert, dass sein Zwillingsbruder Max tot sei und die Frau kann aber nur bestätigen, dass sie ihn lebend im Bus gesehen hat. Da bleibt auch die Frage offen, ob er den Unfall wirklich nicht überlebt hat.

Allerdings kennen wir einige Chats, die genau das Gegenteil bedeuten könnten, wenn man die Geschichte mit den Hackern nicht glaubt. Dann könnte man annehmen, dass der Max noch lebt und die Chats verfasst hat."

„Ja Uli, ich kann dir nicht widersprechen. Wir sitzen zwischen Baum und Borke. Lebt er oder lebt er nicht?"

„Benno, wir müssen unbedingt die Kollegen von Eschwege befragen, die den Unfall aufgenommen haben. Die können vielleicht zur Klärung beitragen. Nimm es bitte in die Hand und vereinbare einen Besuchstermin in Eschwege. Vielleicht fahrt Ihr dann noch einmal vor Ort, was ich begrüßen würde."

„Gut, Uli, dann rufe ich gleich an und versuche, einen zeitnahen Termin zu bekommen."

„Was heißt denn das nun wieder: 'zeitnah!'"

„Uli, das heißt einfach ‚bald.‘"

„Dann sag das doch!  - Tschüß bis zeitnah."

Benno geht zurück in sein Büro und ruft seine Kollegen in der Polizeistation Eschwege an und vereinbart für morgen, Freitag um 10:00 Uhr einen Termin, um dabei nähere Informationen über den Verkehrsunfall mit dem Bus zu erhalten.

Um sicher zu sein, fragt er nochmals Uli:
„Uli, du sagtest ‚ihr fahrt dorthin‘. Ist es recht, wenn Herta mitkommt?"

„Aber ja doch, Ihr packt das schon!"

# FREITAG

Pünktlich um 10:00 Uhr kommen Benno und Herta in Eschwege an und suchen in dem großen Polizeigebäude die Kollegen der Verkehrskontrolle. Hier treffen sie auf den Kommissar Rolf Kanter:

„Guten Tag, ich bin Kommissar Benno Grossmann und das ist meine Kollegin Herta Zeidler. Wir kommen vom Kommissariat 4 aus Göttingen und bearbeiten seit Kurzem einige Vermisstenfälle. In diesem Zusammenhang suchen wir eine männliche Person mit dem Namen ‚Max Schubert'. Nach unserem Kenntnisstand muss er sich in dem verunglückten Bus befunden haben. Können Sie uns da weiterhelfen?"

„Wir wurden am besagten 16. März zum Unfallort gerufen. Als wir eintrafen, stand der gesamte Bus in Flammen und es lagen schon einige teilweise verbrannte und verkohlte Leichen auf dem Gelände um den Bus herum. Weil das Fahrzeug seitlich abgerollt war, blieb es auf der Fensterseite liegen. Viele hatten versucht, die Scheiben zu zertrümmern und zogen sich dabei Schnittverletzungen zu. Wir können Ihnen keine genauen Angaben zu den Verunglückten machen, da uns die Zahl der Fahrgäste nicht bekannt ist. Sicher wissen wir nur, dass eine Frau aus dem umstürzenden Bus herausgeschleudert wurde und nur leichte Verletzungen erlitt. Zum Glück hat einer unserer Kollegen sehr viele Fotos aufgenommen, die wir uns gern ansehen können. Kommen Sie bitte mit in unser Büro."

Beide folgen ihrem Kollegen in ein Großraumbüro und Kollege Kanter bietet Grossmann einen Platz vor einem großen Monitor an. Hier zeigt er nun eine Fotoserie von der Unglücksstelle. Grossmann und Herta werden das erste Mal mit Bildmaterial von diesem Unfall konfrontiert. So sehen sie alles in Ruhe und ganz genau. Plötzlich sagt Benno:

„Stopp! Hier liegt eine Person auf dem Rücken, hat ein stark verschmutztes Gesicht und darauf noch viel Blut. Man sieht nur den Oberkörper des Mannes und auf der Jacke das Namensschild des Reiseunternehmens. Darauf ist noch gut lesbar: ‚Max Schubert‘."

„Ist das der gesuchte Mann?", fragt Kanter.

„Ja, das ist der Mann, nach dem wir fahnden!"

„Aber eine Aussage werden Sie von dem nicht bekommen, denn dieser Mann ist mit Sicherheit tot. Der hat das Unglück leider auch nicht überlebt."

„Kollege Kanter, könnten wir von diesem und einigen anderen Fotos von dem Unglück eine Kopie bekommen, am besten auf einem USB-Stick?"

„Natürlich, das lasse ich machen. Doch kann ich mir vorstellen, dass Sie auch gern die Unglücksstelle sehen möchten, wenn Sie schon die 60 Kilometer auf sich genommen haben."

Selbstverständlich wollen beide Kommissare alles genau erfahren und dazu gehört auch die Besichtigung der Unfallstelle und deren näheres Umfeld. Beide fahren jetzt mit dem Eschweger Kollegen auf der B 249, biegen bei

Wanfried ab auf die B 250, um kurz vor Treffurt auf die Landstraße L1019 zu gelangen. Genau 750 Meter hinter der Landesgrenze Hessen/Thüringen kommen sie an der Unfallstelle an.

Nun erklärt der hessische Kollege Kanter seinen Kollegen aus Niedersachsen die Umgebung:

„Kurz hinter der Unfallstelle führt ein Wanderweg zur Blauen Lagune, die ein begehrtes Ausflugsziel ist. Nach dem Ende des Steinbruch-Betriebs haben Tiefenquellen zwischen Buchenau und Ebenau diesen See entstehen lassen.

Die schier endlosen Wälder hier bieten viele Möglichkeiten zum Wandern und auch zum Pilze sammeln.

Der Reisebus, ein ‚IKARUS 66‘, hatte schon ein beachtliches Alter erreicht und meine Kollegen von der technischen Kontrolle sagten auch, dass er eigentlich nicht gut gewartet worden war. Aber man kann keinen zur Verantwortung heranziehen, da das Unternehmer-ehepaar fatalerweise auch verbrannt ist. Da die Unglücksstelle auf einer Landstraße liegt und der Unfall sich an einem Werktag, am Freitag, dem 16. März, ereignete, gab es auch kein hohes Verkehrsaufkommen, so dass das Unglück erst relativ spät entdeckt wurde. Ein Bauer, der mitten im Wald seine Hütte hat, war mit seinem Pferdewagen auf dem Heimweg und rief uns an.

Als unsere Kollegen, die Rettungskräfte und die Feuerwehr eintrafen, brannte der Bus schon lichterloh. Aber das wissen Sie ja bereits.“

Nach diesem Schlusswort setzen sie sich wieder in den Streifenwagen der Eschweger Polizei und fahren zurück in deren Polizeistation. Dort bekommt Benno den USB-Stick, bedankt sich und sie begeben sich auf den Rückweg nach Göttingen.

Uli und die versammelte SOKO warten schon mit großer Spannung und Interesse, welche neuen Informationen sie jetzt zu hören bekommen werden:

„Na, Benno, hast du den Fall nun gelöst oder müssen wir weitermachen?"

„Es war für uns sehr lehrreich, die Unglücksstelle und die Fotos davon zu sehen. Da der Unfallort auf einer wenig befahrenen Landstraße liegt, dauert es lange, bis jemand zufällig dazu kommt. Die einzige Überlebende, die ich gestern besucht habe, hatte bei dem Unfall ihr Handy verloren. So konnte auch niemand sofort den Unfall melden. Es war wieder einmal die Häufung einiger unglücklicher Umstände.

Aber konkret: Wir haben das Foto von Max Schubert gesehen und konnten deutlich sein Namensschild lesen. Er ist tot. Einige Fotos habe ich mitgebracht, die kann sich jeder ansehen."

Uli zieht wieder einmal ein Resümee:
„Jetzt wissen wir, dass Max Schubert tot ist und er diese Chats nicht geführt haben kann. Wer aber war es?

Moritz Schubert besitzt für alle Vermisstenfälle ein Alibi, oder etwa nicht?

Markus greift ein:

„Nein, hat er nicht. Wir wissen zwar, dass er für die Entführung von Hanna, Maria und Alina nicht in Frage kommen kann, doch nach einem Alibi für das Verschwinden von Clara haben wir ihn, nach meinem Wissen, noch nicht befragt."

Und Uli ist erstaunt:

„Und warum haben wir das nicht gemacht?"

Tiefes Schweigen rings umher!

„Benno, du hast doch noch den Überblick seiner Seminare. Sieh bitte nach, ob er am Wochenende vom 1. Juni bis 3. Juni ein Seminar durchgeführt hat",
bittet ihn Uli.

Benno kommt mit der Seminarübersicht zurück und sagt:

„Nein, er hatte kein Seminar! Also hat er auch kein Alibi!"

Jetzt muss sich unbedingt Herta dazu äußern:

„Und was bringt uns das? Wenn wir bei ihm die gleiche DNA finden, wie wir sie bei Clara gefunden haben, könnte er als Täter in Frage kommen. Da aber bei allen drei Opfern die gleiche DNA nachgewiesen wurde, müsste er ja auch für die anderen Morde als Täter angenommen werden, doch da kann er ein Alibi vorlegen. Liege ich mit meinen Überlegungen richtig?"

Für einen kurzen Moment herrscht betretene Ruhe und alle überlegen, ob Hertas Logik stimmig ist.

Uli sagt:

„Herta, du hast vollkommen richtig kombiniert, aber zunächst möchte ich von der KTU erfahren, was die DNA

-Probe, die Ihr von Schubert mitgebracht habt, für eine Struktur besitzt. Da rufe ich gleich einmal an."

Alle warten gespannt, was die Biologen herausgefunden haben. Doch da kommt auch schon der ersehnte Rückruf:
„Hallo, Herr Brandt, das sieht so aus, als ob Ihre Mitarbeiter eine Dame besucht haben, denn die DNA-Probe stammt eindeutig von einem weiblichen Spender."

Bernd muss schon wieder schimpfen:
„Da hat euch doch der Bursche ordentlich hinters Licht geführt und Ihr habt die Haare aus dem Kamm seiner Freundin mitgebracht. Da hättet Ihr bei der Urinprobe mehr Sicherheit gehabt, aber mit der wolltet ihr ja nicht durch München fahren!"

Herta äußert sich ganz pragmatisch dazu:
„Was soll's, Alibi hin oder her, Schubert braucht keins!"

Uli zieht die Stirn hoch, denkt an seinen Staatssekretär und fragt in die Runde:
„Wer weiß, wie es weitergehen soll?"

Bernd spekuliert:
„Es ist doch denkbar, dass der IT-Experte seine Internetadresse, über die der Chat geführt wurde, einem Bekannten verkauft hat, damit der sich mit der ‚aide-in-ear'-Masche an junge Mädchen heranmacht. Schubert bekommt das Geld und der andere die Mädels!"

Jetzt muss Herta da etwas korrigieren:

„Glaub doch bloß nicht, dass junge Burschen oder Männer auf so eine umständliche Weise versuchen würden, an junge Mädchen heranzukommen. Das ist eher was für die reife Kategorie ‚Mann‘ nämlich jene, die in der Mitlife crisis sind und es noch unbedingt einmal wissen wollen.“

Nun kommt Jörg Wolle mit einer Idee:

„Wie wäre es denn, wenn ein Lockvogel oder besser gesagt eine Lockvögelin einen Chat beginnt und um Hilfe in Mathe oder Physik sucht. Vielleicht würde der gesuchte Täter dann ein Angebot chatten?“

Uli schaut auf Jörg, spitzt die Lippen und fragt direkt:

„Herta, bei dir ist es doch mit dem Abi auch noch nicht so lange her, vielleicht möchtest du eine Nachhilfe haben?“

Sofort nicken fast gleichzeitig Bernd, Benno, Jörg und Markus mit den Köpfen, als wollten sie sagen:

„Super Idee“

Herta weiß nicht so recht, was sie zu diesem irren Vorschlag sagen soll, denn irgendwie findet sie ihn inhaltlich gut, aber die Besetzung stößt auf leichten Widerstand. Ganz plötzlich ist sich der Rest der SOKO einig, dass es die einzige Chance ist, den Täter aus dem Versteck zu locken. Aber Herta hat einen Einwand:

„Wo denkt Ihr hin? Ich kann doch nicht als spätes Mädchen eine Abiturientin mimen. Das nimmt mir doch keiner ab!“

„Du sollst doch auf keinen Fall dein Foto ins Netz stellen, das erwartet auch keiner!"

„Ich muss aber damit rechnen, wenn es hart auf hart kommt, dass er mich treffen will. Und dann sieht er mich und sucht das Weite."

„Ach komm, Herta, wir legen zusammen und spenden dir eine Runde Kosmetik und einen Besuch beim Friseur. Dann kannst du auch sagen, dass du dich auf dem zweiten Bildungsweg befindest und schon passt auch dein Alter. Also machst du es?"

„Ja, Ihr habt mich überredet. Ich überlege mir, wie Uli immer so schön sagt, eine Strategie."

Mit dieser ganz neuen Richtung in der Ermittlung des Mädchenverführers beendet Uli die Zusammenkunft der SOKO.

Weil die Arbeitszeit noch nicht vorüber ist, verteilt Uli weitere Aufgaben:

„Bernd, du nimmst dir alle möglichen Zeitungen vor, die im Raum Eschwege erschienen sind und im Zeitfenster vom 16. bis 31. März liegen.

Benno, Jörg und Markus, Ihr erledigt weiter die anstehenden Tagesaufgaben."

# MONTAG

Der Montag beginnt in aller Frische und Bernd kann es gar nicht erwarten, ein Kuriosum vorzulesen, auf das er bei seiner Zeitungsrecherche gestoßen ist. Er hält die Zeitung hoch und man erkennt ein Pferd, das vor einen Pritschenwagen gespannt ist, auf dem in reichlich Stroh gepolstert ein Mann liegt. Dazu steht folgender Text:

,Hessischer Bauer führt eigenwilligen

Krankentransport durch

Ein hessischer Kleinbauer, dessen Haus mitten im Treffurter Stadtwald liegt, fand eines Nachts vor seinem Haus einen vollständig ermatteten Wanderer. Er beherbergte ihn bis zum nächsten Morgen und gab ihm immer wieder Wasser zu trinken, denn er schien ausgetrocknet zu sein. Seine Frau belegte den kleinen Einspänner mit viel Stroh und dann trugen beide den entkräfteten Mann auf das Strohlager. Und nun machte sich der Bauer mit Pferd und Pritschenwagen auf den Weg zur Kurklinik auf dem Katharinenberg, wo dem schwer kranken Mann geholfen werden konnte. Dieser Bauer hat uns gezeigt, dass auch ein Krankentransport nachhaltig sein kann.

Jörg meint nachdenklich:

„Vielleicht sollten wir auch einmal zu diesem Bauern oder in diese Klinik fahren? Es kann doch sein, dass man dort mehr von dem verunglückten Bus weiß als die Polizei?"

Uli entgegnet nun auch etwas schmunzelnd:

„Jörg, vorsichtig, die Polizei weiß alles, zumindest fast alles!"

und dann wendet er sich an Herta:

„Was macht dein Chat? Hast du dir schon etwas zurechtgelegt?"

„Ja, das war die kleinste Hürde. Aber, wenn schon-denn schon und so habe ich auch einen kleinen Text in Facebook eingestellt. Warten wir's ab."

Ab heute bringt Herta ihren Laptop mit ins Kommissariat, da sie einen dienstlichen Auftrag zu erfüllen hat. Jeder, der an ihrem Schreibtisch vorbeigeht, wirft einen Blick auf den Screen.

Aber Herta hatte sich überlegt, dass ein schönes Foto das Interesse fördern würde. Also hat sie gestern Abend in alten Bildersammlungen und Fotoalben geblättert, um ein nettes Foto aus ihrer Jugendzeit aufzustöbern. Tatsächlich war sie erfolgreich und zufrieden mit einem attraktiven Bild. Das wurde gestern Abend ins Netz hochgeladen und bei Instagram eingestellt. Dort trug sie sich noch schnell als User ein und hofft auf eine gute Resonanz.

Herta schrieb:

„Hi, wer hilft mir? Muss zur Mathe Prüfung, aber

bin total fertig, kann dann nur herumrätseln!

Helpme!   LG Brilli"

Und nun wartet Herta, also ‚Brilli' auf eine Antwort.

Gegen halb zehn gibt es ein ‚Kling' und der erste Helfer meldet sich:

"Hi, kann helfen. Wo wohnst du?
Pythagoras, bye, bye"

Brilli antwortet:

"Wohne in Göttingen.
Holst de mich ab? Heute Abend sieben,
an Straba HBF
LG Brilli"

Pythagoras:

"Klaro! Bin da!
Pythagoras"

Das also war Hertas erster Chat und sie gibt sich richtig Mühe nicht ‚Asbach' zu wirken.

Der Arbeitstag geht nicht schnell genug vorbei und ihre Kollegen sind genauso neugierig wie sie. Bernd fragt besorgt:

"Sollen wir dir unauffällig folgen, als Mini-SEK?"

"Danke, nicht nötig, ich kann Judo!"

Es werden noch diverse Aufgaben erledigt, doch gedanklich ist die gesamte Mannschaft damit beschäftigt, sich verschiedenartige Szenarien auszumalen, wie sich Hertas Abend entwickeln wird. Kann es wirklich sein, dass sich dahinter der vermeintliche Täter versteckt?

Eher nicht, denn der benützte nicht die Jugendsprache, sondern eher ein gebrochenes Deutsch, leicht ausländisch. Aber die Spannung steigt mit jeder Minute bis zum Dienstschluss.

# DIENSTAG

Alle warten schon gespannt darauf, was Herta zu berichten hat. Da erscheint sie bereits und sogar Uli kommt neugierig aus seinem Büro und fragt:

„Na Herta, wie ist es denn gelaufen?"

„Also, er stand tatsächlich pünktlich am Bahnhof und winkte mir zu, als würde er mich kennen. Aber wahrscheinlich habe ich mich so suchend umgesehen, dass es keine andere sein konnte. Wir fuhren mit der Straba, das heißt Straßenbahn, zu seiner Hütte. Das war eine Penthousewohnung unterster Preisklasse. Oben auf dem Dach einer Maschinenbauhalle. Er bot mir eine Cola an und kramte im Schubfach nach einem Blatt Papier, das er mir vor die Nase auf den Tisch legte. Dann meinte er einleitend: Mathe is echt ätzend, eh, aber muss sein OK? Was willst du so im Groben gesagt wissen, von Mathe? Ich bin absolut perfekt in Pythagoras. Kann aber auch Quadrat, Rechteck und Kreis."

Ich merkte schnell, dass ich in Mathe weit besser war als der Möchte-gern-Pythagoras. So fragte ich, um ihm nicht die Schau zu stehlen:

„Sag mal, eh, wie geht Quadrat?"

Da hatte ich den Startschuss gegeben für den gesamten Abend, den ich endlich um 21:00 Uhr beenden konnte. Auf den angebotenen Joint zum Abschied habe ich verzichtet.

Mein Resümee: Der kommt als Täter nicht in Frage!!!

Alle verziehen sich zu ihren Arbeitsplätzen und lassen die Köpfe hängen und sind enttäuscht.

Die Arbeit geht wie gewohnt weiter und der recherchierende Bernd kommt mit einer neuen Erkenntnis:
„Das Klinikum, zu dem der Bauer den todkranken Wanderer brachte, ist eine Spezialklinik für Schmerztherapie, vorrangig für Kopfschmerzen und Migräne. Das wär doch etwas für dich, Herta?"

Herta antwortet blitzschnell:
„Schon wieder ich. Ihr haltet mich scheinbar für das generalisierte Versuchskaninchen? Das kannst du dir abschminken, Bernd. Ich lerne jetzt nur noch Mathe!"

Aber während dieser Diskussionen über außerdienstliche Schnüffeltätigkeit lugt Herta immer wieder auf ihren Laptop. Nach längerer Pause ertönt wieder das zarte ,Kling' und kündet einen Posteingang an. Obwohl dieser Signalton kaum hörbar ist, lassen alle die Bleistifte fallen und stehen neben Herta, mit Blick auf den Screen ihres Laptops. Da meldet sich der nächste Helfer:

„Liebe Brilli, ich bin gern bereit, mit Unterweisungen in Form einer kostenlosen Nachhilfe Ihnen zur Seite zu stehen. Bitte lassen Sie mich wissen, wo und wie ich Sie bald erreichen kann.

PS: Ich war über viele Jahre Mathematiklehrer am Gymnasium in Göttingen

Mit freundlichen Grüßen
Lehrer aD"

Nachdem Herta in sozialer Art den Text laut vorgelesen hat, verziehen alle ihre Gesichter, lachen, runzeln die Stirn und Herta sagt nur:

„Gerade auf den habe ich gewartet. Das würde eine Mathestunde werden bei einem Kaffee aus einem Tässchen aus Meißner Porzellan. Danke, so war es auch nicht gemeint."

Herta zögert nicht mit der Antwort:

„Besten Dank, aber das passt nicht! Brilli."

Da kommt Markus, wie des Öfteren, mit einem Spruch zu Hilfe:

„So ist es halt im Leben, auch Kanonen schießen mal daneben!"

Herta sagt nur:

„Hau bloß ab!"

Die Arbeit geht weiter und bis zum frühen Nachmittag tut sich nichts mehr auf dem Laptop. Dann aber tönt wieder dieses zarte ‚Kling'. Herta schaut hin und liest den soeben angekommenen neuen Chat:

„Hi Brilli, erzähle Big Brother, bist du Schülerin oder im Job?"

Herta:

„Hi Big Brother, bin im Job in Göttingen, brauche aber Mathe, weil Prüfung ansteht."

Big Brother:

„Hast du schiss vor Prüfung? Ich kann helfen, immer"!

Herta:

„Wie willst du helfen, du weißt doch nicht, wo ich bin?"

Big Brother:

„Null Problemo, habe kleines Gadget von FBI, funzt digital, klappt immer mit ‚aide in ear‘!"

Herta:

„Verstehe nur Bahnhof, KA, wie soll das gehen?"

Big Brother:

„Kann dir zeigen, Brilli. Heute Abend 19:00 Uhr in China Restaurant, Rud.-Wissel-Straße.

Herta:

„OK Big Brother, Brilli wird da sein!"

Als dieser Chat vorbei ist, klappt sie den Laptop zu und sagt verwundert:

„Habt Ihr das gelesen? Der ist es! Treffpunkt China Restaurant hatten wir schon einmal gelesen. Ich glaube, das war bei Clara. Und er kennt auch ‚aide in ear‘!"

Urplötzlich stehen alle neben Hertas Schreibtisch und betteln:

„Klapp doch noch mal auf, wir wollen es lesen!"

Damit hat nun keiner mehr gerechnet, dass sich dieser Mensch doch noch einmal meldet. Das muss er sein, denn Moritz Schubert hat ein Alibi, das er nicht braucht, sein Zwillingsbruder Max ist tot und wer käme noch in Frage, der dieses Hirngespinst ‚aide in ear‘ kennt und genau diesen Treffpunkt in Göttingen wählt, wo es doch hunderttausend andere gibt?

Uli findet lobende und zugleich mahnende Worte:

„Ihr alle habt perfekte Arbeit geleistet, ohne jemals den Mut verloren zu haben. Doch jetzt ist Wachsamkeit geboten, damit unserer Herta nichts zustößt."

Fast etwas keck sagt Jörg:

„Wir brauchen wieder eine Strategie."

Herta:

„Es ist ja wohl klar, dass ich dahinfahre. Zuerst in das China Restaurant und warte, bis dieser unbekannte Big Brother mich abholt. Dann werden wir wahrscheinlich in seinem Auto irgendwohin fahren, wobei ich das Ziel nicht kenne."

Uli:

„Zwei Kollegen werden bereits vor dir im Restaurant sein. Du wirst natürlich verkabelt und bekommst obendrein ein kleines GPS-Gerät, damit wir immer wissen, wo du bist. Das Fahrzeug wird in der Nähe geparkt.-Wer von euch geht ins Restaurant?"

Jörg und Bernd melden sich.

Uli:

„Zwei weitere Kollegen werden auch rechtzeitig in der Nähe sein, bleiben aber im Streifenwagen sitzen und beobachten dauernd das GPS-Signal. Wer macht das? OK, ich sehe Markus und Benno.

Sobald Herta mit dem vermeintlichen Täter das Restaurant verlässt, verfolgt Ihr genau, wohin sie gehen oder fahren. In einem angebrachten Abstand verfolgt Ihr deren Fahrzeug. Das andere Auto mit Bernd und Jörg fährt auch los, aber unerkannt. Wenn Herta und er am Ziel angekommen sind, behaltet Ihr Funkkontakt."

Nun steht der gesamten SOKO ein ereignisreicher Abend bevor. Etwas früher als üblich, verlassen sie heute das Kommissariat.

Am Abend geht Herta schon um 18:00 Uhr aus ihrer Wohnung, denn sie nimmt nicht das eigene Auto, sondern benutzt die Straßenbahn. Von der Haltestelle sind es nur ein paar Schritte und sie geht, ohne nach rechts oder links auf die Autos der Kollegen zu schauen, zum Restaurant. Sie lässt sich an einem Tisch nahe dem Fenster nieder und wartet bei einer Tasse Cappuccino.

Gegen 19:00 Uhr betritt ein etwa 40-jähriger Mann das Restaurant. Er trägt Jeans und eine Steppjacke ohne Kapuze. Als er eine Weile suchend um sich geschaut hat, macht sich Herta bemerkbar. Er kommt auf sie zu und begrüßt sie mit: ‚Hallo Brilli' oder bist du es nicht?"

Sie erwidert: „Doch Big Brother, ich bins. Komm setz dich."

„OK, trink deinen Kaffee aus, denn hier wollen wir bestimmt nicht bleiben."

Herta trinkt aus, steht auf, bezahlt am Tresen und beide verlassen gemeinsam das Lokal. Draußen führt er sie um die Ecke zum Parkplatz des Cafés zu seinem BMW. Er hält ihr sogar die Tür auf und Brilli steigt erwartungsvoll ein. Als auch er sich hingesetzt hat und den Motor startet, fragt sie:

„Und wo fährt uns Big Brother jetzt hin?"

„Nur ein kleines Stückchen, weil ich wohne in Dransfeld."

Die Fahrt dauert nicht lange und sie biegen ziemlich am westlichen Stadtrand vom Dransbergweg in die Straße ‚Im Borne' ein. Da meint Herta.

„Was für komische Straßennamen es gibt_Im Borne, was das auch immer ist, aber bald müssen wir da sein, du wohnst doch Nummer 13, oder?"

„Wie kommst du darauf?"

„Weil 13 eine Glückszahl ist."

„16 ist aber auch eine Glückszahl, denn ich habe dich gefunden, also hatte ich Glück! OK?"

Sie gehen die Treppe hoch, denn er bewohnt eine kleine Wohnung im Dachgeschoss. Es ist ein Siedlungshaus mit einer zweiten Wohnung im Erdgeschoss.

Er zeigt auf die Couch und sagt:
„Setz dich!"

Dann stellt er zwei Schnapsgläser auf den Tisch und fragt:
„ Oder willst du gleich einen Joint?"

Darauf Brilli:
„Lass uns erst ein bisschen über Mathe reden."

Jetzt Big Brother:
„Da brauchen wir nicht viel zu reden. Du bekommst ein kleines Gadget, das steckst du dir vor der Prüfung ins Ohr. Das Ding hört die Frage und flüstert dir schnell die Antwort ins Ohr."

„Und wann gibst du mir das Ding?"

„Erst trinken wir einen Schluck!"

Er öffnet eine neue Flasche, was Herta schon beruhigt, weil sie darin keine K.-O.-Tropfen befürchten muss.

Sie prosten sich zu und Herta sagt:

„Nun will ich erst einmal das winzige Ding sehen, sonst muss ich ja glauben, dass du es überhaupt nicht hast und nur mogelst!"

Da steht er auf, geht zu einer Kommode, öffnet die obere Schublade und nimmt ein Schächtelchen heraus.

Jetzt kommt er zurück und öffnet die Schachtel vor ihren Augen.

„Das sieht ja aus wie ein Hörgerät?"

„Ja, so sieht es aus, aber es ist keins, sondern ein Wunderteil."

Herta greift danach und will es haben. Da nimmt er es ihr weg und sagt:

„Brilli, natürlich bekommst du das Teil, aber erst wird bezahlt!"

„Was soll das denn heißen?", fragt Brilli.

Da fasst er in ihren Ausschnitt und reißt daran so heftig, dass gleich drei Knöpfe wegfliegen und sie schreit:

„Hände weg von meinem Busen!"

Dazu will er ihr den Mund zuhalten, doch das war ein Griff zu seinem Nachteil. Sie erfasst seine Hand, dreht sie kurz um und schon liegt er unter dem Tisch. Es war ein Fehler, sich mit einer Judoka anzulegen.

Gleichzeitig pocht es laut an der Tür und man hört:

„Öffnen Sie! Polizei!“

Da wird auch schon die Tür aufgestoßen und der erste Polizist, der eintritt, fragt:

„Wo ist der Bursche?“

Und Herta antwortet:

„Unter dem Tisch!“

Nun betreten auch ihre Kollegen das Zimmer und Markus legt dem Angreifer Handschellen an, mit den Worten:

„Ich nehme Sie fest wegen versuchter Vergewaltigung und mehrfachen Mordes an drei jungen Frauen.“

Alle gehen aus dem Haus Nr. 16, Im Bornen in Dransfeld und verlassen den Tatort. Bernd bringt die tapfere Herta, alias Brilli, wohlbehalten zurück zu ihrer Wohnung.

# MITTWOCH

Am Morgen wird der Inhaftierte gleich in den Verhörraum gebracht. Dorthin begeben sich auch Bernd und Herta.

Bernd beginnt:

„Bitte nennen Sie Ihren Namen und machen Sie Angaben zur Person!"

Müller:

„Ich bin Martin Müller, 40 Jahre alt, von Beruf Lagerist, und wohne in Dransfeld, Im Borne 16. Hier ist mein Persi."

Herta fragt:

„Herr Müller, woher wussten Sie etwas von einem ‚aide in ear', was sonst kein Mensch kennt? Haben Sie das von Moritz Schubert erfahren?"

Müller:

„Wer soll das sein? Den Namen höre ich zum ersten Mal."

Herta:

„Herr Müller, warum haben Sie sich mit mir ausgerechnet in dem China Restaurant am Rande der Stadt verabredet, wo es doch unendlich viele Treffpunkte gibt?"

„Das hat der andere ja auch so gemacht."

„Moment mal, wer ist der andere überhaupt?

„Mein Cousin hat mir den ganzen Text gegeben, den der andere an Clara geschickt hat."

Jetzt wird Bernd wieder konkret:

„Woher kennen Sie eine Clara und wie lautet der vollständige Name?"

Müller:

„Das ist Clara von Hohenberg, die Freundin von meinen Cousinen Lara und Sarah. Die hatte einen Chat mit einem anderen und sich mit dem verabredet. An dem Abend war Clara bei meinen Cousinen und wollte gerade los, zum Treffpunkt und verschwand. Weil sie aber ihr Tablet vergessen hatte, kam sie wieder zurück, um es zu holen. Inzwischen hatten Lara und Sarah sich den Chat angesehen.

Später haben wir einfach so darüber gesprochen und ich fand, dass das eine geile Idee ist und wollte sie ausprobieren. Es hat ja auch geklappt, beinahe, aber nur weil Sie gekommen sind."

Bernd:

„Herr Müller, was Sie getan haben, ist eine versuchte Vergewaltigung und die ist strafbar. Sie werden anschließend dem Haftrichter vorgeführt.

Damit ist die Vernehmung beendet.

Während die Beamten wieder zurück an ihre Arbeitsplätze gehen, begleiten zwei Polizisten Müller zum Haftrichter.

Uli ruft die Mitglieder der SOKO zusammen und konstatiert:

„Das war ja wieder ein Volltreffer. Da erzählen die Cohnertschen Zwillinge der näheren Verwandtschaft den ganzen Chat von Clara und sofort findet sich ein

Cousin als Trittbrettfahrer und wir lassen unsere Herta ins offene Messer rennen. Entschuldigung Herta, das tut mir leid."

Herta meint dazu lakonisch:
„Es war mir ein Vergnügen, den liebestollen aufgeheizten Müller unter den Tisch zu legen!"

Nun stehen wir wieder vor der alten Aufgabe, doch mit neuen Erkenntnissen.

Jörg meldet sich vorsichtig zu Wort:
„Chef, ich will ja nicht drängeln und mich auch nicht wiederholen, aber sollten wir nicht doch den Bauern befragen, der den halbtoten Wanderer in die Katharinenklinik gebracht hat?"

Markus sagt dazu:
„Jörg, was soll uns der Bauer denn Neues sagen? Benno hat von den Eschweger Kollegen doch schon erfahren, dass ein Bauer, der auf dem Heimweg war, den Unfall gemeldet hatte. Und aus der Zeitung wissen wir, dass er den fast verdursteten Wanderer in die Kurklinik kutschiert hat. Was soll er denn berichten, was uns noch fremd ist?"

Jörg erwidert:
„Markus, woher willst du wissen, dass es derselbe Bauer war, denn er ist gewiss nicht der einzige im Landkreis Eschwege."

Nun kommt Uli wieder ins Spiel:
„Also, wir haben schon so viel versucht, da soll es doch an einem Besuch bei einem Bauern nicht scheitern.

Außerdem leidet unsere Herta, wie Ihr wisst, manchmal an einer quälenden Migräne. Und weil in der Kurklinik speziell solche Schmerzpatienten behandelt werden, wäre es eine geschickte Kombination mit einem sozialen Aspekt zu Gunsten von Herta. Ebenso, lieber Jörg, kann es sein, dass auch ein Angestellter der einsamen Klinik etwas von dem Busunglück erfahren hat, was uns bislang verborgen blieb. Also lege ich fest:
„Herta und Benno, Ihr fahrt dorthin. Wir wollen keine Zeit verlieren, deshalb startet Ihr schon morgen früh. Ende.“


Nun geht Benno zu Herta, nimmt sich einen Stuhl, stellt ihn neben sie, setzt sich hin und spricht Herta an:
„Da haben wir beide morgen einen langen Tag miteinander vor uns. Es ergibt sich doch gewiss das eine oder andere Viertelstündchen, in dem wir den Dienst vergessen und ein bisschen privat sind. Wir arbeiten schon lange gut zusammen, doch wissen wir noch nicht viel voneinander. Wie denkst du denn darüber?“

„Du hast schon recht, private Worte haben wir in der Vergangenheit noch nicht oft gewechselt. ich fände es auch gut, weil ich dich nicht nur als Kollegen nett finde und gern etwas von deinem Alleinsein erfahren möchte.“

„Das freut mich wirklich, dass du auch so denkst. Da erwartet uns morgen ein Arbeitstag, an dem es nicht nur „Dienst nach Vorschrift“ geben wird.“

# DONNERSTAG

Es sind nur 80 Kilometer, die die beiden bewältigen müssen. Das Problem ist aber nicht die Entfernung, sondern die Frage, wo sie im großen Treffurter Stadtwald das Häuschen des Bauern finden sollen. Benno hat als erstes Ziel Katharinenberg eingegeben, weiß aber, dass er vorher in Richtung Süden abbiegen muss. Sie haben alles was wichtig sein könnte, eingepackt und sind schon sehr gespannt, was ihnen der heutige Tag bringen wird.

Zuerst nimmt Benno die B 27, weil sie weniger befahren ist, als die A 38. Auf die kommt er erst bei Friedland und von hier geht es weiter in Richtung Osten. Doch bald müssen sie die Autobahn verlassen und auf Bundesstraßen weiterfahren, bis sie schließlich nur noch auf Landstraßen ihrem Ziel näherkommen. Schnell erkennen sie, dass hier das Straßennetz nur sehr spärlich ausgebaut ist. Sie fahren langsam und genießen die Ruhe des Waldes. Allerdings wissen sie noch nicht genau, wo ihr Ziel liegt. Endlich erreichen sie die Unfallstelle auf der L 1019 und legen auf dem Wanderer - Parkplatz eine Pause ein.

Beide suchen sich einen Tisch mit einer Bank, der etwas am Rande steht. Dieser Parkplatz ist erst nach der Wende entstanden und so gestaltet, wie es fast überall bei den „Wanderer-Parkplätzen" die Regel ist. Als sie aussteigen, greift Herta nach einem kleinen Karton, den sie mitgenommen hat, ohne dass es Benno aufgefallen wäre. Sie stellt ihn auf den Tisch und sagt zu Benno:

„Komm, mach schon auf die kleine Wunderkiste!"

Vorsichtig öffnet Benno den Deckel und er entdeckt zwei belegte Brötchen, zwei gekochte Eier und einen kleinen Salzstreuer. Da sagt er erstaunt:

„Dass du daran gedacht hast, finde ich toll, aber so etwas habe ich schon geahnt und deshalb gehe ich schnell noch einmal zum Auto und bin gleich wieder da."

Benno kommt zurück und hat zwei kleine Flaschen Fruchtsaft dabei.

Nach diesem eingeschobenen Picknick setzen sie die Fahrt ganz „dienstlich" fort. Nur 800 Meter westlich verläuft die Grenze zwischen Hessen und Thüringen. Vor 1989 war es noch die innerdeutsche Grenze. Entlang dieser Grenze, die quer durch Deutschland verlief, war der 10 Meter breite, sogenannte Todesstreifen. Es war gepflügter Erdboden, damit man Fußtritte erkennen und nachverfolgen konnte. Auf diesem Streifen durften kein Gebäude, kein Gebüsch und kein Baum stehen. Es musste freie Sicht gegeben sein, damit die Grenzsoldaten jede Person sofort erkennen konnten. Wer auf diesem Streifen gesehen wurde, war gnadenlos zum Tode verurteilt und wurde ohne Warnruf sofort erschossen. Nachts war dieser Todesstreifen auf der gesamten Länge hell beleuchtet wie ein Fußballstadion. In gewissen Abständen waren Wachtürme aufgestellt, die Tag und Nacht besetzt waren. Die Staatsgrenze verlief genau auf der westlichen Seite des Streifens und wurde durch einen Stacheldrahtzaun gesichert. Auf der östlichen Seite war neben dem Todesstreifen ein 500 Meter breiter Schutzstreifen. Auf der gesamten Länge war daneben ein betonierter Plattenweg angelegt, damit Fahrzeuge der

Grenztruppen ungehindert fahren konnten. Neben diesem Schutzstreifen befand sich eine 5 Kilometer breite Sperrzone. Die Bewohner dieses Gebietes durften es nur verlassen mit einem speziellen Vermerk in ihrem Personalausweis. Besuchern war das Betreten dieses Gebietes nur erlaubt, wenn sie einen vorher beantragten Passierschein erhalten hatten. Auf der Seite zur übrigen DDR stand ebenfalls ein Stacheldrahtzaun, der oben unisolierte Hochspannungsleitungen besaß. Dazwischen standen Kontrolltürme und andere Grenzschutzeinrichtungen. Da das gesamte Sperrgebiet für Fußgänger, außer den Grenzern, gesperrt war, konnte sich dort eine besondere Pflanzen- und Tierwelt entwickeln, weil es keine menschlichen Feinde gab.

Herta und Benno fahren mit dem PKW durch das Waldgebiet, solange es möglich ist. Straßen gibt es keine, denn sie waren zu DDR-Zeiten unerwünscht, weil sie eine Republikflucht erleichtert hätten. Deshalb versucht Benno stundenlang auf Waldwegen dem Ziel näherzukommen. Es war mittlerweile schon 14:00 Uhr und noch immer haben sie weder eine Ortschaft noch den Bauern gefunden. Da hat Benno eine Blitzidee. Er ruft die Eschweger Feuerwehr an und bittet um Amtshilfe. Jetzt bekommt er eine genaue Wegbeschreibung, die sie zu dem einsamen Bauernhäuschen bringt. Es steht auf einem langgezogenen Hang, der in etwa 150 Metern in einen dichten Wald übergeht. Eine Grundstücksmarkierung ist zwar nicht vorhanden, doch in dieser ruhigen Einöde auch nicht erforderlich, da weit und breit kein weiteres Wohnhaus steht. Lediglich dort, wo der Wald beginnt, erkennen sie ein kleines Holzhaus, und links davon befindet sich ein Bungalow. Hinter dem Bauernhaus sehen sie ein weiteres Gebäude, ähnlich einer Scheune oder einem Stall. Herta und Benno gehen langsam weiter und erblicken ebenfalls auf der Rückseite einen kleinen Garten und weiter entfernt eine große Wiese und daneben Ackerflächen. Nun wollen sie aber die Bewohner sprechen Herta klopft an. Gleich öffnet eine ältere Frau die Tür und sagt:

„Wir haben Sie schon gesehen, doch wir ahnten nicht, dass Sie zu uns kommen wollen."

Jetzt stellen sie sich erst einmal vor und beginnen, zu fragen:

„Wir kommen aus Göttingen und sind beauftragt, um weitere Einzelheiten zu dem Busunglück zu erfragen."

Inzwischen kommt auch der Bauer dazu und beginnt eine längere Geschichte. Man merkt es beiden an, dass sie selten Gelegenheit haben, sich mit anderen Menschen zu unterhalten.

„Ja, das ist eine furchtbare Sache mit dem Busunglück. Ich kam gerade aus Treffurt und sah plötzlich einen brennenden Bus. Da habe ich sofort die Feuerwehr angerufen, weil es eine Bürgerpflicht ist, so etwas sofort zu melden. Dann wartete ich so lange, bis sie ankamen und bin dann weiter nach Hause gefahren, weil ich leider nicht helfen konnte.

Aber zwei Tage später hatten wir beide vor unserer Haustür ein seltsames Erlebnis. Ich wollte abends noch einmal in den Stall zu unseren beiden Kühen gehen, da sehe ich im Gras eine Gestalt auf der Seite liegen in ganz gekrümmter Haltung. Ich rief sofort nach Elfriede und wir sahen, dass es ein Mann war, der sich seine graue Jacke fast über den Kopf gezogen hatte. Wir sprachen ihn an, doch er sagte nichts. Da holte Elfriede ein Glas mit Wasser und reichte es ihm. Sofort schlürfte er hastig in sich hinein. Dann packten wir ihn beide an und schleppten ihn ins Wohnzimmer auf das Sofa. Elfriede gab ihm noch einmal Wasser und sogar ein drittes Glas hat er geleert. Er war gewiss lange unterwegs gewesen ohne zu trinken. Wir versuchten, mit ihm zu sprechen, doch er sagte kein Wort. Immer wieder fielen seine Augen zu, als seien seine Augenlider aus Blei. So schlief er stundenlang. Auf seiner Jacke befand sich so ein Ansteckschild mit seinem Namen: ‚Joseph Thal'.

Am nächsten Morgen musste er unbedingt zu einem Arzt. Und so legten wir viel Stroh auf unseren Pritschenwagen, hoben den Mann darauf, spannten unser Pferd davor und fuhren ihn hinauf in die Kurklinik in Katharinenberg. Dort übergaben wir ihn den Ärzten. Danach fuhren wir wieder nach Hause, setzten uns ins Wohnzimmer und beteten für seine Besserung. Das hatte geholfen.

Sie müssen wissen, dass wir hier in einer sehr christlichen Gegend leben. Hier war ja vor der Wende noch DDR. Da wollte man vom Christentum nichts wissen. Aber wir im Eichsfeld zeigten oft Widerstand. In Bad Heiligenstadt war es besonders kritisch. Am Ersten Mai mussten in der DDR alle marschieren. Aber die

Eichsfelder Christen wollten es nicht. Das konnten die Genossen aber nicht hinnehmen und griffen zu einer List: Jeder Fabrikarbeiter aus Heiligenstadt bekam 15 Mark, wenn er mitdemonstrierte. Das kann sich heute keiner mehr vorstellen."

„Danke, das war ja sehr aufschlussreich. Aber wie ging es mit dem Mann weiter?"

„Drei Tage darauf kamen zwei Pfleger aus der Klinik und brachten Joseph Thal wieder zurück. Sie sagten, er sei gesund und sie hätten kein Bett für ihn frei. Da meinte meine Frau, dass er ganz unten in das Eingangshaus ziehen könnte, dort findet der alles was er braucht. Versorgen muss er sich selbst, denn für einen Wanderer ist der Fußweg zum Wochenmarkt nach Katharinenberg nicht zu weit. Wir versuchten, ihm alles zu erklären, merkten aber schnell, dass er vieles gar nicht verstand, nicht antwortete, sondern nur immer sagt:
'Weiß ich nicht!'

In dem Eingangshaus lebt er noch immer. Ich weiß auch, dass er fast täglich hoch in die Kurklinik geht. Manchmal darf er auch mit meinem alten Auto hochfahren, ich benutze es selten. Leider weiß ich auch nicht mehr."

„Sie haben recht, dass wir bestimmt noch nähere Informationen in der Klinik bekommen, doch das schaffen wir heute nicht mehr" meint Herta.

„Und denken Sie, dass hier in der Nähe ein Hotel auf Sie wartet?"

„Und was raten Sie uns?"

„Also, wenn Sie möchten, dann können Sie in unserem bescheidenen Gästehaus schlafen!"

„Ist das jetzt ein netter Scherz zur Stimmungsaufbesserung oder wo soll hier ein Gästehaus sein?"

„Wir haben etwa 100 Meter zum Wald hin einen Bungalow, der war früher von Grenzsoldaten bewohnt, doch jetzt steht er leer. Es ist elektrisches Licht drin und draußen eine Pumpe und ein Toilettenhäuschen! Ich vermiete es gelegentlich an Wanderer."

„Das schauen wir uns gern einmal an."

Nun gehen die müden Polizisten hinter dem Bauern her. Er schließt das Haus auf und knipst das Licht an. In der großen Wohnstube stehen zwei Sofas, ein großer Tisch für sechs Personen und nebenan ist das Schlafzimmer, sogar mit zwei Betten. Die beiden sehen sich das an und meinen, dass es für eine Nacht schon gehen würde. Der Bauer lässt sie allein und geht zurück zum ‚Haupthaus.' Im Weggehen sagte er aber noch:

„Bei uns ist noch keiner verhungert und wenn Sie wollen, dann kommen Sie gegen sieben Uhr hoch zu einem Grillabendbrot im Freien!"

Das wollen sich die beiden Polizisten nicht entgehen lassen und so legen sie die Dienstkleidung ab und gehen zur angesagten Zeit im bequemen Freizeitoutfit zu den Bauersleuten.

Der Holzkohlegrill ist schon angeheizt und davor stehen zwei selbst gezimmerte Bänke und ein kleiner Tisch, den der Bauer natürlich auch selbst hergestellt hat.

Sie nehmen Platz und Elfriede erscheint mit einem Teller, worauf kleine Fleischstücke liegen. Dazu sagt sie:

„Heut Abend gibt es eine thüringische Spezialität: ‚Thüringer Rostbrätel‘ mit Brot. Wollen Sie, Frau Polizistin, wissen, wie die gemacht werden?“

„Aber natürlich wüsste ich das gern, wenn es hier eine Spezialität ist!

„Also, das geht so. Eine Flasche Bier wird mit Senf und Majoran verrührt und mit Pfeffer und Salz kräftig gewürzt. Die Scheiben vom Schweinekamm werden geklopft. Das alles kommt in eine flache Schale und darauf legen Sie die Kammscheiben. Jetzt Zwiebel schälen und in dünne Ringe schneiden, Knoblauch schälen, in feine Scheiben schneiden oder durch die Knoblauchpresse drücken. Zwiebelringe und Knoblauch auf dem Fleisch verteilen. Mit der übrigen Marinade übergießen, bis alles bedeckt ist. 24 Stunden zugedeckt kaltstellen.

Das machen Sie am Vortag. Ich habe es gestern schon vorbereitet. Heute werden die marinierten Scheiben gegrillt. Auf beiden Seiten etwa eine Viertelstunde, wobei Sie die Scheiben ab und zu wenden sollten. Aber das wissen Sie als Hausfrau selbst.

Zu den Rostbräteln isst man trockenes Brot und die Männer trinken natürlich Bier. Ich persönlich schlage da aus der Art, denn ich trinke dazu die gute Buttermilch von unseren Kühen."

„Die möchte ich dann auch einmal probieren!"
ergänzt Herta.

Inzwischen hat Karl die ersten Kammscheiben schon aus der Schale genommen und auf dem Grill verteilt.

Bevor er wieder ins Haus geht, fragt er Benno:
„Möchten Sie auch ein Bier haben, denn ihr Dienst ist ja vorbei?"

„Ja, gern!"

Karl Hagen, so ist der Name des Bauern, kommt zurück und hält in der Hand zwei Flaschen „Wernersgrüner Pilsener". Dann verteilt er die leckeren Rostbrätel und setzt sich dazu.

Die Runde ist komplett und man merkt, dass es allen schmeckt. Die Männer prosten sich zu und die beiden Frauen trinken die bekömmliche Buttermilch aus eigener Produktion.

Elfriede meint:
„Schmeckt die Milch nicht köstlich? Da ist nur reine Natur drin, keine Schadstoffe und keine Chemie. Unsere Wälder sind sauber und grün, genauso wie der Rasen auf unserer verpachteten Wiese."

Da setzt Benno die Flasche ab und fragt verwundert:
„An wen haben Sie denn hier die Wiese verpachtet, es ist doch keiner da weit und breit?"

„Muss auch nicht, die Wiese habe ich an die Regierung verpachtet!"

„Also jetzt werde ich aber richtig neugierig. Wozu braucht die Bundesregierung Ihre Wiese?"

„Lieber Herr Polizist, das ist nicht schnell beantwortet, da müsste ich weiter vorn anfangen."

Wie aus einem Munde kommt es von Herta und Benno:
„Ja, bitte tun Sie das! Wir sitzen so schön und gemütlich in der Runde, da passt Ihre Geschichte gewiss gut dazu".

„Nun gut und mit ‚Geschichte' haben Sie recht, Frau Polizistin".

Da hakt Herta ein:
„Wir sind jetzt privat und da bin ich einfach Herta und mein Kollege mit der Flasche Bier ist ‚Benno'."

Da meldet sich vom Grill auch der Bauer:
„Ich bin schon seit eh und je der Karl und meine Frau ist die Elfriede."

Jetzt kann Karl die Geschichte beginnen:
„In den Sechzigerjahren wurde die Sicherung der Staatsgrenze verstärkt vorangetrieben. Eines Tages kamen zwei Männer zu uns und erklärten, dass sich unser Grundstück in einer Sperrzone befindet. Da erläuterte der eine mit dem Ledermantel das so:

‚Es gibt für Sie nur zwei Möglichkeiten: Entweder, Sie verlassen ihr Grundstück für immer und bekommen eine Entschädigung oder Sie bleiben hier, und bekennen sich zu unserem ‚Arbeiter und Bauernstaat! Das bedeutet, dass Sie gewisse Aufgaben übernehmen. Ist das klar?‘

Da sagte ich: Nein, das ist nicht klar. Soll ich jetzt Spitzel werden?‘

‚Nein, sie werden tätig als Hausmeister!‘ Überlegen Sie sich das, dafür haben Sie genau 24 Stunden Zeit, dann sind wir wieder hier! Auf Wiedersehen!‘

Das war für uns beide natürlich ein Schock. Unser geliebtes kleines Haus, unser Grundstück und unser Vieh einfach verlassen und das für immer? Das konnten wir uns nicht vorstellen. Aber dass ich als ehemaliger Holzfäller und Bauer plötzlich mit fünfzig Jahren als Hausmeister in den Staatsdienst komme, konnte ich schon gar nicht begreifen. Doch schnell war ich mir mit meiner Elfriede einig: Wir gehen von hier nicht weg.

„Am nächsten Tag standen die beiden wieder vor der Tür und fragten uns: ‚Wie haben Sie sich entschieden?‘ Da antwortete ich sofort: Wir gehen hier nicht weg!‘

„Gut, dann setzen wir uns und erklären Ihnen, was passiert: Sie beide sind von diesem Augenblick an Geheimnisträger und dürfen das Gebiet ohne besondere Genehmigung nicht mehr verlassen. In der Nähe Ihres Hauses wird am Waldrand eine Baustelle eröffnet. Dort wird ein Atombunker gebaut. Dieser liegt etwa 15 Meter unter der Erdoberfläche und ist für zehn Familien ausgelegt. Der Innenraum ist mit Elektrizität, Wasserversorgung und einer Anlage zur Fäkalienbeseitigung versehen. Im Falle eines Atomkrieges finden dort besondere Genossen der

Behörden und der Parteiorgane einen sichern Aufenthalt. Die Lebensmittel reichen für 14 Tage.

Ferner werden wir als Verantwortliche für die Bauausführung von Ihnen eine 100 mal 100 Meter große Fläche pachten, auf der Sie eine Wiese anlegen werden. Darauf darf kein Strauch, kein Baum und kein Gebäude stehen. Der Rasen muss kurzgehalten werden. Dieser Platz dient im Ernstfall als Landeplatz für Hubschrauber, der die Bunkerbewohner einfliegt.

Sie erhalten dafür von uns eine jährliche Pacht, werden eingestellt als Hausmeister und sind für das über dem Bunker entstehende Eingangshaus verantwortlich. Es wird ein landschaftstypisches Holzhaus errichtet. Ferner bauen wir weiter oben, das heißt zu ihrem Haus hin ein zweites Holzhaus für die Grenzsoldaten, denn die Baustelle muss ununterbrochen bewacht werden. Auch für dieses Haus sind sie verantwortlich. Für diese Tätigkeit werden sie entlohnt. In den nächsten Tagen rücken Baufahrzeuge an. Jegliche Gespräche mit den Beschäftigten sind untersagt."

So kam es dann auch. Tag und Nacht wurde gebaut bis alles fertig war. Im Bunker war eine Wasserleitung vorhanden, aber im sogenannten Eingangshaus und im Schlafhaus der Grenzer durfte das nicht sein, da kamen gewöhnliche Pumpen hin und daneben jeweils ein Plumpsklo.

Benno fragt nun:
„Das ist unfassbar, was damals alles in der DDR geschah und welche Unsummen dafür ausgegeben wurden. Das

hat ja keiner von uns in der BRD gewusst. Aber was sollte denn sein, wenn es wirklich einen Atomangriff gegeben hätte?"

Karl kennt die Antwort:

„Dann wären nach vierzehn Tagen die Genossen ans Tageslicht gekommen, hätten festgestellt, dass alles kaputt ist und kein Mensch mehr lebt, aber sie hätten trotzdem angefangen, den Sozialismus aufzubauen. Aber Ihr müsst wissen, dass in der DDR etwa 30 solcher wahnsinnig teuren Atombunker geschaffen wurden. Jeder Bezirk hatte Zugang zu mindestens einer dieser Festungen."

Alle lächeln und schmunzeln ob dieser Ideologie eines Neuanfanges.

Aber Benno hat dennoch eine Frage:

„Sag mal Karl, was ist mit dem Atombunker jetzt?"

„Den gibt es noch, aber der Zugang ist versperrt. Ihr hättet ihn ja sonst gesehen, denn das Eingangshaus ist geblieben und dient uns ebenso wie der Bungalow als Ferienwohnung für unsere Gäste."

„Und wer ist nach der Wende der Eigentümer, denn Atombunker braucht heut keiner mehr?"

„Benno, du wirst es nicht glauben. Nach der Wende wurde zwangsläufig die Nationale Volksarmee aufgelöst und Mann und Maus gehörten von heute auf morgen zur Deutschen Bundeswehr. Das war für die Soldaten ganz einfach wie ein Kommando: "Abteilung - kehrt! - Im Gleichschritt - Marsch!"

Aber damit war auch die Bundeswehr plötzlich zuständig für die nicht mehr notwendigen Bunker. Sie hätte sie entweder renaturieren müssen, was natürlich aus Kostengründen nicht machbar war oder sie zumauern und unzugänglich machen. Das kostete natürlich auch Geld, und das war knapp. Also war wie so oft, das Volk gefragt. Im wahrsten Sinne des Wortes wurde ich von einem Verantwortlichen gefragt, ob ich für den symbolischen Preis von 1 Euro das Areal inklusive Atombunker kaufen möchte. Da habe ich nicht lange gezögert und das gesamte Grundstück mit den beiden Gästehäusern und dem Bunker gekauft, samt Inventar. Ich hatte mir in den Kopf gesetzt, das zu einem Museum zu machen. Aber leider merkte ich recht schnell, dass ich mich übernommen hatte und ließ alles beim Alten."

„Mit der Umgestaltung des Bunkers zu einem Museum hattest du aber eine sehr, sehr gute Idee!"

Sie sitzen noch lange friedlich zusammen und jeder hat etwas zu erzählen aus seinem privaten Leben. Dann verabschieden sie sich und werden für morgen früh zu einem ‚Bauernfrühstück' eingeladen.

Herta und Benno gehen gut gelaunt zurück zu ihrem Bungalow. Keiner von ihnen hat das Gefühl, dienstlich unterwegs zu sein. Die Nacht ist hereingebrochen, und von Ferne hört Herta sogar den Gesang einer Nachtigall. Aber auch Käuzchen hört man rufen, sonst herrscht hier Stille. Nach einer längeren Sprechpause zwischen beiden sagt Herta:

„Benno, so hört sich Frieden an! Gute Nacht!"

241

Benno schließt die Tür auf und sie gehen hinein. Dabei empfindet er dieses seltsame Gefühl, als wäre es schon ihr erstes gemeinsames Zuhause. Herta schaut ihn an, erfasst seine beiden Schultern und zieht ihn vorsichtig näher zu sich. Auch Herta fühlt sich glücklich und gibt Benno einen Kuss. Für einige Sekunden rühren sie sich nicht von der Stelle, als könnte jede Bewegung diese Nähe stören. Dann gehen sie ins Wohnzimmer und setzen sich beide noch für eine kleine Weile auf das alte, aber gut gepolsterte Sofa. Sie haben sich viel zu sagen, aber mit nur wenigen Worten.

# FREITAG

Am nächsten Morgen kommen beide wieder in Dienstkleidung zum Frühstück.

Bevor sie die netten Bauersleute verlassen, bedanken sie sich herzlich und wünschen ihnen noch alles Gute. Dann fährt der Streifenwagen nach Katharinenberg zur Kurklinik.

Dort fragen sie sich zur Geschäftsleitung durch und landen bei einer netten, älteren Dame. Um den Hals trägt sie ein Silberkettchen und daran hängt ein kleines Kreuz. Herta fragt:

„Ich bin Kommissarin Zeidler und das ist mein Kollege Grossmann. Wir haben einige Fragen an Sie."

„Bitte, kommen Sie weiter in mein Büro. Ich bin Dr. Winter und leite schon seit vielen Jahren unsere Kurklinik. Zu uns kommen Patienten aus ganz Deutschland. Was möchte Sie wissen?"

„Ihnen ist wahrscheinlich bekannt, dass sich vor einiger Zeit in der Nähe ein tragisches Busunglück ereignet hat. Inwieweit waren Sie davon betroffen?"

„Wir gar nicht, denn dafür war allein Eschwege zuständig, außerdem haben wir auch nicht die Voraussetzungen für Notfallmedizin.

Aber uns hatte vor einiger Zeit ein Bauer mit einem Pferdewagen einen dehydrierten Wanderer gebracht, den er vor seinem Haus gefunden hatte. Er ist inzwischen in einem befriedigenden Gesundheitszustand. Leider hat er die Erinnerung an die Vergangenheit verloren. Dieses Krankheitsbild wird als Amnesie bezeichnet und kann durchaus auf eine massive Dehydrierung, einen Schock oder eine beliebige, plötzlich eingetretene Veränderung zurückgeführt werden. Als er nicht mehr bettlägerig war, bat ich ihn, in mein Büro zu kommen. Ich wollte wissen, wie sein Leben weitergehen soll. Wir alle sind von dem christlichen Leitgedanken geprägt, anderen Menschen zu helfen. So fragte ich ihn, ob er sich vorübergehend hier nützlich machen will. Als er nickte, griff ich zum Telefon, rief Ludwig an und bat ihn, ebenfalls in mein Büro zu kommen. Das ist ein selbständiger Physiotherapeut, der in einem Nebengebäude tätig ist. Dort ist neben einer Praxis für Herz-Kreislauf-Erkrankungen auch seine Praxis für Krankengymnastik und Massage untergebracht. Er kannte Joseph Thal bereits, weil er kurzzeitig zu seinen Patienten gehört hat und er ihn etwas mobilisieren musste. Ich fragte Ludwig ganz direkt, ob er nicht für eine begrenzte Zeit eine Hilfskraft braucht, da seine Praxis ja ohnehin aus Krankheits-gründen unterbesetzt ist. Ludwig stimmte zu und nahm Joseph mit.

Aber ich rufe jetzt Ludwig an, ob er einen Moment Zeit hat. Dann können Sie zu ihm gehen und er kann Ihnen besser sagen, wie es weiterging."

Frau Dr. Winter erhält sofort von Ludwig die Zustimmung, dass die beiden Kommissare zu ihm kommen können.

Sie verlassen die Klinik und betreten nach wenigen Schritten das erwähnte Nebengebäude. Im Flur kommt ihnen schon ein junger, temperamentvoller Mann entgegen und spricht sie an:

„Sie sind gewiss die beiden Kommissare, die mich sprechen möchten. Bitte treten Sie ein."

„Erraten! Ich bin Kommissarin Herta Zeidler und das ist mein Kollege Bernd Grossmann! Wir möchten etwas über Herrn Thal erfahren."

„OK, das können Sie gern. Nachdem der Patient Thal genesen war, sollte er entlassen werden. Aber Dr. Winter wollte ihn nicht in die Ungewissheit verabschieden, zumal er unter einer partiellen Amnesie leidet und damit Verständigungsprobleme hat. So nahm ich ihn auf, denn es sind allerhand Hilfsleistungen zu erbringen, die er erledigen kann. So müssen vor jeder Behandlung die Patientenliegen vorbereitet und danach wieder gereinigt werden, ebenso die verwendeten Hilfsgeräte. Dann sind die Tücher und die Wäsche zu waschen und so weiter. Er kam mir gelegen. Aber am zweiten Tag hatte ich mich gerade an einem Zwei-Zentner-Mann „ausgearbeitet" und mir war nach einer Verschnaufpause zu Mute. Da wagte ich einen kühnen Versuch: Ich zog Hemd und Hose aus, legte mich auf eine vorbereitete Patientenliege und rief:

‚Joseph, kannst du mir ein bisschen die Schultern massieren, ich bin von der letzten Massage an dem gewichtigen Mann noch geschafft?'

Da trat er an meine Liege und fing an mich zu massieren, so als ob er das nicht zum ersten Mal machen würde. Er massierte und knetete mich, wie man es bei Sportlern macht, wenn sie sich verausgabt haben.

Als er fertig war, richtete ich mich auf und fragte:

„Sag mal Joseph, bist du ein Kollege oder woher kannst du es so gut?"

Da nahm er ein Stück Papier und schrieb darauf:

‚Vater ist Heilpraktiker, habe von ihm gelernt‘.

In diesem Moment war mir klar, dass Joseph hier richtig ist. Er kann nicht nur die Hilfsdienste erbringen, sondern auch Patienten behandeln. Ich stellte ihn als Hilfskraft ein und bezahle ihn auch für seine Arbeit. Wir verabredeten uns, dass er am folgenden Tag hier bei mir anfangen konnte.

Ich hoffe, dass ich damit Ihre Fragen beantwortet habe."

Die Kommissare gehen zurück zu Dr. Winter, und sie setzt bereitwillig das Gespräch fort:

„Aber formell musste Joseph Thal aus der Klinik entlassen werden und zwei Helfer führten ihn zurück zu dem Bauern, der ihn auch gebracht hatte. Dort hat er mittlerweile eine Bleibe gefunden. Allerdings war unserem Physiotherapeuten Ludwig aufgefallen, dass er hilfsbereit ist und ein gutes Geschick besitzt, mit Patienten umzugehen. Inzwischen ist er bei Ludwig tätig und hilft unserem Physiotherapeuten, da er sich sehr feinfühlend gegenüber den Patienten verhält.

Aber das hat Ihnen bereits Ludwig alles schon erzählt.

Allerdings hat Joseph auch die Sprache insoweit verloren, dass er immer nur einen Satz sagt: ‚Weiß ich nicht!'

Wir haben aber auf seiner Jacke, mit der er hierher gebracht wurde, ein Namensschild gefunden und wissen, dass er ‚Joseph Thal' heißt."

„Ich bin zwar dienstlich hier, doch mein Chef hat mir erlaubt, Sie zu fragen, ob ich eine einmalige Behandlung wegen meiner Migräne bekommen könnte", fragte Herta.

„Ja, natürlich wird das möglich sein, doch das muss Ludwig entscheiden, weil er nicht bei uns angestellt ist. Wir schicken ihm nur die Patienten und die freuen sich, dass sie sich nicht erst irgendwo einen Physiotherapeuten suchen müssen. Sie hätten ihn gleich fragen können, doch ich rufe ihn kurz noch einmal an."

Nachdem Ludwig zugestimmt hat, geht Herta gleich wieder zu ihm zurück.

„Frau Zeidler, unsere Dr. Winter hat mir eben gesagt, dass Sie ab und an über Migräne klagen. Dagegen kann sogar eine gute und intensive physiotherapeutische Behandlung helfen. Bitte kommen Sie mit nach nebenan. Sie können alle Kleidungsstücke anbehalten, nur die Schuhe ausziehen. Legen Sie sich bitte auf die Liege. Joseph wird Sie behandeln. Joseph, schau her! Das ist Frau Zeidler und sie ist hier, um ihre Migräne loszuwerden. Bitte übernimm das."

Joseph tritt an Sie heran und sagt:

„Hm!“

Nun beginnt Joseph eine gründliche und äußerst feinfühlende Massage mit federleichten Händen. Beinahe fühlt sich Herta gestreichelt und es kehrt eine tiefe innere Ruhe ein.

Nach einer halben Stunde steht Ludwig neben ihr und sagt:

„Sie können sich jetzt wieder anziehen und sich nebenan im Bad frisch machen.“

Fast noch wie in Trance geht Herta ins Bad und verriegelt von Innen. Da spricht sie zu sich:

„Ich habe mich auf die Liege und auf den Rücken gelegt und hatte auch mein Top anbehalten. Warum lag ich auf dem Bauch als mich Ludwig angesprochen hat und warum hatte ich kein Top an. Das verstehe ich nicht. Ich kann mich nicht erinnern, dass ich es ausgezogen habe oder doch?“

Sie schüttelt noch immer den Kopf, sieht in den Spiegel und erkennt im Spiegelbild, dass hinter ihr eine graue Jacke hängt. Sie dreht sich um und tritt näher: Auf dem Namensschild steht ,Joseph Thal‘. Das also ist seine Wanderjacke, die ihn vor der nächtlichen Kälte geschützt hat. Sie fasst den Stoff an und merkt, dass sie gut gefüttert ist. Da entdeckt sie ein kleines, aufgenähtes Etikett mit der Beschriftung: Joseph Thal, JWH  SONNENSCHEIN.

Ihr Smartphone hat sie in ihrer kleinen Handtasche. Sie holt es heraus und macht sofort ein Foto von diesem Etikett.

Dann verlässt sie das Bad und verabschiedet sich von Joseph mit der Frage:

„Wie heißen Sie oder darf ich Du sagen?"

„Weiß ich nicht"

Sie geht zu Ludwig und fragt, ob ihr Kollege Benno mit seinem Smartphone ein Bild von seiner Kollegin zusammen mit Joseph machen darf.

Nun erst fragt Herta nach den Behandlungskosten, da hört sie nur:

„Das haben wir gern getan! Gute Besserung und angenehme Heimreise. Auf Wiedersehen!"

Herta steckt noch einen 20-Euro-Schein in ein kleines Sparschwein, fasst Benno an und sagt:

„Benno, komm, lass uns gehen. Nun komm schon!"

„Herta, was ist los mit dir, ich komme doch schon!"

Benno startet den Motor und fährt los. Herta sitzt still neben ihm. An der nächsten Tankstelle hält er an, weil er tanken muss. Als er getankt und bezahlt hat, kommt er aus der Tankstelle heraus und bringt zwei belegte Brötchen mit.

Herta bedankt sich und beißt in Gedanken versunken in das Brötchen.

Benno fragt besorgt:

„Herta, was ist mit dir? Geht es dir nicht gut?"

„Nein, Benno, mir geht es gesundheitlich gut, aber mich quält ein Problem."

„Herta, erzähl, das erleichtert!"

„Als ich nach der Behandlung das Bad benutzte, hing da eine graue Jacke mit dem Namensschild von ‚Joseph Thal'. Aber auf der Innenseite war ein Etikett eingenäht und darauf stand zwar auch sein Name, aber dabei noch der Schriftzug ‚JHW SONNENSCHEIN'. Ich weiß nicht, was das sein soll. Wir müssen das unbedingt herausbekommen, dann erfahren wir vielleicht mehr über Joseph."

„Natürlich machen wir das, aber das darf dich doch nicht in dem Maße belasten?"

„Nein, Benno, das ist es auch nicht allein. Da gibt es noch etwas anderes, das mich nachdenklich stimmt."

„Komm, raus damit, erzähl es mir!"

„Der Physiotherapeut brachte mich in den Behandlungsraum und sagte, ich könnte die Kleidungsstücke anbehalten, nur die Schuhe sollte ich ausziehen. Das habe ich auch getan, mich auf die Liege gelegt und dabei mir an der Decke die Täflung angesehen. Also, lag ich doch auf dem Rücken, nicht wahr?"

„Aber sicher, was ist das für eine seltsame Frage?"

„Da fing Joseph an, mich zu behandeln. Er war so was von feinfühlend, wie ich es noch nie erlebt habe. Auf einmal sprach mich Ludwig an und sagte:"

„Frau Zeidler, die Behandlung ist zu Ende, Sie können sich jetzt wieder anziehen. Da sah ich mein Top neben der Liege auf einer Stuhllehne hängen. Ich drehte mich um, denn ich lag auf dem Bauch. Aber ich erinnere mich an die getäfelte Decke, jetzt sah ich nur den gefliesten Fußboden. Wie kann das sein? Bin ich verrückt oder bilde ich mir etwas ein?"

„Komm Herta, lass es gut sein. Du bist es und genau dieselbe die gestern Rostbrätel gegessen und Buttermilch getrunken hat. Weißt du das denn noch?"

„Ja, verdammt noch mal, das weiß ich und ich erinnere mich auch noch an die verpachtete Wiese und den Hausmeister Karl!"

Unterdessen fahren sie weiter, mal auf Landstraßen, dann wieder auf Bundesstraßen bis Benno einen nach links zeigenden Wegweiser entdeckt, mit der Aufschrift: ‚Zur Stasiröhre!'

Benno bremst ab, bleibt stehen und fragt Herta:
„Wollen wir hinfahren und in die Röhre gucken?"

„Natürlich", kommt von Herta, die sich wieder etwas beruhigt hat."

Nach geschätzten zehn Kilometern erreichen sie einen kleinen Behelfsparkplatz mit einer großen Info-Tafel mit Bildern und Erklärungen. Benno parkt ein und beide steigen aus. Sie gehen näher an das Schild heran und erfahren, dass hier die innerdeutsche Grenze verlief. Die Grenzanlagen auf dem Berg wurden in den 1960er und 1970er-Jahren weiter ausgebaut. Bis zur eigentlichen Grenze war auch hier der gerodete Streifen vorhanden, der die Sperrzone bildete. Daneben war der Kolonnenweg für die Fahrzeuge der Grenzsoldaten. An einer unübersichtlichen Stelle führte eine Betonröhre unter den Grenzanlagen bis auf bundesdeutsches Gebiet, die sogenannte Stasiröhre. Hier konnten Personen unerkannt unter den Grenzanlagen hindurchgeschleust werden. Das betraf aber in erster Linie Mitarbeiter des Ministeriums für Staatssicherheit, die in der Bundesrepublik für die DDR Spionage und Agententätigkeiten auszuführen hatten.

In der DDR war es aber auch gängige Praxis, dass gewisse unerwünschte Personen in die Bundesrepublik ‚abgeschoben' wurden. Es war zwischen den Regierungen beider deutscher Staaten ausgehandelt worden, dass politisch Gefangene freigekauft werden konnten. Der Preis richtete sich nach der Bedeutung der freigekauften Person und ihrer persönlichen Situation. Er lag zwischen 70.000 und 150.000 D-Mark. Von 1963 bis 1989 hat die Bundesrepublik Deutschland insgesamt 33.755 politische Häftlinge aus DDR-Gefängnissen freigekauft. Die Gegenleistung belief sich insgesamt auf fast 3,5 Milliarden D-Mark.

Nachdem sie diese reichlichen Informationen aufgenommen hatten, wollen sie die Agentenschleuse auch ganz aus der Nähe sehen. Sie gehen ein Stück näher und stehen vor einem mannshohen, akkurat ausgemauerten Loch, das der Einstieg zu dem 30 Meter langen röhrenförmigen Tunnel ist. Sie können durchsehen und auf der anderen Seite die Wiese erkennen. Das also war der Durchgang für die DDR-Agenten, die mit dem Auftrag in die Bundesrepublik kamen, um zu spionieren und verschiedene Agentenaufgaben zu erfüllen. Nachdem

Herta und Benno sich diese geheimnisvolle Röhre angesehen haben, schütteln sie beide immer wieder den Kopf. Fahren dann aber weiter ihrem Zuhause entgegen.

# MONTAG

Die beiden Reisenden werden nicht nur von Uli sehnlichst erwartet. Kaum betritt Herta das Büro, kommt auch schon Benno dazu. Damit sie nicht jedem einzelnen die Reisebeschreibung geben müssen, lädt Uli sie zu einer SOKO-Sondersitzung ein.

Benno berichtet ihnen, wie er den ehemals ostdeutschen Bauern und seine Frau erlebt hat. Immer noch ist er beeindruckt von der Freundlichkeit und Offenheit, die ihnen beiden entgegengebracht wurde.

Herta kann genau schildern, dass sie das seltene Glück hatte, von einem sehr feinfühlenden Physiotherapeuten behandelt worden zu sein. Immer wieder stellen sich beide die Frage, ob der aufgefundene Wanderer, den der Bauer in die Klinik gefahren hat, nicht doch der Täter sein könnte. Dem Gedanken widerspricht aber die Tatsache, dass Herta von eben diesem Joseph Thal so behutsam massiert wurde. Allerdings kann sie ihr Erlebnis bei der Massage nicht länger verschweigen und beginnt:

> „Liebe Kollegen, Uli hatte mir erlaubt, dass ich mich in der Kurklinik behandeln lassen darf, da wir aus dienstlichen Gründen sowieso dorthin wollten. Doch dabei hatte ich ein Erlebnis, von dem ich mich noch nicht erholt habe.
> Der Therapeut sagte mir, ich könne meine Kleidungsstücke bis auf die Schuhe anbehalten und ich sollte mich auf die Liege legen. Das tat ich und ich erinnere mich noch ganz genau an die Deckentäflung,

denn ich lag auf dem Rücken. Nun trat wortlos dieser Joseph an mich heran und ich fragte:
„Wie heißen Sie?"

Seine Antwort war:
„Ich weiß nicht!"

Leicht irritiert von dieser Antwort blickte ich zum Therapeuten, der mich belehrte:
„Joseph leidet wahrscheinlich an einer schweren Amnesie, das heißt, dass er seine Vergangenheit einfach vergessen hat."

Ich nahm es so hin und ließ mich behandeln. Es war so wohltuend, wie ich es noch nie zuvor erlebt hatte. Ich glaube sogar, dass ich eingeschlafen bin. Plötzlich sprach mich der Therapeut an und sagte:
„Frau Zeidler, Sie können sich jetzt wieder anziehen, die Behandlung ist zu Ende."

Ich sah auf der Stuhllehne neben der Liege mein Top hängen. Dann fiel mir auf, dass ich nicht mehr die Deckentäflung sehen konnte, sondern die Fußbodenfliesen. Plötzlich stellte ich fest, dass ich auf dem Bauch lag. Wie konnte das sein?"

Nun unterbricht sie Bernd:
„Herta, vielleicht hast du dich im Schlaf gedreht?"

Jetzt aber sagt Markus:
„Bernd, das kann schon sein, dass Herta sich im Schlaf gedreht hat, aber ich glaube nicht, dass sie sich im Schlaf das Top ausgezogen und über die -Stuhllehne gehängt hat."

Jörg fragt weiter persönlich:

„Kann es sein, dass du durch ein sogenanntes „Schlafmittel" von letzter Nacht noch in einem Trance-Zustand gewesen bist?"

Nun kommt Uli zu Wort:

„Aber Jörg, du unterstellst doch Herta nicht, dass sie kifft oder dass sie Schlaftabletten nimmt!"

Jetzt hat Markus eine Idee:

„Der sanfte Joseph hat dich in einen hypnotischen Schlaf versetzt, wer weiß, was er noch mit dir angestellt hat?"

Damit hat Jörg jetzt Oberwasser bekommen:

„Ja, ich weiß, dass es so etwas tatsächlich gibt".

Herta möchte sich weiter dazu äußern:

„Jörg, ich habe das ganze Wochenende gegrübelt und gegoogelt. Schließlich bin ich auf einen Artikel gestoßen mit dem Titel:

*,The loss of memory of events through massive hypnosis'*

und auf Deutsch:

*,Der Erinnerungsverlust an Ereignisse durch massive Hypnose.'*

Es gehört gewiss eine außerordentliche mentale Kraft dazu, so etwas zu vollbringen. Ob ein Mensch mit dem Befund einer schweren Amnesie dazu in der Lage ist, wage ich zu bezweifeln.

Aber ich habe noch etwas zu berichten:

Als ich nach dieser Massage nebenan ins Bad ging, um mich wieder frisch zu machen, sah ich die Jacke von Joseph hängen. Darauf befand sich auf dem linken Revers das Namensschild: Joseph Thal. So weit, so gut. Dann schaute ich mir die Innenseite an und da entdeckte ich ein Etikett mit seinem Namen und einen Schriftzug: JWH SONNENSCHEIN. Was das bedeutet, soll einer von euch herausbekommen, ich lerne jetzt Hypnose."

Uli dankt für die gewissenhafte Erledigung der Dienstaufgabe, für die Informationen und beendet die Sondersitzung der SOKO.

Benno ist inzwischen wieder im Internet und sucht mögliche Inhalte für die Abkürzung ‚JHW'. Wider Erwarten, findet er schnell den Klarnamen: Jugendwerkhof ‚Sonnenschein'. Die Adresse steht daneben und er stellt fest, dass es nur 40 km dorthin sind. Er informiert Uli und schon saust er mit seinem Streifenwagen zum JWH Sonnenschein.

Er kommt zu einem großen, von einer Mauer umgebenen Grundstück. Es sieht aus, als wäre es einmal ein Herrschaftssitz eines Großgrundbesitzers gewesen. Am Eingang steht neben einem hohen, verschlossenen, zweiflügeligem Holztor so etwas wie ein kleines Pförtnerhäuschen. Und als er einen Blick vorbei an dem Pförtner auf das Grundstück wirft, sieht er, dass sich die gestrandeten Jugendlichen, die resozialisiert werden sollen, im gesamten Gelände frei bewegen können. Benno stellt sich dem älteren Herrn hinter dem Besucherfenster vor:

„Ich bin Kommissar Grossmann, komme aus Göttingen und möchte den Heimleiter sprechen."

„Bitte warten Sie einen Moment."

Dann öffnet er ein kleines Fenster und ruft heraus auf den Hof:

„Monika, komm bitte einmal her. Bringe den Kommissar zu Direktor Weingard! Danke dir.

Ein etwa 14-jähriges, freundliches Mädchen, mit T-Shirt und Jeans bekleidet, führt Benno in das Haupthaus, klopft an und lässt den Kommissar eintreten.

„Guten Tag Herr Weingard, ich bin Kommissar Grossmann, komme aus Göttingen und hätte gern von Ihnen eine Auskunft."

„Natürlich gern, wenn ich helfen kann."

„Herr Weingard sagt Ihnen der Name ‚Joseph Thal' etwas?"

„Aber ja doch, er ist einer unserer Erzieher, leider aber seit seinem letzten Kurzurlaub nicht zurückgekehrt. Wissen Sie denn etwas?"

„Ja, ich habe vorige Woche mit ihm gesprochen. Er hatte sich wahrscheinlich bei einer Wanderung sehr verlaufen und wurde bewusstlos und stark dehydriert aufgefunden. Er leidet unter einer schweren Amnesie und kann deshalb nicht sagen, wie er heißt."

„Entschuldigung, woher wissen Sie denn, dass er es ist?"

„Wir haben in seiner Jacke dieses Etikett gesehen, das ich Ihnen hier im Smartphone zeigen kann."

„Ja, genau, das ist unser Joseph Thal."

„Um sicher zu sein, dass er es ist, zeige ich Ihnen ein Bild, auf dem er zusammen mit meiner Kollegin zu sehen ist, die er gerade massiert hat. Er arbeitet nämlich in einer Kurklinik. Hier sehen Sie das Foto, bitte!"

„Nein, aber das ist nicht Joseph. Diesen Mann kenne ich nicht. Außerdem ist Joseph stolz auf das kleine Bärtchen, das er unter der Nase hat."

„Einen Augenblick bitte Herr Weingard, da habe ich ein anderes Foto, das ihn nur teilweise zeigt, sehen Sie sich dieses Bild an!"

„Oh Gott wie furchtbar! Ja, das ist er, wie er leibt und... Verzeihung, das ist mir so herausgerutscht. Was ist passiert und wo war das?"

„Herr Thal befand sich gemeinsam mit einer Gruppe anderer Kurzurlauber auf einer Busreise, die sie zur Blauen Lagune führen sollte. Der Bus bekam einen Defckt. Dann brach Feuer im Bus aus und er stürzte um. Alle Fahrgäste verbrannten, bis auf eine oder zwei Personen. Eine ältere Frau und möglicherweise auch ein Mann. Wir nehmen an, dass Herr Thal und dieser andere Herr versehentlich die Jacken vertauscht haben, als die Heizung ausgefallen war.
Ich möchte Ihnen mein Beileid ausdrücken und informieren Sie bitte die Angehörigen. Danke, dass Sie sich die Zeit genommen und mit mir dieses

aufschlussreiche Gespräch geführt haben. Auf Wiedersehen."

Damit hatte Benno seinen traurigen Auftrag erfüllt und besitzt nun mit höchster Wahrscheinlichkeit die Gewissheit, dass dieser angebliche Herr Thal in Wirklichkeit Max Schubert ist.

Ulis Aufgabe wird jetzt darin bestehen, eine neue Strategie festzulegen.

Es ist gerade 14:00 Uhr, da erscheint Benno im Büro und klopft bei Uli an, tritt ein und sagt:

„Uli, ich komme gerade zurück von meinem Besuch beim Jugendwerkhof ‚Sonnenschein'. Während eines längeren Gespräches mit dem Heimleiter Dr. Weingard mussten wir feststellen, dass der angebliche Joseph Thal unser gesuchter Max Schubert ist. Der Erzieher Joseph Thal ist beim Busunglück ums Leben gekommen. Offensichtlich haben beide versehentlich die Jacken vertauscht, als sie aufgefordert wurden, sich wärmer anzuziehen, weil die Heizung im Bus ausgefallen war. Es ist zwar tragisch für das Heim, aber wir können nun sicher sein, dass wir den Max Schubert kennen."

„Das ist die beste Information, die du bringen konntest.

Damit erhärtet sich der Verdacht, dass Max Schubert die Chats mit den Abiturientinnen geführt und diese im späteren Verlauf zu sexuellen Handlungen gezwungen und anschließend umgebracht hat.

Jetzt müssen wir schnell handeln:

Um 17:00 Uhr fahren wir mit drei Streifenwagen, einem Fahrzeug der KTU und einem Rettungswagen zu dem vermeintlichen Aufenthaltsort des Täters."

Benno wirft ein:

„Wahrscheinlich müssen wir in der Kurklinik anfangen, dann den Bungalow ansehen und schließlich das Eingangshaus unter die Lupe nehmen. Das sollte alles leise erfolgen und den Bauern informieren wir vorab nicht, um sicherzugehen, dass er Schubert nicht warnt. Ich weiß nicht, wie das Verhältnis zwischen Schubert und dem Bauern ist, zumal dieser ihm ab und zu sein Auto ausleiht. Also alles schön in Ruhe!"

Uli kommt nun wieder so richtig in Fahrt und setzt den Polizeiapparat in Gang. Er informiert alle Beteiligten und erwartet eine pünktliche Abfahrt, angeführt von Benno, der den Weg bereits gefahren ist.

Alle kennen Uli und wissen sein Wort zu schätzen und zu befolgen. Deshalb setzt sich Punkt 17:30 Uhr die Wagenkolonne in Bewegung. Vorerst mit Sondersignal.

Nach zwei Stunden befinden sie sich etwa 5 Kilometer vor der Kurklinik Katharinenberg. Alle Sondersignale werden jetzt ausgeschaltet.

Benno stoppt, Herta steigt aus, geht zum Pförtner, der am Eingang sitzt, und fragt:

„Ist Joseph Thal noch im Nebengebäude?"

„Nein, der ist schon seit mindestens vier Stunden gegangen."

„Danke!"

Herta steigt ein und die Fahrt geht weiter in Richtung Süden, am Bauernhof vorbei zum Bungalow. Benno stoppt den Konvoi und gibt telefonisch der Besatzung des zweiten Wagens den Auftrag, den Bungalow von allen Seiten zu kontrollieren.

Die drei Kollegen kommen zurück und geben ein Handzeichen mit der Bedeutung:

„Frei, keine Person gesichtet!"

Benno gibt Order, dass diese Gruppe hier verbleiben soll, um einen eventuellen Fluchtweg zu blockieren.

Die anderen Fahrzeuge bewegen sich langsam auf das Eingangshaus zu. Benno stoppt und steigt aus. Er dirigiert das Rettungsfahrzeug an die Seite, sodass es mit Sicherheit nicht im eventuellen Schussfeld steht.

Die beiden anderen Streifenwagen stellen sich quer vor den Eingang. Die Polizisten steigen aus und beziehen Position, sodass sie alle drei Hausseiten im Visier haben. Benno weiß, dass die Hausseite hangabwärts fensterlos ist.

Nun gehen Benno und Herta mit schussbereiter Waffe zur Eingangstür. Ohne zu klopfen, drückt Benno den Türdrücker nach unten, öffnet langsam die Tür zu dem unbeleuchteten Zimmer und ruft mit halblauter Stimme:

„Hallo Polizei! Ist da jemand? – Sicher!"

Jetzt kommt auch Herta herein und beide schauen sich nach allen Seiten um. Die Tür zu seinem Schlafzimmer steht offen. Auch dort finden sie niemanden.

Sie durchstöbern förmlich den ganzen Raum. In der Kochnische finden sie nichts, was ungewöhnlich erscheint. Der Kühlschrank ist mäßig gefüllt und im Geschirrspüler stehen einige Tassen und Teller. Herta zählt nach und stellt fest, dass die Anzahl der Tassen, der Untertassen, der Suppenteller und der Abendbrotbrettchen aus Porzellan immer eine durch zwei teilbare Zahl ergibt. Als sie diese Erkenntnis Benno mitteilt, sagt er:

„Aber Herta, zählst du bei dir zu Hause auch die Teller und Tassen?"

„Nein, Benno, das mache ich nicht. Aber wenn ich das zum Beispiel heute Abend machen würde, dann wäre bestimmt auch eine ungerade Zahl von irgendwelchen Tellern oder Tassen zu finden.

Er ist nach meiner Überlegung hier nicht allein, sondern mit einer weiteren Person. Das wollte ich damit andeuten."

Benno wühlt weiter, schon ein wenig verstört, weil ihn die Theorie der Tassen- und Tellerzählung durcheinandergebracht hat. Da findet er auf dem Küchentisch ein ungeordnetes Bündel von Prospekten, Blättern und Papieren. Während er das Ganze hochnimmt, fällt ein Blatt heraus und schwebt taumelnd zu Boden. Es bleibt unter einem Schrankfuß liegen. Benno stutzt. Wie kann das sein, dass ein Blatt unter dem Fuß eines gewaltigen Schrankes rutscht.

„Herta, sieh dir das an, das Blatt liegt unter dem Fuß dieses großen Kleiderschrankes."

„Na und? Da hat jemand den Schrank einfach daraufgestellt und basta!"

„Nein, nix basta, dieses Blatt ist mir eben aus der Hand gefallen, ging schwebend zu Boden und blieb genau dort liegen, wo es immer noch liegt."

Herta bückt sich, zieht das Blatt vorsichtig heraus und versucht, es unter den rechten Fuß des Schrankes zu schieben. Es gelingt ihr. Sofort versucht sie es mit dem Fuß rechts hinten und da auch das möglich ist, mit dem Fuß links hinten. Auch das gelingt ohne Kraftanstrengung. Blitzschnell kommt sie zu dem Schluss:

„Benno, der Schrank steht nicht auf eigenen Beinen beziehungsweise auf eigenen Füßen, er hängt oder schwebt!"

Das ist ganz klar ein Fall für die Kollegen der KTU. Herta geht zur Eingangstür, öffnet sie einen Spalt weit und winkt den Kollegen der KTU zu. Zwei weiß gekleidete Polizisten betreten das Zimmer und Benno erklärt ihnen das Phänomen des schwebenden Schrankes. Beide schauen sich das Ungetüm an und versuchen, es zu bewegen. Doch der Schrank rührt sich keinen Millimeter. Dann öffnet der kleinere der beiden Kollegen den Schrank. Darin hängt fast nichts, nur drei alte, abgelegte Mäntel, eine Hose und sonst nichts von Bedeutung. Dem Schrank entströmt aber kein Duft nach alten Kleidungsstücken, der anzutreffen wäre, wenn Stoffe in feuchter Luft aufbewahrt wurden. Dann riecht es muffig. Der junge Kollege steigt in den Schrank und schaut in jede Ecke. Da ruft er:

„Da oben links, auf der Seite zum Zimmer hin ist eine kleine Box mit zwei Tastern, rot und grün."

Schon sagt ihm der größere und ältere Kollege:
„Dann drück doch einmal ganz mutig auf die grüne Taste!"

„Klick!"

Man hört ein leises Summen und der Schrank beginnt, sich zu drehen. Der Kleine springt heraus, schließt die Tür und beobachtet das Geschehen.

Als der Schrank die Endposition erreicht hat, verstummt das Summen und es bewegt sich auch der Schrank nicht mehr.

Plötzlich stehen sie vor einer grauen Metalltür, in dessen Schloss ein Schlüssel steckt. Benno wendet sich an die Kollegen der KTU und sagt leise:

„Bitte geht einen Schritt zurück, am besten ganz zur Seite."

Benno drückt den Türgriff langsam nach unten und öffnet ebenso langsam die Eisentür. Herta steht mit schussbereiter Waffe hinter ihm.

Nun schauen beide in einen finsteren Raum, dessen Ausdehnung sie noch nicht erfassen können. Benno tastet an die linke Wand, weil er weiß, dass dort der Lichtschalter sein müsste, wenn die Tür nach rechts zu öffnen ist.

„Er spricht Herta an und erklärt ihr, dass dieses eine rechts angeschlagene Tür ist."

Herta zieht ihre Augenbrauen hoch und sagt:

„Ist doch egal, mach weiter!"

Nach einem kurzen Flackern beleuchten die Neonröhren der Wandlampen die steil nach unten führende Betontreppe. Sie erkennen, dass nach fünf Metern ein Podest angebracht ist. Beide gehen Schritt für Schritt nach unten zum Podest. Von hier aus führt wieder so eine steile Treppe nach unten, aber in anderer Richtung und zu einem zweiten Podest.

Beide gehen langsam weiter, die schussbereite Waffe in der rechten Hand. Schließlich führt auch von diesem Podest eine Treppe nach unten und wieder in anderer Richtung. Auch diese letzte Treppe gehen sie mit Vorsicht und Bedacht. Aber hier ist der etwa 15 Meter lange Abstieg zu Ende. Stumm stehen sie beide jetzt vor einer weißen Holztür. Im Schloss ist kein Schlüssel zu sehen, doch sie hören leise Stimmen. Dahinter vermuten sie demnach einen Raum, in dem sich Personen aufhalten, wahrscheinlich auch der gesuchte Max Schubert. Benno spricht ganz leise zu Herta, indem er sich umdreht und ihr ganz nahe ist:

„Nun ist Vorsicht angesagt, denn es darf kein Fehler geschehen. Wenn der Täter erschrickt, kann es zu einer unerwünschten Reaktion kommen und er erschießt seine Geißel. Eben für den Fall, dass da eine Geißel ist. Doch warum sind die Stimmen so leise. Wenn ein Täter einer Geißel droht, dann spricht er doch nicht so leise wie mit Engelszungen?"

„Was willst du tun?"

„Soll ich öffnen oder erst anklopfen?"

„Benno, willst du denn warten, bis jemand ‚Herein‘ sagt?“

Ohne ein Wort öffnet Benno schnell die Tür und hält seine Waffe in den Raum. Schon steht Herta neben ihm, ebenfalls mit gezogener Pistole und ruft laut und deutlich:
„Hände hoch! Polizei!“

Auf einer Couch hinter einem niedrigen Tisch sitzen eine Frau und neben ihr ein Mann, dessen Hände gut sichtbar mit Kabelbindern gefesselt sind.

Benno fragt die weibliche Person:
„Wer sind Sie?“

„Ich bin Jasmin Becker.“

Indem Benno sich nun dem Mann zuwendet, fragt er:
„Und wer sind Sie?“

„Ich heiße Max Schubert.“

Herta kann es sich nicht verkneifen und fragt:
„Sind Sie sich da ganz sicher, dass Sie nicht etwa Joseph Thal sind, der mich so einfühlsam massiert und seine Stimme verloren hat?“

Benno will jetzt Klarheit bekommen:
„Frau Becker, warum ist Schubert gefesselt?“

Sie antwortet prompt:
„Herr Kommissar, das war ich. Für eine Weile hatte ich mich auf das Sofa gelegt, weil ich mich unpässlich fühlte. Da kam er zu mir, ließ mir keine Ruhe und bedrängte mich unaufhörlich. Weil ich es überhaupt nicht abkann, wenn ich zu etwas gezwungen werde, sprang ich auf und

warf ihn zu Boden. Dann habe ich ihn gefesselt, weil ich meine Ruhe haben wollte, ein Glas Wein zu trinken. Er setzte sich kleinlaut neben mich."

„Frau Becker, Schubert erweckt doch nicht den Eindruck, ein Schwächling zu sein, wie konnten Sie ihn dann überwältigen?"

„Herr Kommissar, kennen Sie Karate? Ich jedenfalls kenne es und ich kann es.- Das kann Max bestätigen!"

Inzwischen hat Herta ihre Kollegen verständigt, die eintreten.

Benno spricht jetzt gezielt Max an:
„Herr Schubert wir nehmen Sie fest, weil Sie verdächtigt werden mehrere weibliche Personen zu sexuellen Handlungen gezwungen und getötet zu haben."

Danach wendet er sich an Jasmin:
„Frau Becker, da gegen Sie keine Straftatbestände vorliegen, bleiben Sie auf freiem Fuß. Meine Kollegen werden Sie zu Ihrem Wohnort zurückbringen. Wir möchten Sie aber bitten, sich zwecks einer Zeugenbefragung zur Verfügung zu halten."

Dann erscheinen die Kollegen der KTU, um ihre Pflichtaufgaben durchzuführen.

Benno verschließt die Tür des Eingangshauses und hält mit seinem Dienstwagen noch einmal kurz vor dem Bauernhäuschen. Elfriede öffnet die Tür und sagt:
„Seid ihr heute dienstlich hier, dann muss ich ja ‚Sie' sagen."

„Lass gut sein, Elfriede, wir sind dienstlich hier, denn wir mussten Joseph abholen, er ist mehrfacher Mörder. Aber wir kommen nächsten Sonntag zu euch, dann aber ganz privat. Grüß bitte Karl von uns, wir müssen los."

Der gesamte Konvoi fährt nach erfolgreicher Arbeit nach Göttingen zurück.

Benno fährt und Herta sitzt still daneben. Da beginnt Benno ein Gespräch:

„Wir haben doch ein Vierteljahr eine Jagd nach einem Verdächtigen durchgeführt und haben dabei die verschiedensten Wege beschritten. Aber erst heute gelingt uns der Erfolg.

Darüber können wir uns freuen und auch ein bisschen stolz sein, dass sich unsere Hartnäckigkeit ausgezahlt hat. Schade, dass es schon so spät ist, denn auf den Erfolg sollten wir anstoßen!"

„Benno, findest du, dass es schon zu spät ist?"

„Na, ja, die Gaststätten sind schon längst geschlossen."

„Aber muss es denn unbedingt eine Gaststätte sein, wenn man seinen Erfolg feiern will. Meine Wohnung ist auch geschlossen, aber ich habe einen Schlüssel! Wenn du endlich verstehst, lieber Benno, was ich meine."

? ? ?

# DIENSTAG

Herta und Benno treffen zur gleichen Zeit auf dem Kommissariat 4 ein und werden schon von Uli erwartet.

Natürlich möchte er nun nähere Einzelheiten erfahren, obwohl ihn die anderen Kollegen noch während der Nacht informiert hatten. Sie vertrösteten ihn auf später, da er als erste Amtshandlung die Zeugenvernehmung zu 9:00 Uhr angesetzt hat.

Beide gehen schon jetzt in den Verhörraum und warten, dass auch noch Markus hinzugezogen wird. Pünktlich um neun wird Max Schubert von einem Beamten an den Tisch geführt.

Markus wendet sich an den Beamten:

„Sie können ihm die Handschellen abnehmen und dann brauchen wir Sie auch nicht mehr."

Markus spricht nun den Verdächtigen an:

„Die gesamte Vernehmung wird aufgezeichnet, ist das für Sie OK?"

Max Schubert stimmt zu.

Benno beginnt:

„Herr Schubert, machen Sie bitte zuerst einige Angaben zu Ihrer Person."

Schubert:

„Ich bin Max Schubert, 44 Jahre alt, unverheiratet und von Beruf Ingenieur für Medizintechnik. Ich bin angestellt bei der MedTech GmbH in Eschwege.

Meine Mutter war Direktorin eines Gymnasiums und mein Vater selbständiger Heilpraktiker. Ich habe ihm viel zu verdanken, denn ich habe wichtige Dinge gelernt, die das Leben erleichtern können."

Herta fragt neugierig:
Herr Schubert, welche Besonderheiten haben Sie denn von Ihrem Vater erfahren oder gelernt?"

Schubert:
„Das sind gewisse Praktiken der medizinischen Therapie, die in keinem Hörsaal gelehrt werden und dennoch Heilerfolge herbeiführen können."

Herta:
„Das hört sich zwar akademisch korrekt an, doch damit haben Sie meine Frage nicht beantwortet, sondern nur eine allgemeine Antwort gegeben. Das können eiskalte Waschungen sein, genauso wie Wadenwickel mit heißen Kartoffeln! Also was ist es konkret?"

Schubert:
„Es bezieht sich auf die ‚Traditionelle Chinesische Medizin' kurz TCM und auf die Anwendung hypnotischer Sitzungen."

Herta:
„Danke! Geht doch!"

Markus:
„Da wir ja nun in einer Blitzunterweisung über besonders wichtige Dinge unseres Lebens belehrt wurden, kann ich meine nächste Frage formulieren:

Benno:

„Erklären Sie uns bitte, wie Sie beide, Ihr Zwillingsbruder Moritz und Sie auf den absurden Gedanken gekommen sind, jungen Frauen ein elektronisches Hilfsmittel für die Bewältigung der Matheprüfung anzubieten?"

Schubert:

„Ganz einfach, Herr Kommissar: Wir hatten nie die Absicht, den Abiturientinnen zu helfen, wir suchten lediglich einen Anreiz, über den sie mit uns ins Gespräch kommen sollten!"

Markus:

„Also, mein lieber Herr Schubert, sie wollen uns doch nicht allen Ernstes einreden, dass es Ihnen um ein Gespräch ging. Nennen Sie das Kind doch beim Namen, sie wollten als reife Männer junge Frauen ins Bett locken, das war Ihr Ziel und keine Lernhilfe!"

Herta:

„Wer von Ihnen beiden hat sich denn den Text zu diesem Chat ausgedacht, waren Sie das oder Ihr Bruder?"

Schubert:

„Das hat Moritz gemacht, weil er wortgewandter ist als ich."

Benno:

„Uns gegenüber hat Ihr Bruder das auch gesagt, doch er erklärte meinen Kollegen, die ihn in seiner Wohnung im Erdgeschoss in Langenpfunzen, in der Sebastianstraße 34 besucht haben, dass er zwar den Text ins Netz gestellt hat, doch nie eine Antwort bekam. Wie konnte es dann sein, dass Sie die Antworten erhalten haben? – Hier besteht dringender Klärungsbedarf, Herr Schubert."

Schubert:

„Ich vermute, dass Sie oder Ihre Kollegen Erinnerungsdefizite haben. Mein Bruder wohnt nicht im Erdgeschoss, sondern oben. Seine Besucher empfängt er aber gern in der Wohnung seiner Freundin, weil man vor lauter Büchern in seiner Wohnung keinen Sitzplatz findet.

Es stimmt, dass der Text zu unserem Chat auf seinem PC entstanden ist, doch ich habe ihn kopiert und dann von meinem PC abgeschickt, damit ich auch die Antworten bekam und chatten konnte."

Benno:

„Wie ging es dann weiter, wenn Sie eine Zusage bekommen hatten?"

Schubert:

„Wir haben uns verabredet und ich habe die Frau abgeholt und zu mir gebracht."

Nun fragt Herta:

„Wurden die Mädchen oder jungen Frauen nicht skeptisch, als sie mit ihnen in den Bunker gingen?"

Schubert:

„Nein, von außen ist es nur ein kleines, hübsches Holzhaus und ich bin mit der Frau zuerst in das Wohnzimmer gegangen, haben uns hingesetzt zu einem Drink und einem Smalltalk.

Dann erklärte ich, dass dieses ‚aide in ear' eine Entwicklung vom FBI sei und daher streng geschützt aufbewahrt werden muss. Das hat sie geglaubt und ist dann mit mir erwartungsvoll die steile Treppe hinuntergegangen in das gemütliche Wohnzimmer und bald weiter in mein Schlafzimmer. Ich habe sie dann gestreichelt und allmählich verfiel sie in einen tiefen hypnotischen Schlaf. Ich sagte ihr, dass sie gleich einen schönen Traum erleben und nie vergessen wird. Doch dazu müsste sie sich ausziehen. Das tat sie allein ohne meine Hilfe."

Herta unterbricht Schubert:

„Moment, erst einmal bis hierhin. Vielleicht möchten wir später noch mehr erfahren.
Nun aber schildern Sie uns, wie die Busreise verlief."

Schubert:

„Wir hatten schon zwei Wochen vorher bei dem kleinen Reiseunternehmen für drei Personen diesen Kurzurlaub gebucht und bekamen per Post die kleinen Anstecker mit unserem vollen Namen, damit wir uns besser kennen lernten und die Reiseleiterin es leichter hatte.
Am 16. März starteten wir in Eschwege am Haus des Reiseunternehmers. Es war ein bequemer Bus, der sogar im Heck eine Toilette hatte. Die Fahrt war angenehm, obwohl es an diesem Tag ungewöhnlich kalt war. Doch wir merkten davon nichts und freuten uns, dass wir so prächtigen Sonnenschein hatten.
Plötzlich kam eine Durchsage, dass es einen Defekt an der Heizung gäbe und wir uns lieber unsere Jacken

anziehen sollten. Dabei haben mein Vordermann und ich versehentlich die Jacken vertauscht, doch wir merkten es nicht. Dann gab es einen lauten Knall, die Wand am Heck stürzte in den Innenraum und Flammen schlugen in den Bus. Der Fahrer schrie, dass er nicht mehr lenken könne und schon überschlug sich der Bus und die Türen öffneten sich automatisch. Ich saß gegenüber der mittleren Tür und wurde herausgeschleudert, als sich der Bus überschlug, den kleinen Abhang hinunterrollte und auf der Seite, auf der sich die Türen befanden, liegen blieb. Die Frau, die gerade von der Toilette kam, als das passierte, hatte ihren Platz ganz vorn gerade erreicht und wurde vermutlich durch die Vordertür auch herausgeschleudert.

Als ich mich von dem Schreck erholt hatte, begriff ich, dass meine Eltern verbrannten und ich ihnen nicht helfen konnte. Da geriet ich in Panik und rannte davon. Ich kann nicht mehr sagen wohin, aber ich rannte so schnell ich konnte in den Wald. Dort habe ich es wahrscheinlich noch 100 oder 200 Meter geschafft, dann fiel ich um und verlor das Bewusstsein.

Ich kam erst wieder zu mir, als mich eine alte Frau und ein alter Mann in ein Holzhaus trugen und mich auf ein Sofa legten. Da schlief ich wieder ein und wurde ein zweites Mal wach, als ich auf einem Strohbett auf einem Pritschenwagen in die Klinik gebracht wurde. Dort gab man mir eine Infusion. So richtig bei vollem Bewusstsein war ich noch nicht und ich wusste auch nicht, wer ich war und was sich ereignet hatte. Ich hörte nur, dass eine

Ärztin, die neben mir stand, feststellte: ‚Der Patient hat gewiss eine schwere Amnesie und es ist denkbar, dass diese lebenslang bestehen bleibt.'

Mir war sehr wohl aus meinem Medizinstudium bekannt, dass eine Amnesie einen Gedächtnisverlust bezeichnet und dass es ein Dauerzustand werden kann.

Ich wendete mich um und die Ärzte verließen mein Zimmer."

Herta fragt weiter:
„So, nun sind Sie Patient in der Klinik. Wie geht es weiter?"

Schubert:
„Ich überlegte, ob es notwendig ist, dass alle erfahren, dass sich meine Erinnerung wiedererlangt hatte. Wem nützt es? Also ließ ich es bei einer partiellen Amnesie. Das bedeutet, dass ich mich noch an einiges erinnern kann und auch schreiben nicht verlernt habe. Ich habe mich von diesem Moment an so verhalten, wie es dem Krankheitsbild einer partiellen Amnesie entspricht. Alle um mich herum glaubten fest an meine Erkrankung, obwohl ich bei vollem Bewusstsein war und mich an jede Kleinigkeit erinnern konnte. So sah meine neue Identität aus.

Neben mir lag ein junger Mann von 23 Jahren, mit Krebs im Endstadium. Ich sah ihn an und er sagte mir: 'Gott wird mich bald zu sich holen, ich fühle es.' Diese Worte bewegten mich zutiefst. Dann fragte er mich: Willst du meinen Laptop haben? Ich habe keine Angehörigen, nimm ihn und bete für mich.- Dann drehte auch er sich auf die andere Seite und schlief ein. Am nächsten Tag erfuhr ich, dass er verstorben war.

Nach zwei Tagen durfte ich aufstehen und ein Mann sagte zu mir:

„Ich bin der Physiotherapeut hier im Nebengebäude und du kannst mir helfen, denn wir haben viel zu tun und dafür zu wenig Personal. Ein paar Handgriffe kannst du bestimmt machen. Komm mit'.

Wir gingen in sein Behandlungszimmer und er legte sich auf die Liege und ließ sich von mir massieren. Als er merkte, dass ich es kann, fragte er mich, ob ich das gelernt habe. Ich nickte und zeigte auf einen Zettel. Darauf

schrieb ich:

' Vater Heilpraktiker, ich sechs Semester Medizin'.

Ludwig sagte:

‚Das ist doch prima, da kannst du mir öfter helfen.'

Aber am nächsten Tag eröffnete mir die Leiterin des Hauses, dass ich geheilt sei und mich zwei Pfleger zu dem Bauern bringen würden, der mich eingeliefert hatte.

Wir gingen also die kleine Wegstrecke zu dritt zu dem Häuschen, das ich bereits kannte. Der Bauer trat vor die Tür und fragte die Pfleger, was das zu bedeuten hat. Sie erklärten ihm, dass ich wieder gesund sei und sagten ihm aber auch, dass ich nicht sprechen kann. Der Bauer, den ich immer Karl nennen sollte, gab mir einen

Schlüssel in die Hand, führte mich zum Eingangshaus und sagte: ‚Hier kannst du erst einmal bleiben!' Die Pfleger gingen zurück in die Klinik.

Markus sagt nun:

„Herr Schubert, Sie haben uns das deutlich geschildert, doch ich begreife noch nicht, wie Sie es schließlich geschafft haben, die Frauen so weit zu bekommen, dass Sie sie vergewaltigen konnten.

Bitte erläutern Sie uns auch das noch!"

Schubert:

„Das habe ich doch schon gesagt. Sie waren in einem Freudenrausch und froh, mit mir schlafen zu können, denn ich hatte sie hypnotisiert. Ich habe keiner Frau Gewalt angetan. Sie waren nur so weit, dass ihr eigener Wille förmlich ausgeschaltet war, und sie alles nach meinem Willen machten, genau so wie ich es mir wünschte. Die Befehle, die mein Gedächtnis sonst meinem Körper gibt, leite ich dann von mir auf ihren Körper um. So funktioniert Hypnose. Das habe ich von meinem Vater gelernt, doch ich musste ihm versprechen, dass ich die erworbene Fähigkeit nie zum Nachteil eines anderen Menschen einsetzen werde."

Herta will nun mehr über Hypnose erfahren und fragt:

„Wie soll ich das verstehen mit den Gefühlen in der Hypnose?"

Schubert:

„Dem Patienten, der sich in einem hypnotischen Schlaf befindet, sage ich in Worten die Gefühle, die er in diesem Moment als seine eigenen empfindet und entsprechend darauf reagiert. Es funktioniert genauso wie mit den Befehlen für gewisse Handlungen."

Benno fragt:

„Und wie lange haben Sie eine Frau bei sich gehabt?"

Schubert:

„So zwei bis drei Tage oder bis es mir über war, immer wieder mit derselben Frau Sex zu haben."

Benno:

„Was haben Sie dann gemacht?"

Max Schubert:

„Ich habe sie in eine tiefe Hypnose versetzt und ihr mit einer langen Kanüle eine kleine Portion Plutonium durch das Trommelfell in Ihr Gehirn injiziert. Sie ist dann aus der Hypnose nicht mehr aufgewacht, sondern sie war nach kurzer Zeit tot.
Ich war dann aber auch müde von der mentalen Arbeit, die Hypnose zu erbringen und bin schnell eingeschlafen."

Herta fragt jetzt gespannt:

„Und wo lag die tote Frau?"

Schubert:

„Die lag im gleichen Bett, nur auf der anderen Seite!"

Es war nicht zu übersehen, dass sich Herta schüttelte und ein Schauer lief ihr über den Rücken.

Benno fragt weiter:

"Herr Schubert, Sie haben Plutonium als Gift eingesetzt. Woher hatten Sie diese stark radioaktive Substanz?"

Schubert:

„Ich hatte Zeit genug, den gesamten Bunker zu inspizieren. Da habe ich in der Küche in einer Blechdose im obersten Fach des Besenschrankes, ganz hinten diese Dose gesehen. Es war ein handgeschriebener Zettel darauf geklebt, auf dem stand: ‚Endlösung!' In der Dose entdeckte ich zehn kleine Bleidosen mit Deckel. Auf jeder war dieses Zeichen für Radioaktivität. Da ich bei meinem Studium gelernt hatte, dass Plutonium nicht nur ein radioaktives Material ist, sondern auch ein Gift, hatte ich somit auch die ‚Endlösung' für meine Geliebten gefunden."

Benno:

„Also hier von Geliebten zu sprechen, ist eine bodenlose Frechheit. Es waren nicht ihre Geliebten, sondern ihre Geißeln und Todeskandidaten!"

Herta hat eine grundlegende Frage:

„Herr Schubert, woher wussten Sie eigentlich, dass es hinter dem Eingangshaus noch diesen Bunker gibt?

Schubert:

„Als ich bei den Bauern auf dem Sofa lag, erlangte ich von Zeit zu Zeit für einen Moment das Bewusstsein und dabei hörte ich einen Dialog. Elfriede sagte zu Karl:

‚Wir können ihm doch das Eingangshaus als Bleibe geben, den Bunkerzugang entdeckt er bestimmt nicht. Warum sollte er suchen?'

Da stellte ich mir die Frage, warum sie es als das Eingangshaus bezeichneten. Wofür soll es ein Eingang sein? Und dann fiel noch das Wort Bunker, da wurde ich erst richtig wach.

Nach drei Tagen brachten mich die Pfleger aus der Klinik wieder zu dem Bauern und der führte mich in dieses Eingangshaus. Nachdem er wieder gegangen war, fing ich an, alles abzusuchen. Den Kleiderschrank habe ich ganz ausgeräumt, um zu sehen, ob darin noch eine Tür sei. Da sah ich oben links die beiden Drucktaster. Natürlich checkte ich die Funktion. Ein leichtes Summen begann und der gesamte Schrank drehte sich ins Zimmer und ich erkannte dahinter eine weiße Tür. Als ich sie öffnete, erblickte ich schon die Treppe hinab zum Bunker.

Markus bohrt weiter:

„Nun zu den ermordeten Frauen. Wie haben Sie die Leichen dann weggebracht?"

Schubert:

„Ich habe mir am nächsten Tag von dem Bauern das Auto ausgeliehen und zum Beispiel Hanna, mein erstes Opfer an die Elbe gefahren und von einer Brücke ins Wasser fallenlassen. Danach bin ich wieder zurückgefahren, hab das Auto zurückgegeben und bin in die Klinik gegangen, um dem Physiotherapeuten zu helfen, kranke Patienten zu massieren."

Markus gibt nicht auf:

„Warum haben Sie sich so große Mühe gegeben, die Leichen an weit entfernten Orten zu ‚entsorgen'?"

Schubert:

„Ich wollte die Ermittlungsarbeit der Polizei erschweren, damit sie nicht schnell einen Fokus finden, um mich zu entdecken!"

Benno stellt die abschließende Frage an seine Kollegen:

„Wenn es keine weiteren Fragen gibt, kann der Verdächtige abgeholt werden.

Herr Schubert, Sie werden in Kürze dem Haftrichter vorgeführt, der die weiteren Entscheidungen treffen wird."

Damit verlassen alle den Verhörraum. Herta verzieht sich an ihren Schreibtisch, setzt sich und stützt mit beiden Händen ihren Kopf. Benno tritt an Sie heran, fasst ihre Hand und sagt:

„Noch nie habe ich gehört, dass ein Mensch mit einer solchen Kälte und Gefühlslosigkeit seine Grausamkeiten schildert. Wir alle brauchen jetzt im wahrsten Sinne eine Verschnaufpause. Ich mache uns erst einmal einen Kaffee!"

Nach dieser notwendigen Pause treffen sich alle im großen Büro zu einer Beratung der SOKO und Uli eröffnet:

„Liebe Kollegin und liebe Kollegen! Wir haben diese Vermisstenfälle und den Täter, wie man so sagt: ‚In trockenen Tüchern'. Ihr habt alle eine sehr gute Arbeit geleistet und eine fachkundige Befragung durchgeführt, denn ich habe im Nebenraum alles verfolgen können. Es ergibt sich aber für mich eine Frage, die ich gern mit euch durchdiskutieren möchte:

Wäre es nicht interessant, im Beisein eines Psychologen von dieser Frau Jasmin zu hören, wie sie den Täter erlebt hat. Ich möchte das Denken eines solchen psychopathischen Sexualstraftäters kennen lernen. Daraus ergeben sich vielleicht Schlussfolgerungen, für eine Ermittlungsstrategie und das Vorgehen, wenn es wieder einen ähnlichen Fall zu lösen gilt. Was haltet Ihr davon?"

Nach einer kurzen Pause meldet sich Herta:
„Uli, das ist eine sehr gute Idee. Leider konnten wir nicht die Opfer befragen, da sie nicht mehr am Leben sind. Ich gebe dir recht, dass diese psychisch gestörten und damit andersartigen Menschen auch ein ‚gestörtes' Denken und Empfinden haben. Wenn wir darüber mehr wissen, kann es nur hilfreich sein.

Ich übernehme gern die Aufgabe, für eine solche Befragung einen interessierten Psychologen zu suchen und ihn für eine Teilnahme zu gewinnen."

Zustimmendes Kopfnicken und Uli unterstreicht:
„Ja, Herta, genau so habe ich mir das gedacht."

Während sich die SOKO -Gruppe auflöst und jeder sich seinen Tagesaufgaben widmet, beginnt Herta ihre Recherchen im Internet nach einem Psychologen, den sie für dieses Vorhaben gewinnen kann.

Nach einer Stunde ist sie wieder am Anfangspunkt ihrer Recherche angelangt: Universitätsmedizin Göttingen, Klinik für Psychiatrie und Psychotherapie. Auf Umwegen hat Herta auch die Telefonnummer von Dr. Wegwerth gefunden und ruft ihn sogleich an:

„Guten Tag, ich bin Kommissarin Zeidler und hätte gern Dr. Wegwerth gesprochen."

„Ja, den haben Sie schon am Apparat. Ich muss aber noch einmal nach Ihrem Namen fragen, damit ich Sie korrekt ansprechen kann!"

„Kommissarin Herta Zeidler, vom Kommissariat in Göttingen"

„Frau Kommissarin, was kann ich für Sie tun?"

„Ganz einfach: Herr Dr. Wegwerth ich möchte Sie gern bei einer Befragung dabei haben, in der sich eine Zeugin zu einer Sexualstraftat äußert, die sie am eigenen Leibe erlebt hat."

„Das hört sich ja sehr interessant an, da wir ja immer nach Beispielen aus dem täglichen Leben suchen. Zuvor hätte ich gern ein bisschen mehr dazu erfahren!"

Nun berichtet Herta kurz über die Vermisstenfälle und nennt die Fundstellen der Opfer. Das letzte Beispiel weicht etwas von den anderen Fällen ab, da das Opfer überlebt hat und es ihm sogar gelungen ist, den Täter zu überwältigen. Herta erklärt ihm auch, dass die Kriminalisten erfahren möchten, wie diese Menschen handeln und reagieren, um daraus Strategien für die Ermittlungen abzuleiten. – Daraufhin erklärt sich Dr. Wegwerth bereit, an dieser Befragung aktiv teilzunehmen.

Als Termin schlägt sie den kommenden Donnerstag vor. Sollte es Frau Becker nicht passen, würde sich Herta mit einem neuen Terminvorschlag bei ihm wieder melden.

Natürlich muss jetzt auch Jasmin Becker für diese Befragung eingeladen werden und Herta ruft sie an:

„Guten Tag, hier spricht Kommissarin Zeidler und ich hätte gern Frau Jasmin Becker gesprochen.“

„Ja, hier ist Henriette Becker vom Kosmetiksalon. Sie erinnern sich bestimmt noch an mich. Aber jetzt schau ich nach, in welcher Kabine Jasmin steckt und hole sie an den Apparat!“

„Jasmin Becker, guten Tag Frau Kommissarin. Na, ist der Bursche hinter Schloss und Riegel?“

„Frau Becker, wir hatten Ihnen gesagt, dass wir uns melden würden, wenn wir Sie als Zeugin sprechen möchten. Das ist nun soweit. Bitte seien Sie am kommenden Donnerstag um 10:00 Uhr bei uns in Göttingen im Kommissariat. Es geht um eine Unterhaltung, bei der auch ein Psychologe anwesend ist. Wir möchten etwas über die Psyche und Methoden von Max Schubert herausfinden und dazu können Sie bestimmt etwas sagen!“

„OK, Frau Kommissarin ich werde pünktlich dort sein! Auf Wiederhören!“

# DONNERSTAG

Pünktlich um 9:50 Uhr meldet sich Dr. Wegwerth auf dem Kommissariat 4. Herta hat ihn bereits erwartet und führt ein kurzes Willkommens-Gespräch.

Kurz darauf erscheint auch Jasmin Becker und hat gleich Gelegenheit, dass Herta sie mit Dr. Wegwerth, dem Psychologen bekannt macht.

Um 10:0 Uhr begeben sie sich in den Verhörraum, der heute einem anderen Zweck dient.

Kommissarin Herta Zeidler begrüßt der Form wegen noch einmal die Beteiligten und dankt dafür, dass sie sich die Zeit nehmen für diese spezielle experimentelle Auswertung.

Dann wendet sich Herta direkt an Jasmin:
„Frau Becker, berichten Sie uns bitte, auf welchem Wege Sie Herrn Max Schubert kennen gelernt haben."

Jasmin:
„Ich las auf meinem PC einen Chat, dass jemand mit einem kleinen elektronischen Wundergerät Schülerinnen helfen will, durch jede Prüfung zu kommen und dabei noch mit sehr gutem Ergebnis. Zwar hatte ich keine Prüfung vor mir, doch witterte ich eine Chance auf diese Art, einen netten Mann kennen zu lernen."

Dr. Wegwerth:

„Jasmin, Sie sind, wie mir berichtet wurde, 21 Jahre alt. Hatten Sie denn noch keinen Partner oder Freund?"

Jasmin:

„Nein, Herr Doktor, das mag komisch klingen, aber ich hatte noch nie eine enge Beziehung zu einem Freund und natürlich auch noch keinen intimen Kontakt."

Dr. Wegwerth:

„Dann verstehe ich Sie recht, dass Sie sich freuten, vielleicht auf diese Art endlich einen Freund kennen zu lernen. Sie waren also auch darauf vorbereitet, dass er mit Ihnen zu einem anderen Ort fährt, wo sie beide ungestört sind, was an diesem ersten Treffpunkt ausgeschlossen war."

Herta fragt dazwischen:

„Hatten Sie denn keine Angst, mit einem fremden Mann an ein für Sie noch unbekanntes Ziel zu fahren?"

Jasmin:

„Nein, das hatte ich keinesfalls. Ich dachte, er wird mich ja nicht gleich erschießen, wenn er etwas von mir will. Sollte er handgreiflich werden, dann wäre das Meeting ohnehin gleich zu Ende."

Dr. Wegwerth:

„Wie können Sie da so sicher sein, Sie sind eine schlanke Frau und der Unbekannte kann ein großer kräftiger Mann sein?"

Jasmin:

„Ich habe schon etliche Male im kombinierten Kampf, also Mann und Frau, so manchen großen Mann zu Fall gebracht, denn ich bin schon seit Jahren eine gut trainierte Karatekämpferin."

Herta fragt nun danach, wie es weiterging:

„Er fuhr mit mir los, sagte, dass er Max heißt und sich freut, dass wir uns so gut unterhalten können. Nach einer langen Fahrt, erreichten wir einen einsamen Bauernhof, an dem wir vorbeifuhren und nach etwa 100 Metern vor einem kleinen Holzhaus stehen blieben. Er schloss auf und wir gingen hinein. Er erklärte mir, dass ihm die Einsamkeit gefällt und er gern hier lebt. Dann führte er mich ins Wohnzimmer und wir nahmen Platz."

Dr. Wegwerth:

„Halt Stopp. Erst einmal bis hierher. Merkten Sie, dass er Sie schon während der Fahrt berühren wollte?"

Jasmin:

„Nein, gar nicht. Er saß brav hinter dem Lenkrad und war ausgesprochen nett. Ich wurde langsam skeptisch und dachte, der ist zwar nett aber mehr auch nicht. Das wird ja nie was mit uns."

Dr. Wegwerth:

„Was Sie da sagen, ist typisch für reifere Männer. Sie zeigen Disziplin, weil sie genau wissen, dass man nicht ‚mit der Tür ins Haus fallen darf'.

Junge Liebhaber zeigen nicht diese Ausdauer, denen kocht schon das Blut und sie können es nicht erwarten. Er dagegen zeigte sich höflich, nahm Ihnen die Angst, denn sie sollten sich wohl fühlen in seiner Nähe. Damit hatte er die erste Phase erfolgreich gemeistert.

Jasmin, jetzt muss ich indiskret werden und Sie fragen, wie es in Ihrem Inneren aussah. Ich vermute, sie befanden sich in einer ‚Lauerstellung' und warteten ungeduldig auf die erste intime Berührung. War das so?"

Jasmin:

„Ja, genau so war es. Ich wollte endlich etwas erleben, ich war in einer erotischen Wartestellung. Natürlich wurde ich ungeduldig."

Dr. Wegwerth wendet sich an Kommissarin Zeidler:

„Für die Polizei ist es wichtig zu wissen, wie alt der Mann ist. Bei jungen Tätern muss man damit rechnen, dass sie handgreiflich werden."

Jasmin:

„Wir tranken ein Glas Wein und als ich das Glas wieder weggestellt hatte, gab er mir einen wirklich zärtlichen Kuss."

Dr. Wegwerth:

„Sehen Sie, so lange hätte ein Jüngerer nicht gewartet, dafür fehlt dieser Altersgruppe die Beherrschung. Sie handeln meist nach dem Motto:
‚Jetzt oder Nie! Und wie ging es weiter?"

Jasmin:

„Wir mussten eine lange steile Betontreppe nach unten gehen. Er passte gut auf, dass ich nicht stolpere und war besorgt, ob ich mich fürchten würde.

Dr. Wegwerth:

„Sie hatten natürlich keine Angst, denn er hatte ihnen schon durch viele kleine Gesten gezeigt, dass Sie sich bei ihm gut aufgehoben fühlen können."

Jasmin:

„Wir setzten uns auf ein Sofa und fingen an zu schmusen. Er war so vorsichtig, zart und empathisch, um nur keinen Fehler zu machen. Ich hätte in diesem Augenblick nie geglaubt, dass er in der Lage ist, einen Menschen zu töten. Dann passierte das, was wir uns beide gewünscht hatten. Auch dabei war er so behutsam und gefühlvoll, wie man sich den idealen Partner nur denken kann."

Dr. Wegwerth:

„Das glaube ich Ihnen, denn durch Ihr sympathisches Verhalten ist der Mann in eine andere Rolle gerutscht, die ihn als vorbildlichen Liebhaber erscheinen lässt."

Herta:

„Gewiss haben die anderen Frauen ähnlich gehandelt, warum hat er sie dann getötet?"

Dr. Wegwerth:

„Als er mit der anderen Frau namens Hanna das dritte Mal Sex gehabt hatte, war es ihm über und er brauchte sie nicht mehr, sie konnte weg.

Vergessen Sie nicht, dass er Hanna hypnotisiert hat. Damit war sie für ihn keine Frau mehr, sondern nur ein Objekt für sein einseitiges Vergnügen.

Der Hypnotiseur – wir nennen ihn kurz Hypno - bringt die Frau in einen hypnotischen Zustand. Damit ist diese in einem gewissen Maß willenlos und der Hypno sagt ihr, was sie zu fühlen hat. Er bildet somit die Gefühle seines Opfers ganz nach seinem eigenen Wunsch. Damit wird die Frau zu einem Objekt, das er beliebig formen kann. Ein Echo oder eine Resonanz kommen bei totaler Hypnose nicht auf.

Ich möchte Ihnen das an einem Beispiel verdeutlichen:

Ein Bildhauer hat sich vorgenommen, die Büste einer schönen Frau zu gestalten. Also nimmt er einen unbehauenen Gipsklotz, der aber dennoch eigene Kanten, Vertiefungen und Ausbuchtungen besitzt.

Der Hypno trifft Hanna, die auch ihre charakterlichen Eigenheiten besitzt und so begegnet sie ihm auch.

Der Bildhauer beginnt, seinen Gipsklotz zu bearbeiten, damit der genau die Form annimmt, die er sich in seinem Geist vorstellt. Das schöne weiße Material sagt ihm zu, denn es ist feinkörnig und fühlt sich gut an.

Der Hypno hat Hanna gefunden, die er nett findet. Auch er malt sich im Geiste aus, wie sie sein müsste, dass es ihm mit ihr gefällt. Also muss er sie bearbeiten mit seinem ‚Werkzeug‘, das Hypnose heißt.

Genau wie der Bildhauer mit seinem Meißel dem Gipsklotz allmählich die gewünschte Form gibt, fängt auch der Hypno an, seine Wünsche und Gefühle in sein Opfer hinein zu projizieren. Hanna widersetzt sich nicht, sondern fügt sich dem Verlangen des Hypno, ohne eine Reaktion zu zeigen.

Als der Bildhauer genug Freude an der Gestaltung seiner Büste gefunden hat, lässt er sie stehen und macht etwas anderes. Wenn ihm das geschaffene Werk aber gar nicht mehr gefällt, zerstört er es. Auch der Gipsklotz lässt sich zerstören, ohne sich zu widersetzen, also selbstverständlich ohne eine Reaktion zu zeigen.

Der Hypno genießt das Vergnügen an der Frau, die er sich nach seinen Wünschen geschaffen hat.

Wenn er sich aber genug an ihr ergötzt hat, lässt er sie liegen oder er bringt sie um. Er verhält sich genauso wie der Bildhauer, der seine Büste zerstört.

Leider treffen wir dieses Verhalten oft bei empathielosen Partnern an, ohne dass sie hypnotische Kräfte für dieses würdelose Handeln gegenüber Frauen brauchen.

Hätte Hanna bei den Annäherungen eine Reaktion gezeigt, sich abgewendet oder gewehrt, so hätte der Hypno sofort gemerkt, dass sich diese Frau ihm nicht unterwerfen wird und er hätte von ihr gelassen."

Herta:
„ Ich denke, wir haben jetzt Interessantes erfahren und gelernt. Wir werden im Kreis mit unseren Kollegen über diese für uns neuen Erkenntnisse sprechen und sie in Vernehmungen berücksichtigen.

Damit danke ich Ihnen, Dr. Wegwerth und Frau Becker, dass Sie gekommen sind."

Nachdem die Gäste gegangen sind, geht Herta zu Uli und erstattet Bericht. Damit ist dieser Fall einer mehrfachen Vergewaltigung und Ermordung abgeschlossen.

Herta und Benno hatten in dieser Zeit öfter gemeinsame Aufgaben zu erfüllen. Beide haben festgestellt, dass sie sich aufeinander verlassen können. Sie haben darüber hinaus immer wieder gemerkt, dass sich auf beiden Seiten eine Sympathie entwickelt hat.

Herta als aktive junge Frau fasst sich ein Herz, geht zu Benno an seinen Arbeitsplatz und fragt:

„Wolltest du nicht noch einmal Karl und Elfriede besuchen? Am kommenden Wochenende soll gutes Wetter sein mit sehr viel Sonnenschein. Was hältst du von einem Besuchstrip?"

„Ja, sehr viel sogar. Am Sonnabend um acht Uhr stehe ich vor deiner Tür!"

# SONNABEND

Wie verabredet wartet zehn Minuten vor neun Uhr ein dunkelblauer 3er-BMW vor dem Haus, in dem Herta wohnt. Ihre Eltern haben sich hier vor vielen Jahren in der Wilhelm-Busch-Straße ein Zweifamilienhaus gebaut. Die größere der beiden Wohnungen gehört ihren Eltern und die kleinere Wohnung im Obergeschoss bewohnt Herta. Der besondere Reiz dieses Hauses liegt nicht zuletzt an dem großen Garten, der sich unmittelbar an das Haus anschließt. Obstbäume stehen auf einer gepflegten Liegewiese und am Rande sind einige Gemüsebeete angelegt, was Mutter und Tochter wohl zu schätzen wissen. Seitlich ist an das Wohnhaus eine Doppelgarage angebaut, damit beide Fahrzeuge einen geschützten Platz haben.

Herta ist eine Frühaufsteherin, die bereits ihren kleinen Morgenlauf hinter sich hat. Dabei findet ihre Mutter, dass die Morgenrunde mit 830 Metern kein kleiner Lauf ist. Jeden Tag beginnt Herta in der Wilhelm-Busch-Straße, biegt dann in die Straße ‚Am Mühlengraben ein', biegt wieder rechts ab in den Akazienweg und kommt nach der letzten ‚Biege' wieder in die Wilhelm-Busch-Straße.

Aber gleich nach diesem Frühsport hat sie für den Tagesausflug ein Körbchen mit Proviant fertig gemacht, was bestimmt eine sehr gute Idee ist. Obwohl sie mit ihren Eltern im gleichen Haus wohnt und sie miteinander ein sehr gutes Verhältnis haben, legt Herta großen Wert auf ihre Selbständigkeit. Sowohl Frühstück und auch Abendbrot bereitet sie sich in ihrer Wohnung zu und nimmt es auch dort ein. Das Mittagessen gibt es in der Woche in der Kantine der Polizei und am Wochenende kocht sie meistens gemeinsam mit ihrer Mutter und sie essen dann auch zusammen. Es ist mehr der Wunsch ihrer Eltern, am Wochenende zusammen zu sein, doch auch Herta findet es angenehm, zumal sie beim Kochen immer noch ihrer Mutter über die Schulter blicken und etwas lernen kann.

Heute frühstückt sie allein, weil es für die Eltern zu früh wäre. Sie hat gerade den letzten Schluck Kaffee getrunken, da entdeckt sie vor dem Haus den dunkelblauen BMW von Benno. Er war zwar schon etwas eher gekommen, doch um sie nicht zu drängeln, hatte er das Auto zwei Häuser davor geparkt. Jetzt aber hält er genau vor dem Haus und freut sich, als sich die Haustür öffnet und Herta mit dem kleinen Proviantkorb erscheint.

Nach einer liebevollen Begrüßung beginnt die Reise in das etwa 80 km entfernte Ziel am Westrand von Thüringen. Schon am frühen Morgen lacht die Sonne und es verspricht ein tatsächlich sonniger Tag zu werden. Zwar kennen sie die Wegstrecke, doch es ist schon ein Unterschied, ob man dienstlich mit einem Streifenwagen unterwegs ist oder ganz lässig im eigenen Auto einem schönen Tag entgegen fährt. Gesprächsstoff gibt es genug, wobei sie vereinbart hatten, Dienstliches nicht zu behandeln. Wenn man täglich zusammenarbeitet, lernt man schon einige Besonderheiten des ‚Kollegen' kennen, doch private Aspekte bleiben außen vor. Das soll heute genau anders sein. Benno möchte mehr wissen über Herta, wie sie lebt, welche Themen sie interessieren und welche Musik ihr gefällt. Die gleichen

Fragen hat aber auch Herta, weil sie Benno nett und seine besonnene Art sehr sympathisch findet. Beim Erzählen vergeht schnell die Zeit. Absichtlich wollen sie heute Autobahnen und Bundesstraßen meiden. Daher benutzen sie die B27 nur bis zum Abzweig einer Landstraße, die am Parkplatz beim Wendebach-Stausee entlangführt. Vorbei an Reinhausen erreichen sie dann einen landschaftlich besonders schönen Straßenabschnitt, der sie sogar zur ‚Deutschen Märchenstraße' führt. Hier beginnen auch bereits die üppigen und dichten Wälder, von denen Benno immer wieder schwärmt. Vor Heilbad Heiligenstadt biegt Benno nach rechts ab und nimmt dann jene wenig bekannten Wege und Landstraßen, die ihm bei seinem dienstlichen Einsatz die Eschweger Feuerwehr genannt hatte. Weil Benno langsam gefahren ist, war es mittlerweile halb elf geworden. Leise rollt der BMW den seichten Weg hinab zum Bauernhaus von Karl und Elfriede. Doch Elfriede hat trotz ihres Alters von 81 Jahren noch ein gutes Gehör. Sie öffnet die Haustür, breitet beide Arme aus und sagt: „Wie schön, euch zu sehen!" Schnell verlassen Herta und Benno das Auto und gehen zu Elfriede. Eine freundliche Umarmung zeigt ihnen, dass sie erwartet werden. Da erscheint auch Karl und meint: „Pünktlich wie immer, seid uns willkommen!"

Alle vier nehmen hinter dem Haus in dem kleinen Garten Platz. Karl kommt mit einer Flasche „Thüringer Kräuterlikör" und sagt: „Das ist Medizin für Jung und Alt und Älter!"

Hier sitzen sie, als wären sie schon Jahre befreundet.

Als sie den Begrüßungsschluck getrunken haben, sagt Benno:

„Ich werde heute auf keinen Fall dienstlich werden, doch finde ich es richtig, wenn wir euch kurz berichten, weshalb kürzlich dieses Polizeiaufgebot erschienen ist.

Seit einem Vierteljahr gehen bei uns und auch an anderen Polizeidienststellen Vermisstenanzeigen ein, die hauptsächlich junge Frauen betreffen. Oft werden kurze Zeit darauf auch die Leichen der Vermissten gefunden. Wir haben in verschiedene Richtungen untersucht und Überlegungen angestellt, wer als Täter in Frage kommen könnte. Schließlich hatten wir einen Verdacht, der uns zu dem Busunglück führte und letztlich hierher zu euch. Als wir zu weiteren Befragungen in der Kurklinik waren, fragte Herta die Leiterin, ob sie sich kurz wegen ihrer Migräne behandeln lassen könnte. Die Chefin stimmte zu und zufällig war es Max, der Herta massierte.“

Benno, jetzt lass mich mal weitererzählen:

„Ich ließ mich also massieren und schlief dabei ein. Als ich wieder geweckt wurde, fielen mir einige Veränderungen auf und mir wurde schnell klar, dass ich in Hypnose versetzt worden war. Aber nach weiteren Ermittlungen bekamen wir heraus, dass dieser Joseph mit dem richtigen Namen Max Schubert heißt. Deshalb wollten wir sein Umfeld untersuchen und kamen schließlich auf das Eingangshaus. Darin entdeckten wir auch den Zugang zum Bunker.

Inzwischen hat der ‚falsche Joseph‘ drei Vergewaltigungen und Morde gestanden. Demnächst findet die Gerichtsverhandlung statt. Unsere Arbeit ist nun erledigt.

Doch bei der Untersuchung hier und im Umfeld hat sich mein lieber Kollege in ‚Land und Leute‘ verliebt.“

Benno unterbricht Hertas Erzählungen und sagt:

„Stopp, jetzt bin ich wieder dran! Ja, es ist wirklich so, wie Herta sagt. Mir gefällt das Land, mit den Wäldern und Wiesen und auch die netten gastfreundlichen Menschen.“

Jetzt kommt Elfriede dazwischen:

„Es ist ja schön, Benno, dass es dir hier gefällt, aber ich muss jetzt in die Küche, damit du auch die gute Thüringer Kost noch einmal kennen lernen kannst!“

Herta:

„Darf ich denn mitkommen und nur ein bisschen abgucken, damit ich auch lerne, was und wie man hier kocht?“

Die beiden Frauen verabschieden sich aus der Runde und Karl und Benno finden jetzt Gelegenheit, über dieses und jenes zu erzählen.

Das passt Benno gut, denn er will noch einmal auf das nicht entstandene Museum zu sprechen kommen.

„Karl, du hattest gesagt, dass es einmal dein Wunsch war, ein Museum zu errichten, weil sich der Bunker dazu anbietet. Deshalb hast du auch das gesamte Grundstück gekauft. Du hast zwar dafür nur wenig Geld ausgegeben, konntest aber deine Idee nicht umsetzen.

Ich hätte großes Interesse und stelle mir das so vor:

Du verkaufst mir das gesamte Grundstück. Ihr beide könnt hier weiter leben wie bisher, ohne Miete zu zahlen. Wenn euch aber die Arbeit zu viel wird, zieht ihr um in ein Heim für betreutes Wohnen und ich übernehme die Kosten, solange es euch vergönnt ist, dort zu leben.

Ich würde mich erst einmal im Bungalow einquartieren und dabei das Museum allmählich aufbauen. Wenn das geschafft ist, denke ich daran, wahrscheinlich nicht ganz allein, ein schönes Wohnhaus zu errichten. Mein Leben als Polizist wäre dann vorbei.

Wie gefällt dir die Idee?"

Karl muss das erst einmal sacken lassen und ohne Elfriede, hat er sowieso keine Meinung. Aber die kocht jetzt. Er dreht den Kopf ein wenig nach allen Seiten, als wollte er sich vorstellen, wie seine kleine Welt dann ausschauen würde. Schließlich sagt er:

„Benno, du bist noch jung, hast Kraft und Elan. Jetzt bist du Angestellter und dein Chef sagt dir, was du zu machen hast. Hier wärst du allein auf dich und deine Fähigkeiten angewiesen. Dazu gehört natürlich auch eine Menge handwerkliches Geschick, denn Besitz verpflichtet und du kannst nicht für jede Kleinigkeit eine Firma herholen, damit wärst du bald arm."

„Ja, da gebe ich dir recht, Karl. Aber bevor ich in den Polizeidienst getreten bin, habe ich eine Lehre als

Elektriker abgeschlossen und habe in einer Firma so lange gearbeitet, bis sie pleite war. Damit war ich arbeitslos und begann sofort mit einer Ausbildung zum Sanitärfacharbeiter, so ist die Berufsbezeichnung. Ich fand wieder schnell eine Anstellung und die Arbeit hat mir Freude bereitet. Doch dann ergab sich zufällig die Gelegenheit, dass ich ein Angebot bekam, in den Polizeidienst zu wechseln, denn da gab es mehr Geld. Aber, um ehrlich zu sein, gestehe ich, dass mir oft die praktische Arbeit fehlt, weil ich mich nur wohl fühle, wenn meine Hände etwas bewegen und bewirken können."

„Damit hättest du ja eigentlich ganz gute Voraussetzungen für eine solche Aufgabe. Richtig gesehen ist es ja ein Projekt!"

Ein abruptes Ende wird dieser Zukunftsvision durch Elfriedes unüberhörbaren Ruf bereitet:
„Das Essen ist fertig. Kommt bitte zu Tisch! Es gibt einen Schweinebraten mit Rotkohl und Thüringer Klößen."

Nach dem Mittagessen gönnten sich die älteren Herrschaften eine kleine Mittagspause, während Herta und Benno einen Waldspaziergang unternehmen.

Als sie gegen drei Uhr wieder gemeinsam Kaffee trinken, kommt Karl so langsam mit der Sprache heraus:
„Also, in unserer Mittagspause haben wir über deinen Vorschlag gesprochen, Benno. Es ist tatsächlich so, dass unsere Jahre gezählt sind. Aber auch wenn uns die Arbeit noch Freude bereitet, wird es doch mit der Zeit

immer schwerer. Damit wir noch ein paar ruhige Jahre genießen können, werden wir uns doch bald zur Ruhe setzen. Ob wir dann hierbleiben wollen, wissen wir noch nicht, doch die Idee mit dem betreuten Wohnen hat auch ihre guten Seiten. Uns ist es nicht neu, dass im Pflegezentrum Katharinenberg so etwas angeboten wird. Doch weil uns das Geld fehlt, haben wir uns nicht mit dem Gedanken beschäftigt.

Wenn du von mir aber das gesamte Grundstück mit allen Gebäuden, mit dem Inventar bekommst und du uns dafür dieses betreute Wohnen finanzierst, wäre es ein gutes Geschäft für beide Seiten."

„Hört zu! Wir können es doch so machen, dass ich einen solchen Kaufvertrag ausarbeite und ihn dir vorlege.
Wenn du damit einverstanden bist, fahren wir zu einem Notar, der den Kauf bestätigt. Wollen wir das so machen, Karl?"

Karl nickt und auch Elfriede gibt ihr Ja dazu, obwohl sie nicht mit im Grundbuch steht, doch das ist bei den beiden reine Formsache.

Damit verabschieden sich Herta und Benno und treten die Heimreise an.
Herta hat diese Unterhaltung und den Handel verfolgt, doch kein Wort dazu geäußert. Nun, da sie beide allein sind, möchte sie einige Unklarheiten beseitigen und beginnt:
„Du bist also fest entschlossen, dieses Areal zu übernehmen. Mir ist nur nicht klar, wie du das mit deinem Dienst vereinbaren willst. Du kannst doch nicht

die ganze Woche mit mir Polizeiaufgaben lösen und am Wochenende winke ich dir hinterher, wenn du auf deine Ponderosa-Ranch fährst."

„Nein, so ist das nicht. Ich werde dann meinen Dienst kündigen und mich um das neue Anwesen kümmern."

„Das sind ja wirklich rosige Aussichten. In meinen Dienstpausen verständigen wir uns über WhatsApp und am Wochenende bekomme ich eine Ansichtskarte von dir."

„Hättest du denn Interesse mitzukommen?"

„Gratuliere dir zu deinem kriminalistischen Gespür. Glaubst du, ich will bis zum Lebensende auf Streife gehen, während du im Grünen wohnst.

Wir fahren jetzt zu mir, essen gemeinsam Abendbrot und dann haben wir viel Zeit, um über unsere beiden ‚Zukünfte' oder eine gemeinsame im Grünen nachzudenken. Wie findest du den Vorschlag, wenn du verstehst, was ich damit sagen will?"

„Ich sage gern ein ‚Ja' dazu."

# SONNTAG

Dass Benno und Herta gemeinsam am Frühstückstisch in ihrer kleinen Wohnung sitzen, lässt darauf schließen, dass sie das ausführliche Gespräch am gestrigen Abend und in den Stunden darauf einvernehmlich zu Ende gebracht und über eine gemeinsame Zukunft nachgedacht haben.

Nun überlegen sie, wie der Sonntag verlaufen soll. Benno will auf keinen Fall aufdringlich sein und kündigt an, dass er zu Hause den Kaufvertrag vorbereiten will. Er hat auch schon eine klare Vorstellung, wie der Kauf ablaufen soll. Den von ihm ausgearbeiteten Vertragsentwurf schickt Benno auf dem Postweg zu Karl. Benno wird versuchen, bei einem Notar in Eschwege für den kommenden Freitag einen Termin zu vereinbaren. Dazu schlägt er Herta vor, dass sich beide diesen Freitag frei nehmen und sie mit ihm zu Karl fahren, um ihn abzuholen. Herta bleibt bei Elfriede und Benno besucht mit Karl in Eschwege den Notar. Wenn der Vertrag dann unterschrieben ist, geht es zurück nach Hanglage. Bei diesem Wort wird Herta stutzig und fragt ganz entgeistert:

„Wohin fahrt ihr danach?"

Benno schmunzelt und erklärt ihr das so:

„Als ich mit Karl über einen Vertragsentwurf sprach, musste ich ihn natürlich fragen, welche offizielle Ortsbezeichnung diese Einsiedelei hat. Da verwies er auf ganz alte Karten, worin dieser Bereich mit Hanglage gekennzeichnet ist. Offensichtlich ist damit die Geländeform gemeint, doch weil es noch keinen Namen gab, hat man mit der ersten Besiedlung diese Ortsbezeichnung benützt und bis zum heutigen Tag beibehalten."

Herta findet das originell, aber wartet darauf, wie es weitergehen soll. Benno fährt fort:

„Wir werden bestimmt wieder bei Elfriede essen und danach beziehen wir unseren Bungalow."

Von diesem Augenblick an beginnt das Leben zu zweit und auf ‚eigener Scholle'. Beide sind sich darüber einig, dass sie herausfinden wollen, wie es ist, miteinander zu leben, Tag und Nacht gemeinsam zu verbringen. Wenn sie das wissen, fällt die Entscheidung über die weitere Zukunft. Sollte es kein weiteres gemeinsames Leben geben, wollen sie aber Freunde bleiben.

Herta findet es gut, was Benno vorgeschlagen hat und sie verabschieden sich bis zum nächsten Morgen auf dem Kommissariat.

In seiner Wohnung angekommen, setzt sich Benno hin, um den Vertragsentwurf auszuarbeiten. Das geht ihm gut von der Hand, so dass er den großen Briefumschlag auf dem Weg zu seinem verspäteten Mittagessen in den nächsten Briefkasten werfen kann.

# FREITAG

Benno kennt inzwischen Hertas Adresse und steht pünktlich um 8:00 Uhr vor ihrer Haustür. Dieses Mal hat er keinen Zwischenstopp eingelegt, zwei Häuser entfernt vor ihrer Haustür zu parken.

Herta tritt vor die Tür und zeigt auf eine mittelgroße Reisetasche, da es ein Wochenendurlaub mit Übernachtung wird.

Sie begrüßen sich und die Fahrt auf nicht mehr ganz fremden Straßen beginnt. Wieder erfreuen sich beide an dem schönen, sonnigen Morgen und bereits nach einer Stunde fahren sie durch die saftig grünen Wälder Thüringens. Um 10:00 Uhr treffen sie in Hanglage ein und Karl steht schon festlich angezogen vor der Haustür. Benno steigt aus, begrüßt Karl und auch Elfriede, die gerade dazu kommt. Auch Herta wünscht beiden einen schönen Tag und sie verabschiedet sich von Benno, denn sie möchte Elfriede kleine Tricks in der Küche abluchsen.

Schnell sind die beiden Herren bei dem Notar in Eschwege, der vorab durch Benno informiert wurde und sie treten ein. Sie werden von dem Notar, der sie bereits erwartet, in üblich netter Form begrüßt.

Nun sitzen die drei Herren an dem großen Beratungstisch und gehen die einzelnen Paragrafen des Entwurfes durch. Da sich Benno in solchen Angelegenheiten auskennt, hat er die Datei im WORD-Format auf einen USB-Stick gespeichert, damit der Sekretärin des Notars das

Abschreiben des Vertragsentwurfes erspart bleibt. Neben kleinen Korrekturen, die aber nicht den Inhalt betreffen, kann der Entwurf schnell in ein Dokument umgewandelt werden. Drei Exemplare werden ausgedruckt und unterschrieben. Alle sind froh und Benno bekommt sofort die Rechnung des emsigen Notars mit auf den Weg.

Zufrieden fahren sie zurück nach Hanglage zu dem Grundstück, das seit dem heutigen Tage Benno Grossmann gehört.

Hier erwarten sie die beiden Frauen mit einem festlich gedeckten Tisch. Herta hatte nämlich zur Feier dieses besonderen Tages in ihre Reisetasche auch zwei Kerzenhalter eingepackt, die jetzt den Tisch, im wahrsten Sinne des Wortes, feierlich erscheinen lassen.

Heute essen alle mit Bedacht und es dauert doch eine Weile, bis Elfriede sich in die neue Situation hineinfindet, dass auch das Haus ihnen nicht mehr gehört. Doch Benno weiß sie zu beruhigen:

„Elfriede und Karl, für euch ändert sich nichts. Es bleibt euer Haus, in dem ihr wie bisher schalten und walten könnt, wie es euch gefällt. Nur Ihr und kein anderer entscheidet, wann Ihr dieses Haus verlassen und in das betreute Wohnen übersiedeln wollt."

Nach der gewohnten Mittagspause der alten Herrschaften unternehmen alle vier einen großen Rundgang über das neue Anwesen. Karl erklärt jedes Detail und lässt keinen Maulwurfshügel aus.

Nun möchten sich Herta und Benno zurückziehen und gehen zum Bungalow, um sich dort für die nächsten beiden Tage häuslich einzurichten.

Herta beginnt erst einmal mit einer Grundreinigung, um die Reste einer längst vergangenen Zeit verschwinden zu lassen.

Benno ist dabei, den entstehenden Müll in gewohnter Art zu sortieren.

Das hat  eine längere Zeit in Anspruch genommen, doch beide sind sich einig, einen Neuanfang in sauberen Verhältnissen zu beginnen.

Das Abendbrot können sie im Freien einnehmen, weil hinter dem Bungalow ein etwas in die Jahre gekommener Tisch mit ebenso gealterten Stühlen noch vorhanden ist.

Es ist für Herta und Benno etwas ganz Besonderes, zu zweit und in himmlischer Ruhe mit Blick auf den grünen Wald den Abend zu genießen.

Nach dem Großreinemachen und dem ruhigen Abendbrot werden sie das erste Mal hier in Thüringen gewiss tief schlafen.

# SONNABEND

Die Morgensonne weckt sie am Sonnabend schon in der Frühe gegen sieben Uhr.

Sie lassen sich ihr Frühstück gut schmecken und überlegen sich, was sie heute zu erledigen haben. Da sie beide den Bungalow bereits gestern in einen bewohnbaren Zustand versetzt haben, wollen sie sich heute um das Mammutgebilde des Atombunkers kümmern.

Es sind nur wenige Meter von ihrer neuen Behausung bis zum sogenannten Eingangshaus. Benno hat den Schlüssel und öffnet die Tür, die sie gleich ins Wohnzimmer kommen lässt. Hier ist zwar auch noch eine Menge zu tun, doch zuerst möchten sie in Ruhe gründlich und genau das Innere des Bunkers inspizieren. Da Benno schon die Bedienelemente für den ‚schwebenden‘ Kleiderschrank kennt, drückt er auf den grünen Taster und ein leises Summen deutet an, dass sich bald der Schrank in den Raum hineindrehen wird und damit die Tür zur steilen Treppe freigibt. Jetzt steigen sie beide die endlose Treppe hinunter, öffnen die Tür zum ersten Zimmer, das sie bereits kennen. Dann öffnen sie eine weitere Tür an der gegenüberliegenden Seite und sie kommen in einen langen Gang mit mehren Türen an beiden Seiten. Alle sind beschriftet und sie lesen die Bezeichnungen Notstrom, Wasserwerk, Vorratsraum, Bad, Toilette, Konferenzraum, Funkraum, Büro, Wohnung 1 bis Wohnung 10. Dann hängt an der Wand des Ganges auch eine Übersichtszeichnung des gesamten Bunkers. Sie sind immer wieder erstaunt, woran die Erbauer gedacht haben, um ein Überleben zu sichern. Da wird Herta etwas nachdenklich und wendet sich fragend an Benno:

„Benno, die Erbauer dieses Atombunkers haben an alles gedacht, damit die Bewohner überleben, wenn es zu einem Atomangriff kommt. Dann warten sie vielleicht eine oder zwei Wochen ab und begeben sich ins Freie. Es ist fast alles zerstört. Irgendwie wollen sie wieder etwas aufbauen. Selbst wenn sie eine Firma finden würden, die auch überlebt hat, könnten sie diese ja nicht einmal bezahlen.

Ich kann mir nicht vorstellen, dass die Erbauer an allerhand Vorräte von Kartoffeln bis zum Backpulver gedacht haben, aber die ,Kohle' soll vergessen worden sein? Das glaube ich nicht!"

Benno kontert:

„Herta, ich bin überzeugt, dass du daran gedacht hättest. Aber was wollen sie nach einem Atomangriff mit der „DDR Mark" anfangen, die kennt doch kein Fremder!"

Herta gibt auf:

„O. K., du hast ja recht. Lass uns entrümpeln. Zunächst möchte ich spaßeshalber sehen, welche Vorräte noch da sind und ob wirklich Backpulver dabei ist? "

Sie öffnen die Tür mit der Beschriftung ,Vorräte' und betreten einen gefliesten Raum mit Regalen, Kühlschränken und Tiefkühltruhen. Herta öffnet einen Kühlschrank. Da schaltet sich zwar das Licht ein, aber das Kühlaggregat hat die dreißig Jahre offensichtlich nicht überlebt. Es kommt ihr ein ekliger Gestank entgegen, wie man ihn bei verdorbenen Nahrungsmitteln kennt.

Dann öffnet sie eine Tiefkühltruhe und auch da riecht es fürchterlich nach verdorbenem Fleisch. Doch neugierig schaut sie sich die kleinen Kartons an und liest:

Rinderfilet, Schweinefleisch, Kalbsragout, Feinfrosterbsen, Feinfrostmöhren, Hartfett.

Da ruft sie Benno, dessen Kopf gerade in einem Kühlschrank steckt:

„Benno, schau dir das an. Alles vergammeltes Fleisch von ehemals bester Güte. Ich verstehe, dass man es in einer Tiefkühltruhe für lange Zeit lagern kann, um es frisch zu halten. Aber würdest du auch ‚Hartfett‘ tiefgekühlt aufbewahren? Das ist doch Quatsch! Nimm bitte einmal eine dieser kleinen Schachteln heraus. Warum liefert eine Firma diese Fettmasse in so winzigen Schachteln von etwa 4 x 4 x 10 cm Größe?"

Benno hält sich die Nase zu, weil aus der Truhe ein bestialischer Gestank aufsteigt:

„Ich versuch es ja, aber das geht nicht, Die Schachtel muss festgefroren sein! Sie lässt sich nicht bewegen!"

Herta mahnt ihn mit ebenfalls zugehaltener Nase:

„Benno, Physikunterricht, hier drin ist schon ein paar Jahre keine Kälte mehr und da taut jedes Eis!
Also versuch es mit männlicher Kraft und notfalls mit Gewalt."

Das gelingt es ihm und er hält eine schwere kleine Schachtel in der Hand. Er rennt mit Herta aus dem fürchterlich stinkenden Kühlraum heraus, öffnet den Deckel und liest:

‚VEB Edelmetall Berlin, 100 OUNCE, FINE GOLD; 99,99 % AU, 3110,35 g‘.

Beide blicken überrascht auf den Deckel. Mit dem Zeigefinger hebt Herta ihn vorsichtig an. Da strahlt ihnen ein sattes gelbes Licht entgegen, wie es nur von reinem Gold kommen kann. Sie öffnet die Schachtel vollkommen und sagt:

„Ich habe noch nie in meinem Leben einen Goldbarren gesehen!"

Benno:

„Herta, es sind noch genau neun dieser Schachteln in der Truhe, das heißt, wir besitzen 31 kg reines Gold. Ich weiß, dass man für 1 kg etwa 53.000 EUR bezahlen muss. Und damit hat der Schatz von 31 kg Gold einen Wert von über 1,6 Millionen EUR."

Herta:

„Benno, du bist jetzt ein sehr reicher Mann!"

Da greift Benno in den Kühlschrank, der in der Küche steht und holt eine Flasche heraus:

‚Rotkäppchen-Sekt‘ feinste DDR -Qualität.

Er wendet sich an Herta mit den Worten:

„Meine liebe Herta, nicht ich, sondern wir sind jetzt reich und wir trinken auf ein gemeinsames schönes Leben. "

Mit einem schier endlosen Kuss beginnen sie ihr Leben zu zweit und sagen dem Polizeidienst für immer ‚ADE!‘